野中信二

戦国剛将伝　七人の鬼武者

水野勝成、佐久間盛政などの
魅力ある生き様！

人物文庫

学陽書房

主な登場人物

■鬼真壁と鬼佐竹■

真壁久幹

真壁城主。剣豪塚原卜伝の弟子となり、霞神道流の創始者。戦場では常に赤樫の棒を携え、人馬もろともになぎ倒す怪力の持ち主。北条につくか、上杉謙信につくかで関東の武将たちは懸命に自領を保つことに腐心した。北関東では佐竹義重が勢力を伸ばし、謙信越山の影響力が落ちてくると、久幹は義重に接近した。

佐竹義重

佐竹氏十八代目の当主。北は芦名・田村氏と戦い、南は北条氏と戦火を交える。義重の代より力をつけ始め、上杉謙信への関東武士たちの期待が薄れる中、次第に佐竹を中心とする反北条の北関東連合が生じてくる。

■鬼武蔵■

森長可

信長の家臣・森可成の二男。弟に本能寺の変で戦死した蘭丸・力丸・坊丸がいる。

父の家督を継ぎ金山城主として信長に仕えるが、信長横死後、舅・池田恒興と共に小牧長久手の戦いで家康軍に討たれる。

■鬼日向■
水野勝成
刈谷城主・水野忠重の嫡男で、小牧長久手の戦いで父と口論する。その後水野家の勘定方を殺したことで、父親から命を狙われ、十五年に及ぶ放浪の旅を続ける。父親の横死で刈谷城主となり、放浪時知り合った備中で成羽城主・三村親成の姪・於珊を妻とする。関ヶ原合戦後、備後福山城主となる。

■鬼若子■
長宗我部元親
土佐岡豊城主として生まれ、一領具足という地侍を利用して土佐を統一すると、四国統一の野望を抱き、中富川合戦で本拠地阿波を中心に讃岐・畿内を領した三好家の居地・勝瑞城に挑む。

篠原長房

三好長慶亡き後、三好家を支え続けた男。刀の達人で信長からの刺客を倒したが、十河家の家督を継いだ元主人・三好義賢の子・十河存保によって殺される。

■鬼柴田と鬼玄蕃■

柴田勝家

若い頃から織田信長の父・信秀の家臣として仕え、生前に信長の弟・信勝の家老に配される。信勝死後、信長に仕え織田家の家老にまで出世するが、賤ヶ岳の戦いで同僚の秀吉に敗北する。

佐久間盛政

柴田勝家の妹の子で、若い頃から勝家を助け戦場を駆け巡る。北陸の一向一揆との戦いに明け暮れ、一揆衆の拠点・尾山御坊を落とし、加賀二郡を領する。尾山御坊に城を普請して金沢城主となる。

■鬼真壁と鬼佐竹関連地図　小幡・手這坂合戦想像図

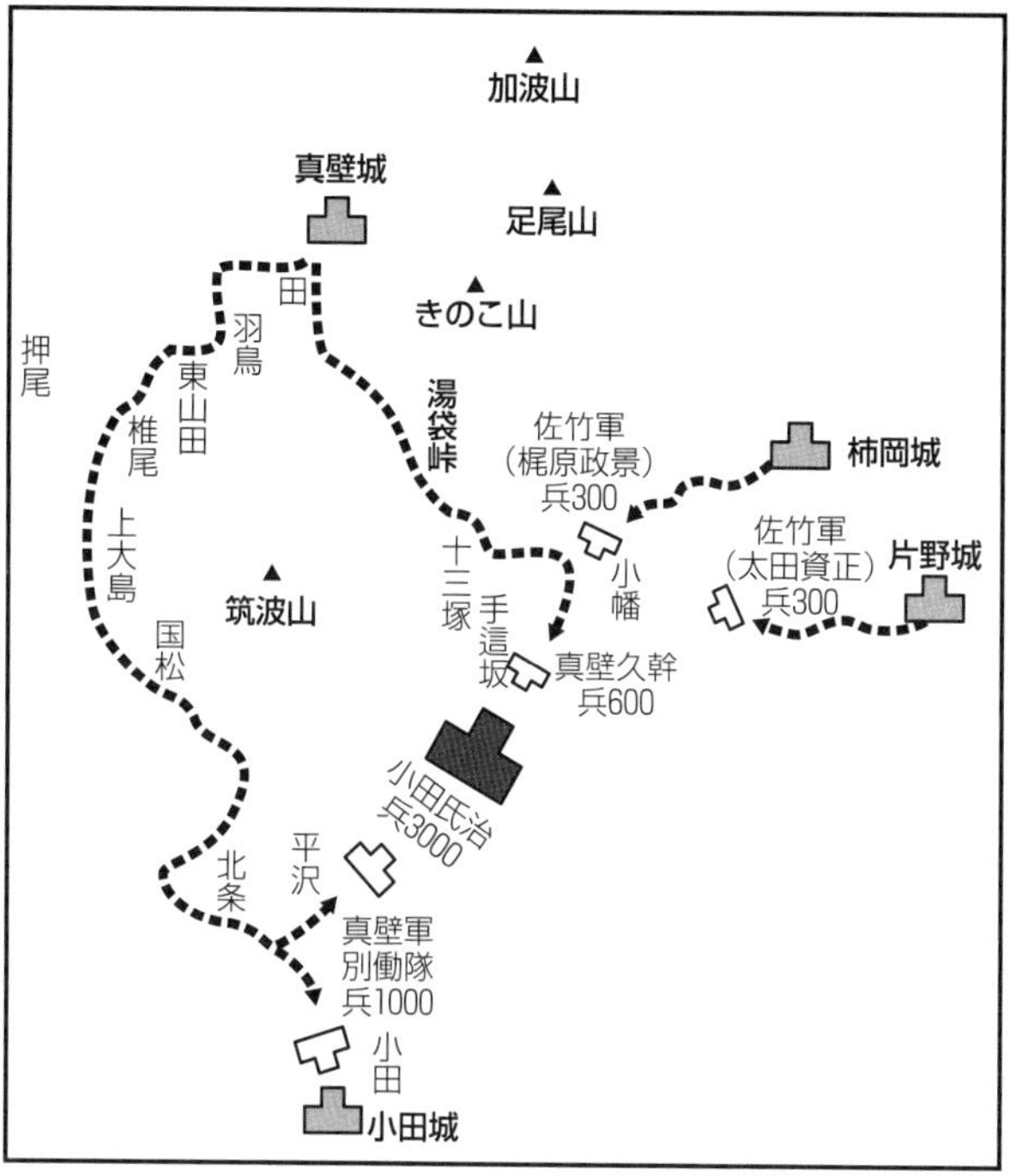

桜川市教育委員会提供資料を元に作成

■鬼日向関連資料　水野勝成室系図

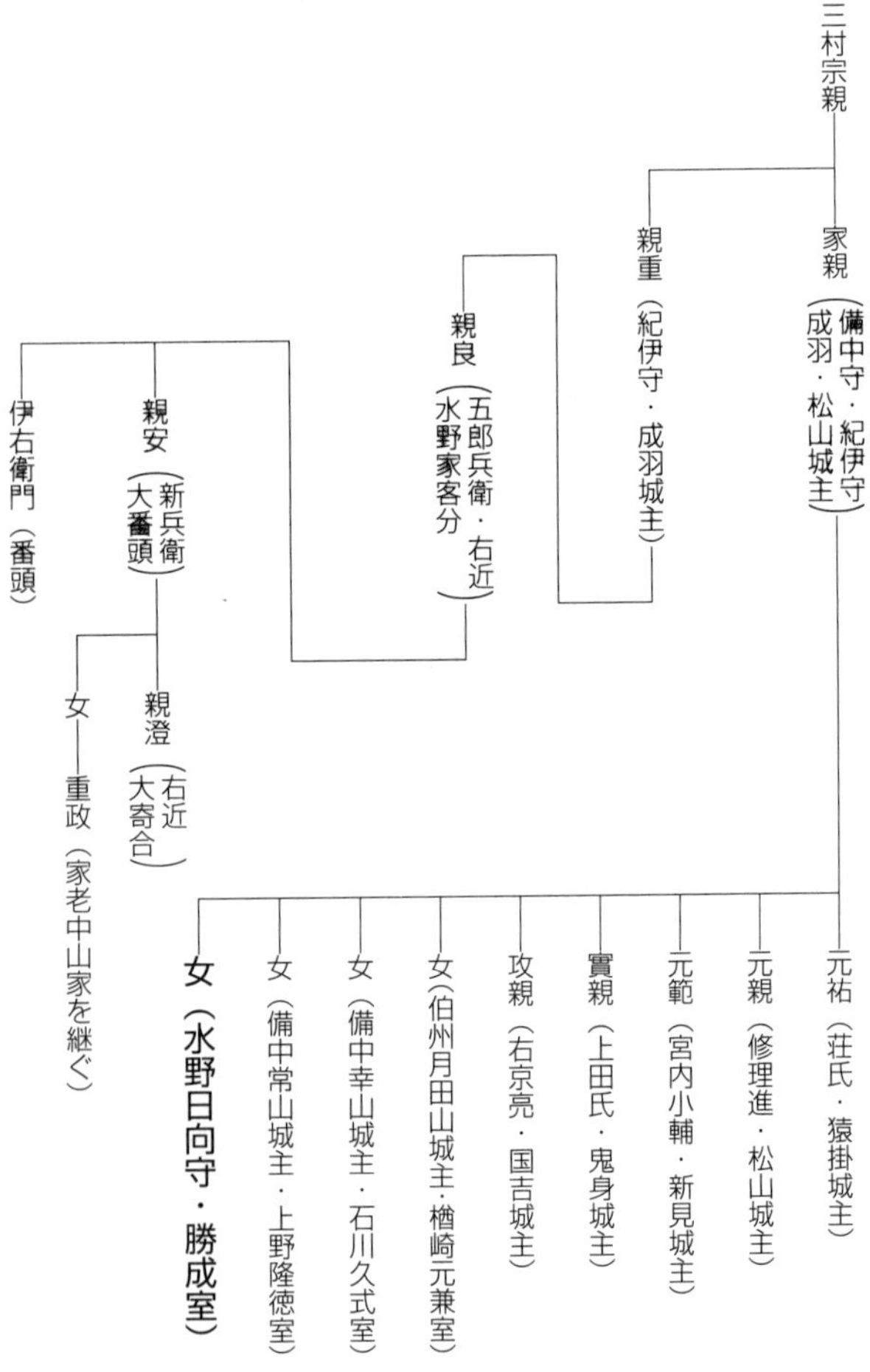

■鬼若子関連地図　　中富川合戦

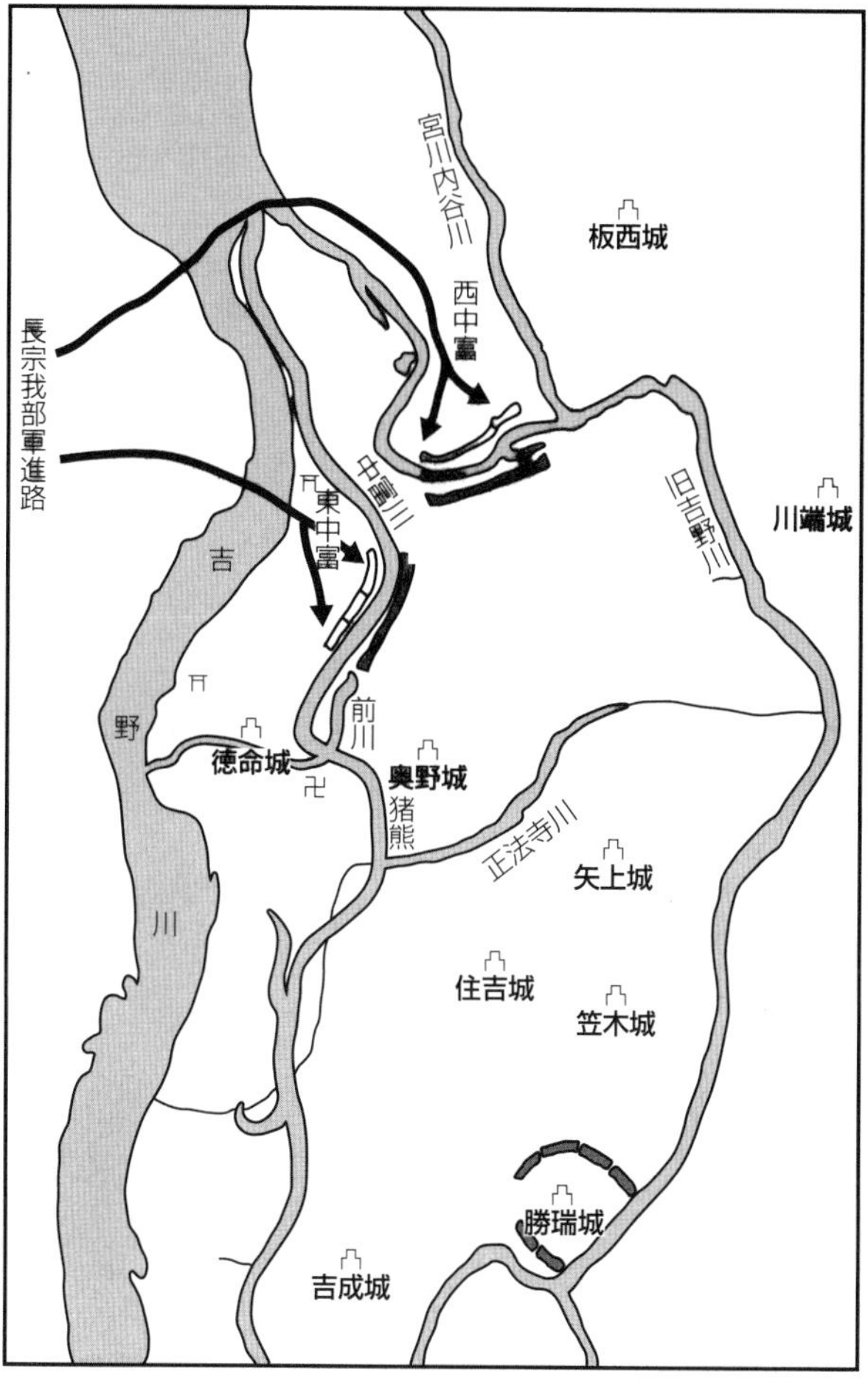

■鬼柴田と鬼玄蕃関連地図　　賤ヶ嶽の戦い

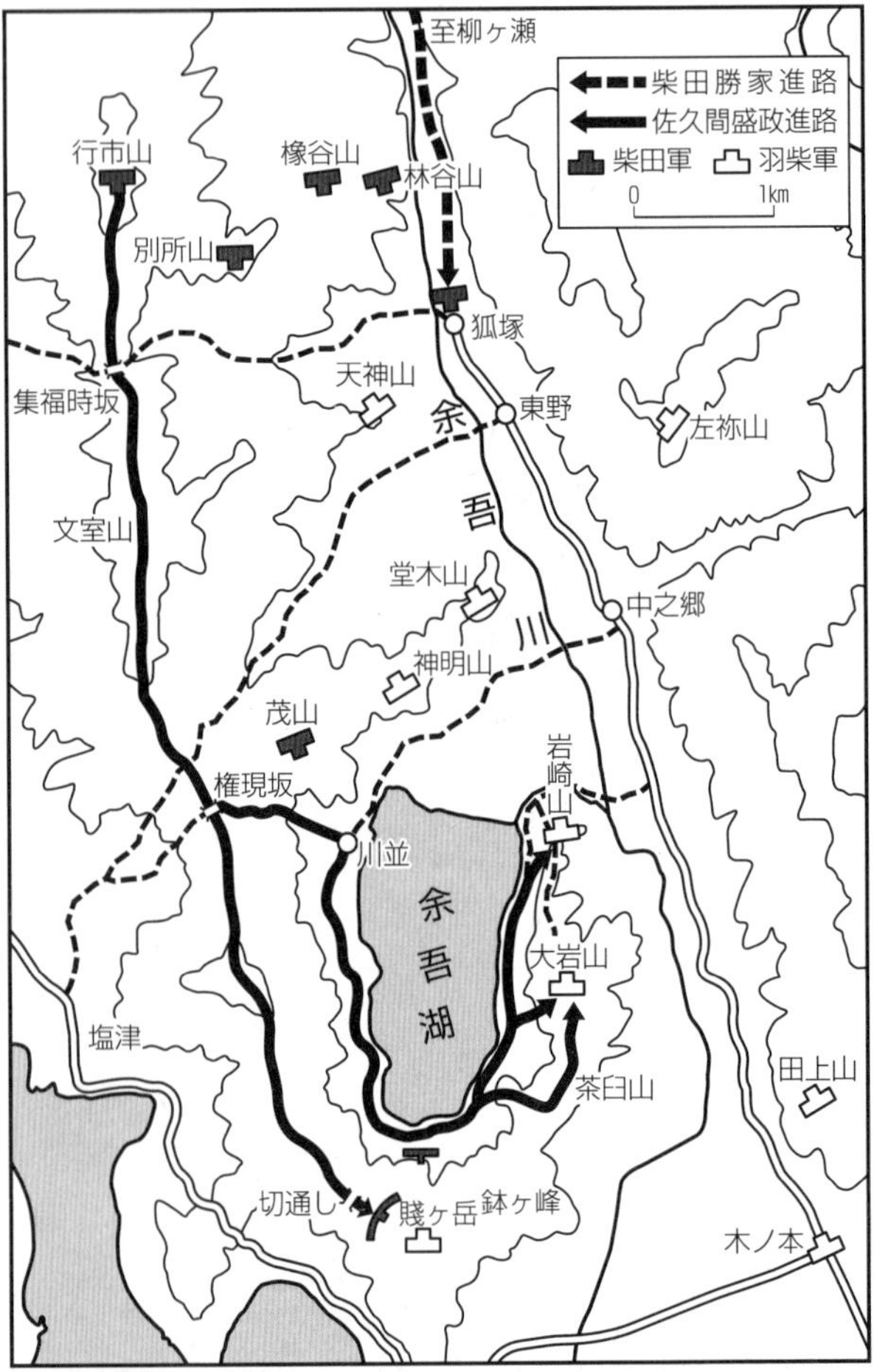

目次

鬼真壁と鬼佐竹（真壁久幹と佐竹義重）……11
鬼武蔵（森長可）……91
鬼日向（水野勝成）……165

鬼若子（長宗我部元親）…………255
鬼柴田と鬼玄蕃（柴田勝家と佐久間盛政）…………329
参考文献…………409

鬼真壁と鬼佐竹

一

藁葺き屋根の素朴な建物が本丸の側に建っている。

そこから大きな怒鳴り声が響いてくる。

「まだまだ弱いぞ。そんな力のない突きでは相手は倒されぬぞ！」

妥協を許さない真壁久幹《ひさもと》は、家臣の目だるい太刀捌《さば》きに苛立っていた。

道場の壁には久幹が特別に武具商人に注文して作らせた、周囲八寸・長さ一丈余りある赤樫でこしらえた彼専用の棒が太刀かけに置かれている。

棒には筋金が入っており、表面には鉄の鋲《びょう》がぎっしりと打ち付けられていた。

戦さになると、馬に跨がった久幹は部隊の先頭に立ってこの棒を水車のように振り回し、敵の兵馬ともに薙ぎ倒す。

この地方では誰も知らぬ者がいない荒武者で通っており、敵兵には「鬼真壁」や

「夜叉真壁」として恐れられていた。

道場は直接久幹から稽古をつけて貰おうと、隅に座った家臣たちで溢れ返り、久幹の一挙手一投足を見逃すまいと目を皿のようにして注視している。

道着を身に纏っている久幹は、剣の師匠でもあり、この真壁城の城主でもあるのだ。

彼の身体からは滝のように汗が湧き出し、それが床に落ちて水溜りを作っていた。

「もう一度かかってこい！」

家臣が跳ね飛ばされた木刀を拾って再び握り直すが、中段に構える師匠が山のように膨らみ、師匠の持つ木刀がこちらの間近くにまで伸びてきて彼を圧迫する。

討ち込みたいが、異常に大きく迫ってくる久幹の木刀に飲み込まれそうで、それもできない。

じりじりと壁際まで退がった家臣は、「参りました」と思わず叫び木刀を引いた。

「まだまだ修行が足りぬようだな」

久幹が木刀を降ろすと、家臣は金縛りを解かれたように、緊張から解放されほっと一息ついた。

「わしは本丸へ戻る。稽古の続きは氏幹に任せたぞ」

長男・氏幹《うじもと》にそう告げると、久幹は道着のまま本丸へ急いだ。

真壁の城下は東西に広い。

少し高台にある本丸を二の丸、三の丸が包み込むように取り囲み、それを幅数十メートル、深さ数メートルもある巨大な空堀が守っている。

東西に比べやや幅狭な南北は、城下を流れる田中川・山口川が外堀の役目を果たす。

そして四方に伸びる広大な城下町の北から東にかけては加波山に連なる山々が遠くに望まれ、南には筑波山の美しい山容がまるで絵画のように目の前に広がっている。

城下の唯一の弱点である西側は、武家屋敷や多くの寺院が建ち並び、敵の侵入を困難なものにしていた。

そして城下の東西を碁盤の目のように道路が走り、町人や百姓家が城下町の最前線に建ち並んでいる。

本丸では、年配にもかかわらず、つやつやとした顔色で若者のように輝く目をした男が久幹の帰りを待っていた。

久幹と同年代ぐらいのこの男は、結城家の家老を務める多賀谷政経《まさつね》である。

そして今では北条にすり寄る結城家に嫌気が差し、結城家から独立しようとしていた。

久幹を待つ政経は、久幹の次男・義幹《よしもと》と話しながら茶を喫していた。

「お主がまだ稽古中だと聞き、道場の方へ回ろうと思ったが、ちょうど義幹殿がきたので今お主の話をしていたところじゃ」

久幹には頼りになる二つ違いの息子がいる。

兄は氏幹、弟は義幹と名乗り、十九歳と十七歳になる若者である。二人ははち切れぬばかりの精力を武術にぶつけており、父に似て豪傑だが思慮深く落ちついた兄弟だ。

二人の父である久幹は息子と同じ年頃の時、剣豪塚原卜伝《ぼくでん》の弟子となり、父親の死で真壁へ戻ってきて城主となった男である。

しかし四十七歳となった今も剣の道の研鑽《けんさん》を続け、卜伝の鹿島新当流を自分流に改良し、それを霞神道流と名付けて熱心に弟子たちに教えている。

真壁城主となった久幹は、周囲の国衆の動きに目を光らせなければならず、特にこの頃では北条氏が北関東まで蚕食し始めていたので、いつまでも好きな武道だけにかまけてはおれなかった。

小田原城を本拠地とする北条家の勢力は、三代目氏康の頃になると、北の常陸の方まで伸びてきて、真壁氏のような小さな国衆はその生き残りを賭けて大勢力の動きに敏感にならざるを得なくなってきていた。

永禄三年に山内上杉家の関東管領職を引き継いだ越後の上杉謙信が越山してくると、関東の国衆たちは謙信と北条氏との二つの大きな勢力の動向に注意を払わなければならなくなった。

そして常陸では佐竹氏の当主が義重に代わってからその勢いを強めたため、謙信と氏康とに加え佐竹氏の動きにも気を配るようになったのだ。

長男にはその頃勢いの強かった北条氏康から「氏」の一字を貰い氏幹と名乗らせ、次男誕生の折には常陸の佐竹義重の「義」の字を貰って義幹と名づける程、久幹は周囲に気を使っていた。

すべては小国真壁家を守るための苦肉の策だ。

その点は結城氏の家老である多賀谷政経も同じであった。

年頃も久幹とさ程変わらない政経は、同じ塚原卜伝の弟子だったこともあり、彼と親しい関係を続けてきた。

久幹が部屋に入ってくると、政経は茶碗を降ろし居住まいを正した。

「どうも小田氏治の動きが怪しいのだ」

小田氏は源頼朝の家臣・八田知家を祖とする名門で、氏治は小田城を本拠地とする南常陸の小田家十五代目の当主だ。

宇都宮・小山・佐竹・千葉・長沼・那須・結城氏と小田氏は関東八屋形と称せられ、関東の有力大名の一つである。

小田家は東の霞ケ浦周辺までその勢力を拡げると、今度は西の方へ力を注ぎ、常陸西部を領土とする結城氏と矛を交えるようになった。

結城陣営に属する政経は、彼の領土が小田氏と結城氏の領土に挟まれているので、小田氏の影響をまともに受ける。そのため小田氏への警戒は怠っていなかったのだ。

真壁氏の領地も多賀谷氏と北で接しているので、小田氏の動向は政経同様気にかかっている。

「小田氏治のしぶとさは有名だからのう」

久幹は嫌という程氏治の執念深さを知っている。

結城氏が北条氏の力添えで小田城を奪うと、北条方が小田原城に帰国した隙に氏治は小田城を取り戻した。

そして永禄三年、上杉謙信が関東管領上杉憲政を伴って越山した際、氏治は素直に謙信陣営に従ったが、謙信が越後に戻るとすぐに北条方に身を翻した。

二

　永禄七年、越山した謙信が常陸の実力者、佐竹義昭（義重の父）と協力して小田城を攻め立て小田城を奪うと、城を脱出した氏治は家臣が守っている土浦城へ逃れた。

　佐竹義昭が三十五歳で没した翌年の永禄八年、佐竹の家臣たちが常陸太田にある本城の当主・佐竹義昭の喪に服している隙を狙って、氏治は再び小田城を取り戻したのだ。

　政経は、その小田氏治が今もぞもぞと動こうとしていると訴える。

「わしがここへやってきたのは、お主にそのことを伝えるためじゃ」

「有難いことじゃ。やはりお主は卜伝先生の同門弟子だけのことはあるのう。やつの狙いはこの城か？」

　久幹は小田城から近い距離にある自分の城が狙われているのかと聞き返した。

「いや、狙いはこの城より城兵の少ない片野城か柿岡城であろう」

　片野城は小田氏治から奪った城で、筑波山塊の北に位置し、今は太田道灌のひ孫である太田資正《すけまさ》が預かっているところである。

　太田資正は久幹や政経とほぼ同世代の男で、北条方ではもちろん関東でも「北条氏康を悩ませた男」として有名な武将だ。

柿岡城もまた以前は小田氏治のものであったが、片野城より三キロ程北へ行ったところにある城で、資正の次男・梶原政景が守っている。

太田資正の名は北条はおろか関東でも知らぬ者はいない。

彼が有名になったのは河越城合戦後のことだ。

主家は扇谷《おうぎがやつ》上杉家で彼はその家老の家柄だった。

河越城合戦で滅んでしまった扇谷上杉家の再興を目指して、大いに活躍した男なのだ。

そして従来からの太田家の城であった岩付城と松山城を守るため、八年間北条氏康と抗争を続け、その結果二城とも奪われてしまうことになった悲劇の人でもある。

その後反北条の旗頭である里見義堯と一緒になって国府台で北条氏と戦い、敗れると娘婿の成田氏長を頼り、またそこを出ると、今度は佐竹義重のところへやってきたのだ。

北条憎しで固まった歴戦の士を客将として受け入れることは、同じ反北条の姿勢を取り続ける佐竹義重にとって、「われこそは関東管領職を継ぐ者だ」と主張する上杉謙信と深い繋がりを持つことになり、また味方として彼を出迎えることは、義重にも誇らしいことだ。

義重は喜んで片野城と柿岡城の二城を資正父子に任せた。

「一度太田資正のところへゆき、小田の動きに注意するよう彼に申しておけ。帰りに柿岡城に立ち寄って、娘や孫の顔を見て真壁へ戻ればよいであろうからな」

久幹の娘は資正の息子・梶原政景の妻となっており、今は柿岡城にいるのだ。そして二年前に資正は初孫の顔を見た。

「娘や孫もわしの顔を見ると喜ぶことだろう。お主の言うようにそうしよう」

この頃多賀谷は多忙なせいか、少し顔色が悪いように映る。

席を立ち上がり、政経は帰り支度をし始めた。

「まだよいではないか。久しぶりに会ったのだ。酒でも酌み交わそう」

「いやそうもゆっくりとはしておれぬ。領地内で揉め事があり、わしが直接出向いて裁かねばならぬ。今日は小田氏治が太田父子の城を狙っている事を伝えたくてここへやってきただけなのだ。酒はまた落ちついた時にご馳走になろう」

政経は忙《せわ》し気に真壁城を立ち去った。

翌日久幹は氏幹・義幹の二人の息子を伴って片野城まで遠乗りをする。

十二月ともなると、肌を刺すような寒い日が続くが、この辺は雪があまり降らない。晴れた日には空気が澄み切り、筑波山のその優美な姿は一段と映《は》える。

三人は筑波山山麓まで一直線に走る道を土煙を上げながら、まるで競争しているかのように疾走させた。

片野城は恋瀬川とその支流八瀬川とが作る舌状台地上にある城で、南を除く三方が湿地で囲まれ、大手口は南側を向いている。

その大手門の南には深い堀切を挟んで天神台と呼ぶ大規模な曲輪があり、南の大手口を守っている。厳重な曲輪に囲まれ中央の小高い丘の上に本丸が建っている。

想像力の豊かな久幹は、資正が慣れないこの地にきて故郷の松山城を思い出しながら、その本丸から筑波山を眺めている侘しい資正の後ろ姿を想った。

片野城についた久幹一行を出迎えたのは、犬の群れだった。

大手口の側に太い丸太で周囲を取り囲んだ巨大な柵が築かれており、柵の中を数十匹もの大きな犬たちが群れて走り回っているのだ。

柵の中には大きな屋根つきの小屋まで作られている。

「すごい数の犬だな」思わず氏幹が叫んだ。

主人ではない人間が近づいてきたので、訝《いぶか》しがった犬の群れが集まってきて、牙を剥き脅すように久幹たちを威嚇した。

戦場では堂々とした戦いぶりを見せる氏幹や義幹も、思わず柵から離れて身を竦《すく》ませた。

「資正殿は大層犬がお好きなようじゃ。武蔵にいた時、犬を仕込んで軍令犬に仕立てたぐらいだからのう」

子供のように犬に怯える息子たちの様子を見て、久幹は白い歯をこぼした。

資正は本丸にいた。

傍らには妻らしい若い女性がおり、一緒に静かに語らいながら茶を喫していた。

「おほん」と咳払いしながら久幹ら一行は資正がいる部屋に入り、「お邪魔ではないかな」と断って頭を下げた。

婦人は慌てて席を立ち、隣室から座布団を持ってきて、彼らを上段の間に勧めた。

「これはこれは久幹殿とその息子たちか。久しぶりじゃのう」

資正は久幹とほぼ同世代の男らしく、髪に白いものが混じっている。

小柄だが、子牛のように肩が盛り上がり、ぶ厚い胸板をして、がっしりした身体に丸太のような太い腕がついていた。それに射すくめるような鋭い眼光は、まるで鷹のそれを思わせる。

人を威圧する風貌からは、十六歳で初陣し、数限りない一番槍と組み打ちとで名を成した男の臭いが漂っていた。

「これはわしの妻じゃ。前の城主・上曽殿が小田氏治のために討ち死にされてのう。それでわしが上曽殿に代わってこの城へ婿入りしたのだ。若い嫁を貰ってわしも若返ってきたわ…」

資正が大声で笑うと、顔の刀傷が引き攣って泣いているように映る。戦さの話だと察した婦人は、三人に茶碗を運び、急須からお茶を注ぐと遠慮して出て行った。

部屋には香の香りが残った。

「よい女子じゃのう。若くて優雅だし、お主にはもったいないぐらいだ。羨ましい限りじゃ」

久幹の冗談に「娘のような若い嫁を貰って、わしは寝不足で身体が持たぬわ」と笑いながら、資正は顔を赤らめた。

「ものすごい数の犬を養っておられるようだのう。どれもこれも賢そうな顔をしているわ」

ひと通りの挨拶の後、久幹はこの苦労人にまず目についたものすごい数の犬の話から始めた。

犬が好きらしい資正は、まるで自分が褒められたかのように微笑すると、刀傷で歪んだ口元から白い歯を覗かせた。

「久幹殿はすでにご存じだと思うが、そなたの息子たちはまだ犬という生き物の忠実ぶりを知るまい。犬は主人に命じられれば人より率直に命令に従い、決して主人を裏切らぬものだ。それに城への連絡では、犬は人より早く走り、情報を敏速に伝えることができるのだ。籠城した時、後詰めの要請では犬は十分使者の役目を果たすのだ」

資正はこれまであまり話したがらなかった自分が経験した戦さのことを、久幹の息子たちに語り始めた。

「あれは天文十五年の事だった。われらが主君・扇谷上杉朝定《ともさだ》公と古河公方、足利晴《はる》氏《うじ》公は、河越城を取り囲んだ。その城はかつてはわれらの本城であったのだが、今は北条方に奪われてしまったのだった。その河越城を取り返そうとわれらは出撃した。わが兵はびっしりと河越城を包囲し、味方は八万、敵の籠城兵は八千。敵が降伏するのは時間の問題だったのだ」

資正は当時の光景を思い出したのか、遠くを見るように目を細めた。

「包囲は半年も続き、われわれはいらいらしながら敵の開城を待っていた。だが敵将の北条氏康はなかなか一筋縄ではゆかぬしたたかな男だった。駿河・相模の八千の兵を率いて小田原城を出撃した氏康は、包囲しているわれらに夜を待って奇襲をかけてきたのだ。夜間のため、敵がものすごい大軍で襲ってきたのかと間違いわれらは動転し、包囲網はずたずたに破られてしまった。

踏み留まる者はなく、逃亡する者が後を絶たない状態になってしまい、古河公方は敗走し、わが主君・上杉朝定公は討死し、扇谷上杉家は断絶してしまった。そしてわしを育ててくれた義父・難波田《なんばだ》憲重《のりしげ》殿もこの戦いの最中に討ち死にしてしまったのだ」

「古河方八万人が氏康率いる八千人に敗れたと申されますか？」

氏幹は信じられないという顔で資正を眺めた。

「そうじゃ。戦いの敗因はわしの兄にあったのだ。兄・全鑑《ぜんかん》はこともあろうに北条方につき、われらを裏切ったのじゃ。兄の居城は岩付城でその支配地は河越城まで広がっており、この地域が北条方のものとなれば、河越まで遠征してきた古河公方や補佐役の山内上杉氏は退路を断たれてしまうことになる。そのため味方が浮足立ったところを氏康は見逃さなかったという訳だ」

「負け戦さとなり、帰る城もなくなり、資正殿は如何されたのですか？」

義幹はその後の資正の動静を知りたい。

「わしは山内上杉家の重臣だった横瀬成繁を頼ってじっと高林の地に潜んでおった。ここで北条の動きを探るためじゃ」

「それでどのようにして北条に奪われていた太田家の居城・松山城を取り戻されたのですか？」

義幹は早く続きが聞きたい。

「北条は安房《あわ》の里見氏の本拠・佐貫《さぬき》城攻めをやっていたので、その隙を縫ってわしは松山城を奪回したのじゃ」

資正は「あれはちょうどわしが二十歳前半のことだったな」と当時を懐かしむように呟いた。

「お主たちよりもう少し年が上だったように思う」

熱心に耳を傾ける二人に向かって、資正は微笑んだ。

「兄上からどのようにして岩付城を手に入れられたのでしょうか？」

氏幹は全鑑の岩付城が資正のものになったことを不思議そうに尋ねた。

「兄は河越城合戦の二年目、天文十六年の十二月に病死したのだ。兄には実子がおらず、わしが兄の跡を継ぐことに、岩付城の家臣たちは誰も反対しなかった。氏康はわしが城主となるのを阻止しようとしたが、城内の者たちの協力でわしは岩付城主となることができたのじゃ」

「主君と義父を戦いで亡くされ、兄上の裏切りで帰るべき城を失っておられた資正殿は、やっと先祖代々の松山城と岩付城をわが手に入れられたのですな」

　感動した氏幹は、思わず大声で叫んだ。

「そうだ。河越城合戦で主君を亡くして二年が過ぎ、天文十六年十二月になってやっとわしは先祖からの岩付城へ入城したのだ」

　二人の脳裏には、苦しみの日々を悶々と送ってきた若い資正が、多くの家臣に出迎えられて堂々と大手門を潜る晴れがましい姿が目に浮かんだ。

「資正殿は扇谷上杉家の忠臣の鑑だ。お前たちも資正殿の苦労話をよく胸に刻み込んでおけ」

　目を輝かせて資正を見詰めている息子たちに、久幹は声をかけた。

「しばらく岩付城も松山城も北条氏康からの来襲を受けたが、その都度跳ね返してきた。謙信公が関東管領職となり越山してくると、北条は北進するのを諦めると思っていたのだが、謙信公が越後へ戻ると北条はそれを待っていたかのように武蔵へ手を伸ばし始めたのじゃ。数度の攻撃にも松山城は持ち堪えたが、永禄六年、氏康は武田信玄と手を組んで松山城を取り囲んでしまったのだ。五万という蟻の這い出る隙間もない程の大軍でな…」

「その時、伝令犬が何度も松山城と岩付城とを往復したのですね」

義幹は片野城で飼われている犬が、首に手紙をつけて走っている姿を想像した。

「そうじゃ。だが松山城の城代を務める山内上杉家の一族・上杉憲勝《のりかつ》という男は、いつまで待っても岩付城から救援がこないので、諦めてその年の二月に開城してしまったのだ」

「そうでしたか…」

二人の声は沈んだ。

「その後わしは嫡男・氏資《うじすけ》によって岩付城から追放されてしまったのだ。確か松山城開城の翌年のことだから永禄七年の七月の頃だ。次男の政景《まさかげ》を寵愛していると思った氏資は、わしが戦いに出かけている隙に氏康と通じよったのじゃ。それで行き場を失ったわしは娘婿のいる成田氏長の忍城《おしじょう》に潜んでいたのだが、氏長は謙信嫌いで通った男だった。そこで喧嘩別れして忍城を出て今度は宇都宮広綱を頼り、彼の妻が佐竹義重の妹という縁で、義重殿に迎えられてこうして片野城を任されているのだ」

「辛い人生でしたな」

先祖代々の真壁城を守り続けている父・久幹を見ているので、城を失った者の苦しさを知らない氏幹は、根無し草になってしまった資正を憐れむ。

「わが子が父親を追い出すとは…」

長男・氏資の行為に憤怒する義幹は、資正に同情する。

「さて、わしがここへやってきたのは…」

久幹は資正が反北条の人生を語り終わるのを待って、本題に入った。

「『小田氏治の動きが変だ』と近隣の多賀谷政経が教えてくれましてのう…」

それを聞くと、資正の鋭い目が光った。

「いつかは氏治がこちらに攻めてくると思っていたが、もうそろそろですか。それではこちらもぼちぼちと準備をしておかねば…」


永禄九年三月になると、越山してきた謙信が下総の臼井城攻めで意外と手間取り、開城させることができず敗退するという事態が起こった。

（戦えば常に勝つと思われていた、あの軍神のような謙信がまさか敗れるとは…）

久幹は非常に驚いた。

その知らせは関東の武将たちをも驚愕させた。

「謙信が越山すれば関東の国衆たちは薄《すすき》が風に靡くように謙信方につき、彼が越後に帰国すると北条方に身を翻す。これでは謙信公が幾度越山してもきりが無いわ」

久幹は独り言を呟いた。

しかも謙信の帰国後、北条方に靡く関東の武将の数が近頃めっきりと増えてきている。

（謙信公の影響力は確実に低下してきている。わしも北条方につくことを真剣に考えねばなるまい）

久幹は佐竹義重や謙信の顔を思い浮かべながら、静かに頷いた。

三

永禄十二年になると、北関東を代表する佐竹義重は小田の動きを封じるため、真壁氏の一族である大掾氏・太田氏、それに真壁氏らを加えて、小田氏治の出城・海老原城を奪い、小田城下に火を放ち、民家を焼き荒らし回った。

（くそ！　義重め。このままで済まさぬぞ！）

城下を焼かれた氏治は憤怒し、義重への反撃の機会を窺った。

そして以前から狙いをつけていた義重の客将・太田父子のいる片野城と柿岡城に的を絞った。

まず手始めに佐竹氏の領土に近い片野城の東にある、府中の城下を焼き荒らした。

ここは義重と同盟関係にある大掾氏の領地だ。

そこで義重は家老・車丹波守に出撃を命じ、大掾兵もそれに加わって小田兵を攻め立てると、小田兵は戦闘もそこそこに小田城へ逃げ帰る。

大掾兵だけが相手ではなく、佐竹が戦場に出張ってきたことに、小田氏治は怒り心頭に発した。

「おのれ佐竹め！」

氏治は増兵部隊を募り、府中にいる佐竹・大掾兵を攻めようとした。

困ったのは、戦場にある寺院仏閣だ。

府中にある岩田法泉寺の亮俊上人は「府中にはわが寺院の檀家が多いので、この地での争いは困る。双方とも戦闘を控えて欲しい」と、佐竹方の車丹波守と小田方の総大将に頼み込んだ。

「住民や寺院を敵に回すことはできれば避けねばならぬ」

義重も氏治もこの場は上人の顔を立てて府中から撤兵させた。

だが憤懣が収まらない氏治は、今度は義重領への侵入を考えた。

その報告を受け、資正は片野城の城壁を厚くし、空堀を深くして小田勢の攻撃を待つ。

「いよいよ小田勢が攻め寄せることは必定だ。もし敵の来襲を知れば、あの犬たちを使ってわしに知らせてくれ」

娘が梶原政景と一緒に柿岡城にいるので、久幹にとっては片野・柿岡城の二城はどんなことがあっても敵の手に渡すことはできない。

「今から犬に旨いものをたらふく食わせ、大事な時に活躍できるようにしておかねばならぬな」

資正の剽《ひょう》げた物言いに、久幹も釣られて笑い出した。

「人も犬もこれから忙しくなりそうだ。久しぶりの戦さに腕が鳴るわ。赤樫の棒の手入れをしなければならぬわ」

「何かあれば犬を使って連絡するので、よろしく頼みますぞ」

「わかった。帰りに娘と孫の顔を見てこようと思うが、政景殿に何か言付けがあれば聞きましょう」

資正は少し考え込んでいた。

「城の用心は怠りなくやっておると思うが、倅に尚一層気を配れと申し上げて下され」

心が通じあってよい父子だなと思いながら、久幹ら父子は片野城の空堀などの様子を点検し、馬を疾駆させて柿岡城へ向かった。

柿岡城は柿岡の地の西南にある舌状台地に築かれた城で、四方を湿地に囲まれており、本丸はその中にある高台上にあった。

城主・梶原政景は妻と何やら楽しそうに喋っていた。

妻のつくばはそこに居るだけで、何か馥郁とした香りが匂う花が咲いているような明るい雰囲気を醸し出す。

真壁城から南に見える筑波山は、四季折々にその秀麗な姿を見る者に与え、一面に広がる田畑の緑を借景にして堂々と四方を睥睨しているようだ。

その筑波山にちなんで久幹は、初めて得た自分の娘に「つくば」と名づけた。

つくばは名前の通り、大きくなるにつれて容貌が美しくなり、その美貌は真壁はおろか近隣にも鳴り響いた。兄たちに可愛がられて育ったつくばは、兄たちが通っている道場へ行きたくて堪らなくなり、二人の兄につき従って久幹の道場に通うようになった。

門人たちはつくばが道場に姿を現わすと、急に太刀を激しく振り回し、目立とうとし、中には恋文を渡す者までいたが、つくばは気にせず何もなかったかのように、道場通いを一日も休もうとはしなかった。

真壁城に近隣から敵が攻めてくることがあった時、軍議が行われている本丸へ、真剣な表情をしたつくばがやってきた。

彼女は求められてもいないのに、考えついた策を披露し、そのとっぴもない考えは久幹たちを驚かせた。

だが軍議で何時間も頭を拈《ひね》り合った策よりもその作戦はすばらしく、的を得た策を用いた真壁勢は、戦えば必ず勝った。

「つくばが男であればなぁ。兄たちよりも剣の才能も上で、度胸も座わっているのに
……」

久幹はつくばが女であることを残念そうに嘆いた。

久幹たちが本丸に姿を現わすと、久しぶりの父と兄との訪問につくばは頬を緩ませた。

だが父の厳しそうな顔を見ると、つくばは急に眉を曇らせ緊張した表情になった。

「氏治がいよいよこの城を奪回しようと企んでいるのですか」

磊落な父が厳格な表情をする時は戦さが近いということを、つくばは知っていたのだ。

「どうもそうらしい。多賀谷政経が教えてくれたので、まず間違いはあるまい。いざという時に備えて、用心を怠らぬようにしておかねばならぬぞ」

「小田氏治がいつ攻めてきてもよいように、空堀を深くして、見張りの者たちも増やしております」

政景は父・資正に似て激しい気性をした若者だが、豪将ではあるが慎重な父と比べて気が短いところがある。

籠城戦で粘り強く辛抱して後詰めがくるまで待つ必要が求められる時、資正のような忍耐力がない。

久幹はそんな娘婿を心配していた。

「小田氏治の兵は三千を下らない。わしの真壁城からは千五百、それにお主と父・資正殿の兵を合わせてせいぜい六百名程だ。当座はこれぐらいの兵が集まれば小田勢相手に十分戦えるであろうが、その時は佐竹殿に救援を頼まなければならぬ」

多勢に無勢であることは、政景にもよくわかっている。

「氏治殿はどこからこちらへやってくるでしょうか?」

（戦略家のつくばの頭が回転し始めたぞ）

娘が考え込んでいる様子から、久幹は娘の口から良策が出てくるのを期待した。

「どの道を通ってくるかがわかれば、われらは氏治殿の先回りをして待ち伏せておき、彼らを襲えばきっとわれらは勝ち、敵を逃げ帰らせることができましょう。また秘かに別部隊を用意しておいて、味方の兵たちが筑波山麓を迂回して敵より早く小田城に到着すれば、ひょっとすると小田の本城を乗っ取れるかも知れませぬ」

つくばの戦略に久幹は唸る。

（わが子ながらつくばの策は素晴らしいぞ。この策でならあの粘っこい氏治にも十分通用するわ）

思わず久幹は手を叩いた。

「これは最上の策だ。氏治がやってきそうなところに見張りの者を立て、やつの進路を見定めよう。その通り道に伏兵を敷き、完膚なきまでに氏治を懲らしめてやろう。これはきっと上手く行くぞ。つくばはわが娘ながら恐ろしい軍師じゃ」

腹をかかえて、久幹は豪快に笑った。

その日から筑波山に連なる東の山々の峠道には、真壁家や犬を伴った太田家の見張りの男たちが要所要所を固め、小田勢が攻めてきそうな所の監視を始めた。

一方小田城の本丸では太田父子が守る城攻めを巡って、盛んに軍議が行われていた。

「資正父子の片野・柿岡城には大した兵力もいないが、真壁久幹の娘が資正の息子のところへ嫁に行っておる。わしらがやつらの城を攻めれば、必ず久幹がやってこよう。この際城二つを奪い取り、久幹が援軍としてやってくれば、やつも討ち取ってしまおう。城攻めに時間をかけ過ぎると、後盾の佐竹義重が救援してくるので、攻城はできる限り早くやってしまうべきだ」

土浦城主・信田《しのだ》重成は氏治の重臣の一人である。

「重成殿の申されることは尤もと存ず。二城とも元々われらのものであった城で、敵の手に渡ってからはわれらにとって目障りな存在となっておる。早々に取り戻そう」

藤沢城主・菅谷正光も重成に同調する。

四

十一月になると朝夕めっきりと冷え込み、筑波山塊の山々は薄っすらと雪化粧を始めた。

小田城兵はもちろん、霞ケ浦方面からの部隊は白い息を吐きながら、続々と小田城に集まってくる。

三千の兵がこれから小田城のすぐ北に見える宝篋《ほうきょう》山を越えて、筑波山から東に広がる連山を抜け出し、手葉井山《てばい》の北に広がる片野・柿岡城に攻め込むのだ。

乳のように白濁した空気が徐々に薄れてくると、朝日が筑波山にかかり、山麓に広がるすべての風景を朱色に染め始めた。

これから約五里の山越えの道が続くので、彼らは山中で野営して翌朝早々に城下を荒らし、城を奪う手筈を整えた。

三千の兵たちは腰に携帯食の干飯をぶら下げ、前方に見える宝篋山に向かって出発する。宝篋山は標高四百メートル級の山で、滑り易い斜面や岩肌が露出した危険な箇所がある。

しかし空気が澄んだ日に山頂へ登ると、遥か南の方に富士山を拝める程見晴らしがよい時もあり、西を望めば筑波山はもちろん、北には榛名山、赤城山それに日光連山もはっきりと見られる。

東筑波と呼ばれる山々の北側に、攻撃目標の片野、柿岡の城下があるのだ。

これから約五里の山道を登ったり降りたりするため、二城につくのには丸一日を要するので、途中山中で一泊し、翌朝周囲が明るくなった頃を見計らって、城下に攻め込みたい。

三千人からなる混成部隊は鎧や兜を外し、身軽い格好となって宝篋山を登り始める。

山道といっても全然樹木の手入れはされておらず、兵たちは道を塞いでいる重なり合った枝や折れた木を両手で掻き分け、道の真ん中に転がっている大岩を動かしながら前へ進んでゆく。

また山道は急に一人が通るのも苦しいような狭いところがあり、おまけに両側が恐ろしく切り立った崖が大口を開いている危険地帯があるので、兵たちは一歩一歩足元に注意しながら歩く。

そのために自然と速度は鈍り、いくらも進んでいないのに、日は中天に昇り、兵たちは疲労と空腹を覚えた。

ちょうどその時、休息と遅い朝餉の命令がきた。

彼らは腰に巻いていた芋づるを外し、それに携帯してきた干飯を兜に入れる。

そしてどこからか谷川を見つけてきて、水を竹筒に汲むとそれを運んできて兜の中に注ぎ込み、周辺から集めてきた落葉に火をつけた。

粥がぐつぐつと煮えてくると、何とも言えぬよい匂いが周り一面に漂い始め、彼らは物も言わず一心不乱にそれを口に入れた。

それを見ると、岩場や木陰から敵兵を見張っている太田の兵たちは、空腹に耐えながらぐっと生唾を飲み込んだ。

そして突然大声で吠えそうになる犬を繋いだ紐を懸命に引いて、騒がないように必死で犬を宥めた。

何せ三千人の兵たちが一斉に山の中腹で朝餉を摂るので、中腹は人で満ち溢れるが、兵たちは敵に気づかれることを警戒して、山中は静まり返っている。

いよいよ腹ごしらえが済むと、兵たちは跡を残さないように焼いた落葉に砂をかけ、散らかした物を拾い集めると、重い腰を上げまた行軍を続けた。

城下に近い手葉井山の山頂まできた時、太陽は大きく西に傾き、彼らの行軍はやっと止まった。

山では日が暮れるのは早い。もう薄暗くなってきたため、ここで一夜を明かす準備を始める。

山麓を眺めると、下方には所々城下の明かりが灯っているが、手葉井山から北への下り坂は手這坂と呼ばれる難所だ。

手で這うように蹲《うずくま》って進まなければならないような急勾配の下り坂が続いており、道の両側は目もくらむような急峻な崖が広がっている。

その屹立した斜面を樹木が覆い隠しており、目を凝らしてよく見ると、大岩がごろごろ転がっていて、岩肌がむき出しになっていた。

用心してその日は手葉井山の山頂で夜を明かすことにした。

片野城からの見張りの者は、敵の位置、状況を手紙に認《したた》め、それを訓練された犬の首に結びつけた。

犬は暗い山中でも夜目が利き、昼と同じように山道を駆け降りる。

小田勢が手葉井山まで到着したことを知らせるため、その情報を片野城まで届けるのだ。

資正は暗くなった部屋に明かりを灯すため、ろうそくに火を近づけようとした時、走り込んできた犬の足音を聞いた。

振り返ると、首に手紙を巻いた一匹の大きな犬が、息を弾ませながら座っている。

結われた手紙を犬の首から外し、ろうそくの火の明かりに翳《かざ》しながら目を通した。

「敵はいよいよ翌朝にはこの城下まで攻めてくるのか」

興奮してふと呟いた資正は、息子のいる柿岡城に早馬を駆けさせると同時に、真壁城の久幹と常陸太田の鯨ヶ丘にある佐竹義重の本城・舞鶴城へも使者を走らせた。

日が暮れてきて城下町にある民家では、そろそろ明かりが灯り始めた。

資正は家臣に命じて一軒一軒民家を訪れ、目立たないように彼らを城内へ誘導させせた。

敵が来襲してきた際、民家は焼き払われる運命にあるが、百姓・町人・商人などの人的被害を出来るだけ少なくしようと、資正は気を配る。民あってこそ、城主は城主たり得る。長い放浪生活から資正は身にしみてそれを感じていたのだ。

敵が城下まで迫ってきた時のことをあれこれと考えると、資正は夜がふけてもなかなか寝つかれなかった。

布団の隣では、まだ眠れないのか妻の寝息が荒い。

(城の守りを固めて籠城し、敵が攻め倦んだところを出撃してやろう。城下は焼かれるが、小田勢はそう何日もここに留まって、籠城するわれらを相手に戦えぬに違いない。すぐにでも久幹殿が後詰めにやってくるだろうし、また佐竹義重殿の大軍も日を待たずして救援にきてくれる筈だ。その時こそ退却する小田勢を反撃する最大の機会である。手這坂で待ち伏せをし、小田勢に壊滅的な被害を与えてやろう。上手くゆけば氏治を討ち取れるかも知れぬぞ)

夜が明け始め山にも朝の柔らかい光が射し込んでくると、小田勢は恐る恐る手這坂を降りてくる。

平地につくと、氏治は片野へ向かう兵と北へ三キロ程離れた柿岡の城下へ行く者と二手に別れた。

片野の城下は手葉井山の山麓が広がるところにあるが、城下へ忍び寄った氏治は、まるで無人のような城下の様子に首を傾げた。

周囲が明るくなると、町人や商人の家では表戸を開き、道に水を撒いてそろそろ店開きの準備をする筈だが、今日はどうしたことか、町は不気味に静まり返っているのだ。

「全く人が住んでいないような町だな」

兵たちもその静けさに呆然としている。

「城下に火を放て。そうすれば家に隠れているやつらも驚いて姿を見せるだろう」

大将の命令で民家に火がつけられ、乾燥した空気も手伝って、火は瞬く間に城下の民家に燃え広がった。

だが驚いたことに民家に住んでいる犬や猫が路上に飛び出してきただけで、人っ子一人家から出てこない。

「さては資正め、われらの来襲を知って、民を近くの山へ避難させたか、城内へ移したのかも知れぬな。まあそんなことはどうでもよいことじゃ。それよりも早く城を攻め落とせ！」

千名を越す小田勢は一斉に片野城へ進む。

一方片野城ではいつ小田勢が来てもよいように防衛体制を強化しており、土塁は高くし、空堀は深く渫《さら》って来襲に備えていた。

資正は本丸にじっとしておらず、外の曲輪《くるわ》を走り回り、攻め寄せてくる敵の様子を窺う。

城が静まり返っているのを見て、敵はすぐに攻め込もうか、それとも城内に何か策略が隠されているのかを見極めてから攻め立てようか、と迷っている様子だ。

（敵を怒らせてやれ）

敵が我武者羅に向かってくることを期待している資正は、三人張りの弓を取り出し、手にしている鏑《かぶら》矢《や》を放った。

矢はブーンという音を残して空高く舞い上がると、氏治の傍らにいる近習の眉間に突き刺さった。

「あッ！」という短い言葉が彼の口から漏れ、額から血を流しながら落馬した。

慌てて近寄ってきた重臣の一人、岡見政景はその矢を引き抜くと、その矢には「太田資正の矢なり」と銘打ちされている。

「舐めた真似をしやがる」

岡見は呆然としている氏治の方を振り返った。

「一気にこの城を落としてやりましょうぞ」

敵兵が一斉に大声をあげ、こちらに向かってくるのを見て、資正はにやりと白い歯をこぼした。

戦さ慣れしていない城の若者は、緊張からか目を吊り上げ、敵が近づいてくるのを見ると、辛抱できず早く矢を放とうとした。

「まだ遠過ぎるぞ。もっと敵が近づいてからだ。敵の顔が見分けられるまで待て。まだ矢を放つなよ」

まるで子供をあやすように、優しく子守歌を聞かすように資正は話す。

また各曲輪を指揮する武将たちにも同じ事を伝えた。

敵は堀際までくると、逆茂木《さかもぎ》を取り除き、堀を乗り越えようとした。

「よし、今だ。矢を放て！」

資正の大声が響くと、空堀の後ろに築かれた高い土塁から一斉に城兵たちが立ち上がり、敵兵目がけて雨のように矢を降り注いだ。

矢に当たった敵兵はばたばたと倒れ、勢いあまった者はそのまま空堀の中へ嵌《はま》った。

思わぬ敵の抵抗に驚いた小田勢は、一瞬怯んだ。

「城兵は百名もいないぞ。力攻めで城を落としてしまえ」

氏治は少々の犠牲を出しても城を奪回しようと城攻めを断念しない。

外堀の後ろには人の背丈より高い土塁が周囲に張り巡らされていて、この土塁を盾に城兵が盛んに弓矢や鉄砲を放ってくるのだ。

その抵抗は思った以上に激しく、小田勢は外堀すら乗り越えられない。

「一ケ所さえ穴を開ければ、この城は落ちる筈だ」

大手口に兵を集めた氏治は、ここを破ろうとした。

城兵にとって大手口は一番大切で、厳重に守っている所だ。ここには虎口を設け、馬出しまで作っている。

その上大手口を守るため、その外に大きな曲輪を築き、そこには多くの兵を割いていた。

氏治が大手口を狙っていることを知ると、資正は他の曲輪から数名ずつ兵を引き抜き、大手口に集合させた。

「これよりわれらは出撃する。残った者は一歩たりとも敵を城内に入れるな！」

数十騎を馬出しに集めた資正は、大手門を開くと群がる敵中に討って出た。

まさか出撃してこようなどとは思っていなかったので、敵の騎馬武者たちを見て小田勢は驚いた。

その出撃隊の勢いは激しく、あたかも錐揉みするように小田勢の真っ只中に突っ込んでゆく。

彼らは資正を先頭にまるで三角形のような陣形を保ちながら、小田勢を割って進むと、大軍であるにも関わらず、小田勢は戦うどころか道を譲るような格好で彼らを避けた。

「何をしておる。早くやつらを討ち取れ！」

この思わぬ成り行きを眺めていた氏治は、大声で怒鳴る。

兵たちがやっと我に返った時には、すでに出撃隊は無傷で城内に入っていた。

この出撃で小田勢の士気は完全に削がれてしまった。

「城下は焼き払いましたが、城に籠もる柿岡城の守りは固く、いまだ城内へ入ることもできませせぬ」

柿岡城からの使者が走り込んできて、汗を拭いながら攻城の様子を伝えた。

「そうか。われらの来襲を予想して、やつらは二城とも守りを固めておったのか…」

苛立った氏治は、思わず口元を歪めた。

「ここは無理攻めは止めて、一旦城下を出て山際まで兵を引いて様子を見ることにしましょう」

信田や菅谷らの重臣は、城攻めの中止を進言する。

氏治の嫡男・守治はこの戦さに同行していたが、味方の戦いぶりを歯がゆく思っている。

「わしがここまでやってきたのは、できれば資正父子か久幹の首を取るためだ。たとえ十日や二十日かかろうともやつらの首を見ぬ内はここから一歩も退かぬぞ」

重臣たちの戦意のなさに憮然とした守治は、憤怒の表情で信田重成を睨んだ。

「戦さにおいて一番重要なことは慎重さでござるぞ。僅かな敵を討ち破ることができるのは、お互いが城を出て戦う場合に限られます。だが籠城している相手と戦うとなれば、たとえ相手が小勢であっても十日や二十日では済みませぬぞ。ましてやここは敵地でござる。地の利もやつらに味方しましょう。城を落とすまでに時間がかかり、その間に後詰めがくればどうなされるおつもりか。下手をすればこちらが敗れるやも知れませぬぞ」

信田重成は戦さ経験の浅い守治を睨み返した。

「戦いはあくまで慎重であるべきで、ここは一旦退いて、敵の様子を窺いましょうぞ」

菅谷正光も若い守治を諫める。

「守治、ここは重臣たちの意見に従え！」

父親が重臣たちの肩を持ったので、守治は恨めしそうに父を見ると、しぶしぶ頷いた。

柿岡城下から戻ってきた小田勢も手葉井山の山麓に集まってきた。

敵に対して優位な高所を確保するため、小田勢は朝に通り抜けた、くねくねと長く続く険しい手這坂をもう一度登らなければならなかった。

小田勢が山の方へ退くのを見ると、片野城からの兵たちが手葉井山麓の方へやってくる。

四つん這いになりながら、坂を登ってゆく敵に向かって、城兵たちはこれまで我慢していたうっ憤を晴らす。

「われらに敵わぬと思い、こちらに尻を向けて逃げるのか！」

「大軍のくせに情けないのう」

城兵たちは敵の背中に向かって口々に大声で、盛んに罵詈雑言を浴びせた。

まもなく柿岡城からも政景の兵たちが駆けつけてくると、坂下に集まった太田兵たちは六百人ぐらいになった。

若い政景の鎧兜姿は、日の光に当たってまぶしく映る。

「柿岡城は無事か」

「父上の教え通りにまるで針ねずみのように用心して、敵に備えておりましたので」

「針ねずみはよかったのう…」

資正は腹を抱えて笑った。

政景が短気を起こさず慎重で用意周到ぶりを発揮して、籠城戦に徹したことに、資正は満足した。

「さて義重殿は常陸太田からなので少々時間がかかろうが、真壁にいる久幹殿はもうそろそろここに現れてもよい頃だが…」

資正の言葉が終わらない内に、北の方から猪の絵が描かれた旗指物を背中に指した部隊が、もうもうと砂煙をあげながらこちらに近づいてくる。

「久幹殿が真壁から後詰めにきてくれたぞ」

「これで小田勢をやっつけられるわ」

太田隊は歓声に包まれた。

やがて久幹に率いられた六百名程の精鋭部隊が坂下に迫ってくると、勢いづいた太田兵たちは坂上に陣する小田勢たちを詰《なじ》り始めた。

「やい、大軍のくせに、われらが恐ろしいのか」

「このまま逃げ帰るのか」

久幹の部隊を喜んで出迎えた資正は、氏幹と義幹の姿が見えないことに首を傾げた。

それに救援の兵たちが六百名程と、意外と少ないことも気になった。

資正の不審に思う表情に気づいた久幹は、「倅たち二人には別の任務を申しつけたのだ。二人は氏治がこれからこそこそと動き回らぬよう、どうしても小田勢を懲らしめてやりたいらしい。倅たちは大きく筑波山麓を西に迂回し、先回りして小田勢の背後に回り、前後からわれらと氏治を挟み込む作戦だ。われらは小田勢を倅たちの待ち伏せしているところへ追い込む役目を担うのだ。なかなかよい策だろう」

久幹は自慢そうに胸を反らせた。

「つまりわれらは小田勢という猪を追い立てる勢子という訳だな」

資正は頰を緩める。

「上手く追い立てねば、猪は変なところへと逃げてゆくぞ」

「そうさせぬのが、つまりわれらの役目か…」

久幹と資正はお互いに顔を見合わせて笑った。

「実はこの策を考えたのは、わしや倅ではなく、娘のつくばじゃ。真壁家の真の軍師はつくばなのだ」

二人の話を聞いていた政景は、妻を褒められてまるで自分が褒められたかのように、顔を赤らめた。

「この策にはまだ続きがある。倅は後方から小田勢を待ち伏せるが、上手くいくと小田城もわれらのものになるかも知れぬぞ」

久幹は謎めいた笑みを漏らす。

「小田城を襲うと申されるか？」

呆然として、資正は久幹を見詰める。

「氏幹は待ち伏せ役の義幹と別れ、そのまま小田城に向かうのだ。そして城を奪う寸法じゃ」

「そう思うように事が運びましょうか」

心配そうな表情を浮かべて、政景が聞く。

「小田城に詰めている留守部隊は年寄りか子供だけだろう。それにそう人数もいないに違いない。氏治より早く城についた氏幹が、帰還した小田兵のふりをして入城してしまえば、もうこっちのものよ」

危険だが成功すればもうけものだ。

「さて、こんどはわれらの方だが、わしがここへやってきたことを知って、やつらがこの皺首を取ろうと思い直し、もう一度この坂を降りてくるようにしなければならぬ。氏幹が小田城につくまでの時間を稼いでやらねばならぬからのう」

例の赤樫の棒を家臣に命じて持ってこさせると、それをぶんぶんと水車のように振り回した。

「大軍のくせに、目の前にいる真壁久幹を見てすごすごと逃げるとは小田氏治は卑怯な男なり」

戦さで嗄れた大きなだみ声は山中でもよく響く。

おまけに陣太鼓や陣鐘を打ち鳴らして、さんざんと敵を揶揄する。

やっとの思いで坂上まで登り終えた小田勢は、それを聞くと歯ぎしりした。

「われらの半分の兵力もいないくせに…」

「久幹が真壁からやってきたのは幸いだ。この機会にやつを討ち取ってしまおう」

「このまま見過ごすのはどうも癪に障るわ」

普段あまり目立たない重臣たちが、激しい意見を言う。

「いやいや、戦いは勢いと申す。われらは朝からの戦さで疲れきっておる。敵は新手がやってきて勢いが盛んだ。この度は城下を丸焼きにしたことで満足すべきだ。深追いはよくない」

戦さ慣れした城主だけあって、信田重成も菅谷正光も慎重だ。

「やつらは寡勢だ。何故大軍のわれらが怖《お》じねばならぬのだ」

いつもは大人しい重臣たちが珍しく熱《いき》り立つ。

「真壁から後詰めにきた兵の少なさが気になる。それに後詰めに佐竹がやってくればやっかいなことになろう」

慎重派の信田・菅谷は口を揃えて他の重臣たちを宥めようとする。

「そんな気弱なことでは、どんな戦いも勝てぬわ」

積極派と慎重派はお互いに口汚く罵り合う。

「よし、久幹がのこのことここへやってきたのが、もっけの幸いじゃ。やつの首を取り、この戦さの土産としよう」

氏治の決断に兵たちは大声で応え、その咆哮は山々に木霊《こだま》した。

「先陣はわしがやる」

牛久城主・岡見治資《はるすけ》は「酒林」と描かれた旗指物を背中に指し、三百程の兵を引き連れると、さっさと手這坂を降り始めた。

小田の兵たちは岡見に引きずられる格好で、大声で叫びながら二陣、三陣と坂を降りてゆく。

これを見ると、久幹はにやりと頬を緩めた。

岡見隊に続く三千の小田勢は盛んに矢を放ちながら坂を降りてくる。

「久幹の首を取れ！」

岡見治資は血眼になって、猪の絵を描いた旗指物を背中に背負った者たちの中から久幹の姿を探す。

黒白縞の小旗の立ち並ぶ真壁の本陣に集まっている屈強そうな武者たちの中心に、一人の大男が馬に跨っていた。

禿げているのか、黒頭巾で頭を隠し、その男は何やら大声で喚きながら兵たちに指示をしている。

「久幹がいたぞ。あそこだ」

治資の指差す方向に向かって、岡見隊からは矢や鉄砲が放たれる。

「そんなひょろひょろ矢や鉄砲玉では、わしを倒すことはできぬぞ」

久幹は岡見隊の方を振り向くと、大声で喚く。

敵が坂を降り始めると、それを阻止しようと太田・真壁の連合軍は手這坂へ向かい登りだす。

坂を挟んで弓矢や鉄砲の応酬が始まり盛んに矢や鉄砲玉が飛び交うが、何分兵力に開きがあるため、足場が悪いにも関わらず、坂を降りてくる小田勢が、じわじわと連合軍を押し始める。

劣勢となった連合軍は、次第に後退しだした。

久幹は何度も修羅場を潜ってきた男だけのことはあり、このような局面には数限りなく遭遇しているので慌てることがない。

「名のある武将一人だけを倒せばよい」

久幹はこんな時に役に立つだろうと扶持を与えていた根来《ねごろ》から来た法師で、大蔵房と名乗る鉄砲の名人を連れてこさせた。

「何か用で…」

愛想はないが腕だけは確かな坊主で、久幹は彼の腕前を何度も戦場で見ていて信頼を置いていた。

「あの先頭を駆けてくる男が岡見治資じゃ。ここでお主の腕前を見せて欲しいのだ。

やつを仕留めれば、後は雑魚の集まりなので、一変に逃げ散ってしまおう。よいか一発で仕留めるのだぞ」

念を押され、大蔵房はむっと気色立って久幹を睨んだ。

「わしが仕損じて二発も鉄砲を撃ったことがござろうか」

「済まぬ。そうであったな」

(頼りになるやつだが、扱いにくい坊主だ)

自分の腕がやっと認められ機嫌を直した大蔵房は、その浅黒い顔に笑みを浮かべた。

伏せやすい岩場を探し出すと、そこに身を屈めて馬上の男に狙いを定める。

(距離は三十間あまりだ。これだけ近ければ目を閉じていても外すことはない。多分鉄砲玉はあの厚い武具を貫くだろう)

素早く火縄に点火した大蔵房は、銃口を男に向け心を落ちつけるために深く息を吸い込むと、的をしっかり狙い始めた。

引き金を引くと激しい爆音が手葉井山に木霊した。

久幹が見上げると、馬上で叫んでいた岡見の姿はすっかり消えており、乗り主を失った馬だけが驚いて坂を駆け降りてくる。

立派な黒塗りの鎧を身につけて、背中には「酒林」の旗指物を指していた岡見は、手這坂の右手にある険しい崖から転げ落ち、絶命していた。

「いつ見ても惚れ惚れする見事な腕前だ」

久幹は気難しいこの職人気質の男に向かって一声かけてやると、「大蔵房が岡見治資を討ち取ったぞ」と大声で叫んだ。

咆哮は手葉井山中に響き、その大声を聞くと今まで押され気味だった連合軍は急に勢いづき、逆に小田勢は岡見治資が討たれて動揺が走り、その勢いは削がれ始めた。

「これこそ一発の威力だわ」

その様子を見て、久幹はさっと右手をあげた。

すると手這坂の左右の尾根から狼煙があがり、潜んでいた二百名程の兵が両尾根から姿を現わした。

「しまった。取り囲まれたぞ」

敵は坂を登ったらよいのか降りた方がよいのかわからず、混乱し始めた。

今度は久幹が左手をあげると、左右の尾根から手這坂の小田勢に向かって雨のような矢が降り注いできた。

坂上の敵はばたばたと倒れ、坂の両側の急峻な崖に転がり落ちる。

それを見ると、左右の尾根から割れんばかりの大声が湧き起こった。

この機会を逸さず攻撃の命令を下した久幹は、赤樫の棒を片手に持つと、自ら先頭に立ち坂を登りだした。

逃げ惑い再び手這坂を登る者と、後ろからせっつかれて坂を降りてゆく者とで、敵は大混乱に陥った。

登ってゆく久幹は、行く手を塞ぐ敵兵を馬ごと赤樫の棒で吹っ飛ばす。

振り回す棒に当たると、人馬は急峻な崖へと落下してゆく。

「敵が後退している今こそ功名の絶好の機会じゃ。励んで家名をあげる時ぞ」

敵に背中を見せながら坂を登って逃げてゆく者たちや連合軍に斬られて屹立した崖へ転がり落ちていく馬と武者たちの姿を横目に見ながら、久幹たちは坂を登ってゆく。

中には坂を降りてきて、勇敢に連合軍に突っ込んでくる者もいた。

だが小田勢はどうしても劣勢を立て直すことができず、坂を登り切ると、また来た山道を逃げてゆく。

頂上まで敵を追いかけていった久幹たちは、逃げ去る敵の姿が見えなくなると、そこで戦いの終了を知らせる陣鐘を打ち鳴らした。

そして返り血で赤鬼のような形相になった兵たちが集まってくると、「よくやったぞ」と労いの言葉をかけた。

寡兵の連合軍が小田の大軍を追っ払ったのだ。

「あとは待ち伏せをしている義幹たちが上手くやってくれるだろう。一服したらやつらをその場所へ追い込もう」

会心の戦さぶりに、久幹は感無量のようだ。

「上手くいきましたな」

満足そうに敵の逃げっぷりを眺めている久幹に、資正が声をかけた。

「これも太田殿父子が籠城して、敵の侵入を拒んでくれたお蔭ですわ」

久幹は資正を褒める。

「思い通りの勝ちを収められて、お互い肩の荷が下りましたな。だがしばらく休んだらもう一働きしなければ…」

資正の言葉に、久幹はぎゅっと顔を引き締めた。

筑波山の東に伸びる山塊を糸が縫うように走る細い山道を通り、連合軍は逃亡する小田兵を追撃する。

小田勢は大軍だが、一旦追われる立場になると案外脆い。

連合軍は逃げる狐を追いかける猟犬のように懸命に敵を追い詰めようとした。

小田兵は武器を棄てて命からがら逃げる者もいれば、何度も振り返っては応戦してくる者もいる。

小勢の連合軍はその都度弓矢や鉄砲で彼らに応じた。

「しつこいやつらだ。どこまでもついてくるわ」

小田兵は走りながら追いかけてくる敵兵に毒づく。

追撃を躱し何度も振り返りながら、小田兵たちは小田城を目指して駆け続けた。

細い山道は樹木が長い枝を伸ばしているので、日中でも日が差さず薄暗い。

手這坂で手痛い敗北を喫し、身体が綿のようにくたくたに疲れているので、小田兵たちはどこか安全なところでゆっくりと一服したい。

身体を休めたい誘惑に負けた者は、木陰の中にある陽だまりを見つけると、傍らにある岩に重い腰を降ろした。

「こんなところで休んでいるのか！」

突然草叢から大声がし、槍を手にした数名の敵兵が現れた。

彼らは腰を降ろしている小田兵たちを槍衾で取り囲んだ。

小田兵たちは戦おうと気は焦るが、何分重い身体がいうことを聞かない。

「これでも喰らえ！」

　待ち伏せ隊が繰り出す槍に、抵抗する力もない小田兵たちは次々と倒された。

　運よくその場から逃れた者も、山道から急に出現した義幹の兵たちによって斬り殺された。

　やっと目の前に見慣れた小田の城下が広がり、城が見えてきた。

　山中を駆け抜けた小田兵たちは、危機を脱した安堵からか、誰もがその場に蹲《うずくま》り、倒れ込んでしまった。

　城下にはいつもの活気が無いような気がしたが、城は夕陽に照らされ朱色に染まっている。

　彼らはこのままここにじっと転がって、休んでいたかったがやっと起き上がると、城下をそのまま通り抜け、城の大手口の方へ進んだ。

　すると奇妙なことに、大手門は閉じられており、城は静まり返っている。

「開門。帰還したぞ」

　小田兵たちは首を傾げながら門が開くのを待ったが、いつまで経っても門は閉じたままだ。

「門番めが、眠っておるのではないか」

日が西に傾き、暗闇が迫ってくると、汗が乾いてきて肌寒くなってくる。早く城内に入って部屋を温めて熱燗を飲み、ゆっくりと身体を休めたい。

「遅いのう。門番は全く何をしておるのだ」

苛立った兵たちは堪らず大手門を叩き始めた。

すると狭間から銃口が覗き、彼らに向かって撃ちかけてきた。そして大手門が開くと、中から「丸に桔梗」や「橘」の旗指物を背中に指した兵たちが彼らの前に立ち塞がり、盛んに矢や鉄砲を浴びせかけた。

「これは一体どうなっておるのか？」

右往左往しながら、小田兵たちは氏治の方を見上げた。

氏治もこの思わぬ出来事を理解するまでに、相当の時間がかかった。

「久幹め、やつは後詰めして手這坂に姿を現したが、あまり兵を連れてこなかった。その時、わしは怪しいとは思わなかったが、さては別部隊に命じて筑波山麓を迂回して、われらの先回りをしていたのか」

この時になると遅まきながら、小田兵たちも事の成り行きがわかるようになってきた。

「わしより先に城へつき、久幹の息子がわしの城を奪ったという訳か」

氏治はやっとこの事態が飲み込めたが、自分の城から激しい抵抗を受け、とても城を奪い返すことなどできない。そこで肩をがっくりと落とした氏治は、菅谷正光の勧めもあり、しぶしぶ霞ケ浦の西岸にある彼の居城・土浦城まで行くことにした。

五

太田資正父子と、真壁久幹とその息子の義幹が小田城にやってくると、城を奪った氏幹は大手門から出るなり、破顔して皆を出迎え入れた。

佐竹勢が大軍を率いて後詰めにきてくれた時には、勝敗はすでについていた。

「よくも小勢であの小田氏治の大軍を討ち破り、この城を手に入れることができたものだ」

佐竹一族の一人・佐竹義斯《つな》は鉄砲の硝煙で煤だらけになった久幹父子を褒めた。

「いや太田父子が籠城して敵の侵入を許さなかったことが勝因でござる」

久幹は太田父子を持ち上げた。

「いや、久幹殿の見事な采配ぶりにはわれら一同全く驚嘆しましたぞ」

お互いに戦功を譲り合う。

「どんな作戦を立てられたのかな」

手柄を誇らない二人に、義斯は不思議そうに首を傾ける。

久幹が山中の待ち伏せと別部隊による小田城の乗っ取りの作戦を話すと、義斯は大きく頷いた。

「久幹殿は稀に見る軍師よのう。わしも長い間佐竹家の飯を食っているが、このような見事な勝ちっぷりは見たことも聞いたこともない。一度佐竹の城に来ていただき、主人の義重にその話をして欲しい」

照れた久幹は頬を赤らめ、薄くなった髪を隠した頭巾を掻いた。

「恥ずかしながらこの作戦を考えついたのは、わしではなく実は娘なのでござる」

「何、娘御だと」

義斯は目を丸くして久幹を見詰めた。

「今は梶原政景殿に嫁いでいるあのつくば殿がか。美しいだけでなく、武芸の方も堪能であるとは聞いていたが、真壁・太田両家の軍師役も務められているのか…」

子煩悩な久幹は、まるで自分が褒められているかのように、照れた。

「この小田城を誰に預けるのがよいか、わが殿にも一応お伺いを立てねばならぬ。その際皆に常陸太田にあるわが佐竹の城にお越し願いたく存ず。つくば殿の骨折りに礼を申したいし、一度つくば殿にも佐竹の城をお目にかけたい」

勝手に予定を決めると、義斯は小田城をさっと見ただけで常陸太田へ戻ってしまった。

真壁から北にある常陸太田までは約十七里の道のりだ。馬を飛ばせば一日もかからずにつくだろう。

小田氏治の反撃に備えて、真壁に氏幹・義幹を残し、小田城には片野城にいる資正に留守を頼んで、つくば夫婦は久幹と共に馬でゆっくりと佐竹氏の居城へ向かう。

長い髪を頭の後ろに束ね、男物の小袖に長袴姿のつくばは、まるで男のような出立ちだ。

つくばが梶原政景に嫁入りしてから、父と一緒に出かけるのは初めてのことだ。

何か幼い頃に戻ったような気がして、心が浮き浮きとしてくる。

「佐竹義重とはどのようなお人なのでしょうか？」

つくばはこれから北関東で大きく影響力を発揮するであろう佐竹義重という人物に興味を覚えている。

「お前は鎮守府将軍と呼ばれた源義家という人を知っておるか」

「奥州の地にいて安倍氏の跡目を継いだ清原氏と争った人でしょう」

「そうだ。その義家の弟・義光というのが佐竹氏の先祖らしい」

「由緒正しい家柄ですね」

「そうだ。当主の義重殿は十八代目に当たり、まだ二十歳を少し越えたぐらいの若者だ」

夜明けの太陽が昇ってくると、後方に見える筑波山が薄っすらと朱色に染まり、周りの風景が朝の光にはっきりと映ってくる。

だが十二月の早朝の空気は、震える程冷たい。

つくばは思わず肩をすくめた。

「佐竹氏は常陸太田に土着してその勢力を強め、筑波郡にいる小田氏と攻防を続け、例の結城合戦では佐竹氏は家を二分して北朝・南朝方につき家名を残そうとしたのだ」

久幹は博学の男で、娘に佐竹の過去の歴史を教えようとした。

「佐竹氏も他の国衆と同じく苦難の歴史を歩み、十五代目の義舜《よしきよ》の頃、一時勢力を強めたが、その子義篤《よしあつ》の代になって再び沈み込んだ。北関東で勢力を盛り返し家中を纏めたのが十七代の義昭殿であった。しかし彼は永禄八年に常陸統一を夢見ながら弱冠三十五歳で急死してしまわれたのだ」

「ああそれで現当主・義重殿は若いのですね」

道すがら父が佐竹氏の興亡の歴史を語ってくれたお蔭で、古い家柄を持つ佐竹氏がこれまで戦いの中を如何に巧みに生き延びてきたかを、つくばは少しわかったような気がした。

朝早く真壁を発った一行が佐竹の城下町についた頃には、もう日が傾き始めていた。

北からはまるで人の手のように、そう高くない山からの尾根が、幾筋か平地の方へ伸びてきている。

佐竹氏の本城は鯨のような格好をした舌状台地の上にあるので、これからは上り坂となる。

平坦地を進んでいた三人はここで一旦馬から降りて一服した。竹筒から水を飲み、近くで井戸を見つけ馬にも飲み水を与えていると、見たことのある顔つきの男が近づいてきた。

「早いお着きでしたな」

ここから登り口を見張っていたのか、彼の鋭い目は三人に出会うと、急に柔らかくなった。佐竹義斯であった。

当主の一族として佐竹家を左右する外交を一手に任されており、幾多の戦さを経験している彼は、明るい太陽の下で見ると精悍な顔つきをしており、それに意外と若く、二十代前半であるようだ。

話に依ると、彼は当主義重の従兄弟に当たるらしい。

「はるばるの道のりをやってこられて、お疲れではありませぬか」

柔らかく接し、自分を気づかい言葉をかける義斯を見ていると、つくばは傍らにいる無骨な夫の存在を忘れて、思わず頬を赤らめた。

「今日はもう遅いので、むさ苦しい所ですが、わが屋敷へお泊り下され。翌日にはそれがしがご一緒して本城へ参り義重殿に引き合わせましょう」

義斯は人当たりがよく、いかにも如才なく振る舞う。

一行は佐竹北家の義斯邸で泊まることにした。

明日目通りするという緊張と旅の疲れといつもと違う枕のため疲れてはいるが、久幹は安眠できなかった。

翌朝目が醒めると、若い二人はすっきり眠れたような晴れ晴れとした顔で挨拶をする。

朝餉が済んだ頃、義斯がやってきた。

「お館はどうしても避けられぬ用事ができ、朝予定していた対面は昼からになりそうでござる。もしよければこれから佐竹氏由縁の地を案内しましょう」

義斯は佐竹氏の興亡の地をぜひ巡るよう勧める。

腹ごしらえを終えた三人は、義斯に連れられて佐竹寺へ向かう。

「ここは古い歴史がござって花山天皇の命で創建された寺院です。われらの先祖に当たる佐竹氏五代目当主・長義《ながよし》公の時に寺領とされ、はじめは観音寺と呼ばれていたこの寺の寺号を佐竹寺と変更しました」

前に立って大股で歩く義斯の後ろを、三人は小走りしながらついてゆく。

義斯が説明するように境内はかなり広く、建物は何度も手を入れて整えられているらしく、立派な佇まいをしている。

見上げると扁額の中央には佐竹氏の家紋である「五本骨扇に月丸」が刻まれていた。

「これは源頼朝公が奥州の藤原家征伐の際、同行を許された佐竹の先祖が用いた家紋です。頼朝公は平氏が多いこの関東で、自分と同じ源氏を先祖に持つ佐竹氏を非常に気に入り、この家紋をつけることを許可されたのでござる」

義斯は佐竹氏が源氏の出であることを自慢する。

「この近くにわれらの先祖が最初に築いた馬坂と申す城がござる。一緒に見られるかな？」

「ぜひ見せて貰いましょう」

久幹は北関東に根を張る佐竹氏の根元に迫ることができるのを喜んだ。

少し南に下がった高台に、北から伸びてくる山の尾根筋が作る舌状台地があり、そこに佐竹氏発祥の地・馬坂城が建っていた。

北・西・南は急峻な斜面がこの城を守っており、東側は湿地で覆われていた。

「この城は義光の孫に当たる佐竹昌義がこの地に土着して、苦心して築いたものでござる。われら佐竹氏が勢力をつけてくると、この城では手狭となり、本城を今はわしらの一族の者が住んでいる鯨ケ丘へ移したのだ」

義斯が言うように、この城は北関東を束ねる佐竹氏としてはやや小ぶりで、古めかしい感じがする。

多くの曲輪を巡りながら、久幹はこの程度ならわしの真壁城の方が規模も大きいし、城下も広々としていると思う。

「さて時刻がすでに昼近くなってきたので、義重殿もそろそろ城へ戻ってこられたであろう」

義斯はゆっくりと馬首を北へ向けた。

本城は鯨ケ丘の台地の頂上にある。

「昨日は言いそびれたが、鯨ケ丘というのは変な地名と思われるかも知れぬが、それはこの台地が鯨のような格好をしていることから名付けられた地名なのだ」

義斯が言うように、本城が建っているところは、尾根筋が山裾から長くそして相当幅も広く南の方へ広がって丘のようになっている。この丘が鯨ケ丘と呼ばれているところだろう。

昨日は薄暗くなっていたので気づかなかったが、この舌状台地の四方には、城下町を形成する民家が軒を並べ、その群れの多さが佐竹氏の勢力の強大さを誇っているように遠くまで広がっていた。

きょろきょろと周囲を見回している三人を眺め、義斯は内心得意そうだ。

鯨ケ丘への登り道は急で、途中で一息入れるため一服して周りの建物を眺めていると、前方に寺院らしい大きな建物が見えてきた。

「あれは若宮八幡宮でござる。佐竹の十二代目の義仁《よしひと》公が鶴岡八幡宮から勧誘した分霊をこの地に祀り、守護神となされたのでござる」

義斯の言葉に力が込もる。

八幡宮へ近づいてゆくと、入口の石段の傍らには石造りの大灯籠がある。

また静かな広い境内に入ると、天を突くようなけやきの大木が八幡宮を見降ろしている。

境内にはちらほらと人の姿があり、義斯を認めると、いつも揉め事を上手く処理しているのだろうか、「この度は有難うござった」と彼らは丁寧に頭を下げる。

「お互いの家の繁栄と武運長久を祈ろう」と義斯が柏《かしわ》手を打って低頭すると、久幹らもそれに習った。

若宮八幡宮の後ろには、白壁が日の光に当たって目にまぶしいような巨大な城が建っている。

「縦に長い二の丸と三の丸の曲輪が本丸を挟んでいる。その中央にあるのがわれらの佐竹の本城でござる」

三人が城郭の規模の大きさに驚いていると、「白壁に取り巻かれている城が鶴の胴体で、二の丸と三の丸とがちょうど鶴が羽を広げた格好に見えるらしい。人々は城を優雅な鶴の姿に見立てて、舞鶴城と呼んでいるのだ」と、義斯は誇らしそうに自慢する。

「完成には何年もかかったでしょうね。こんなに立派な城を仕上げるには」

つくばは真壁城しか知らないが、父が口を酸っぱくして何代にも渡って城を守ってきた真壁氏の苦難の歴史を語っていたので、佐竹氏の苦労も並大抵ではなく、この城を守り続けなければならない佐竹氏の苦心が偲ばれるのだ。

「いや、二代目隆義《たかよし》公の頃、城の規模と立地に目をつけた彼は、常陸の国衆・小野崎通成《みちなり》からこれを奪ったのです。それ以降この城はわれら佐竹氏の居城となったのでござる」

「そうでしたか」

声を落としたつくばは、この世が弱肉強食の世界だと思い知った。

「義重公と対面される前に、実はもう一ヶ所ご覧いただきたい場所がござる」

そう言うと、義斯は大股で若宮八幡宮と本丸との間の間道を下ってゆく。

東に向かうとすぐに太い道と合流した。

「ここから北を眺められよ」

三人が北に向き直ると、道の向こう側にうっ蒼と茂る樹木の中に何やら建物が見え隠れする。

道はまるで鎌倉にある若宮大路の段葛《だんかずら》が一直線に鶴岡八幡宮にまで伸びているように、まっすぐに走る道が建物のあるところまで続いている。

「あれは馬場八幡宮と申し、その昔清和源氏の八幡太郎義家公が奥州平定の戦さに向かわれる折、この八幡宮に平大石二枚を敷き、戦勝を祈願されたところでござる。この地に義家公の弟・義光公が石清水八幡宮より分霊をして祀ったのだと、われらは聞いております。わが先祖に当たる義光公所縁の八幡宮が雷火によって消失してしまったことを嘆かわしく思い、当主の義重公が新たに造営したのが、あの建物でござる」

佐竹氏繁栄の源となる二つの八幡宮を、義斯はぜひこの地まで足を運んできた三人に、見せておきたかったようだ。

昼近くなったので、三人は義斯に連れられて大手口を通り本丸へ向かう。

対面は階上の部屋で行われることになっており、三人が板張りの大広間へ通されると、すでに北関東の主な武将たちが集まっていた。

大広間の下座には、久幹がよく知っている多賀谷政経がおり、義重の妹婿の宇都宮広綱の青白い顔もあった。

それに久幹と同族の大掾貞国や下野からは小山秀綱の神経質そうな顔も見られた。

だが鬼怒川に近い坊主頭の結城晴朝やこのところ義重としばしば揉めて抗戦を続けている那須資胤らの顔ぶれは見えなかった。

上段には今まで久幹らを案内していた佐竹一族の北家の義斯と東家の義久が座る。

しばらくすると、集まった者たちが揃って頭を下げた。

小姓と共に当主である佐竹義重が大広間に入ってきたのだ。

少し上目遣いに上段の席に腰を降ろす義重の姿を目にして、つくばは思わず叫びそうになった。

（父・義昭からの年配者の家老はいるが、何と義重は若い男なのか。もうすぐ二十歳に手が届くだろう兄の氏幹とそう変わらぬではないか。また佐竹一族の者たちも年齢的に義重とそう違わないぞ。数年前に父の義昭が没したため、息子の義重が家督を継いだとは聞いていたが、本当にこの若さで北関東を纏めて北条と対抗できるだろうか）

集まっている国衆たちもつくばと同じように若い義重を見て、そう思っているようだ。

「この度、久幹殿が太田資正殿と協力して、小田氏治の軍を撃ち破り、おまけに小田城まで奪うという快挙をやってくれた。何より嬉しい知らせだ」

若いにも関わらず、落ち着いた声で、義重は久幹を褒めた。

「誰に小田城を任せるかについては、後で相談するとして、本日皆に集まってもらったのは他でもない、あの謙信と氏康との同盟話についてだ」

今まで味方だと思っていた謙信が、この永禄十二年五月にあの憎むべき北条氏康と手を組むという、信じられない同盟が成立したのだ。義重が驚くのは当然のことで、集まった国衆たちの関心はそこにあった。

「北条氏康はこれまで今川・武田との三国同盟関係で誰にも邪魔されずに関東侵略をやってこれた。だが信玄が今川氏真《うじざね》を襲ったことから、怒った氏康は信玄との同盟を破棄し、謙信と同盟を結ぶという思いがけぬ奇手に出たことは皆も御承知の通りだ」

広間に集まった国衆からは咳《しわぶき》一つない。

「越相同盟は今年五月に結ばれたらしい。詳しい内容はこちらにはまだ伝わってこぬが、大筋では合意したらしい。しかし細かい点についてはまだ両者は一致していないようだ」

義重は知り得たことを口にする。

「謙信は『岩付城を太田資正に返せ』と要請しているが、氏康は難色を示しているようでござるぞ」

多賀谷は聴きかじったことを話す。

「氏康は信玄の領土となった西上野に、謙信を出陣させたいのだが、嫌がる謙信は氏康に同陣を求めたという噂らしい」

北条か佐竹かに心が揺れ動く小山秀綱は、皆の反応を窺う。

「同じ関東管領職を称する二人が、関東の秩序をどうつけようとするのか、同盟など初めからてんで無理と思うが…」

妻が義重の妹である宇都宮広綱は、大声で喚く。

「わしは謙信という男を義を尊《たっと》ぶ男として買っておった。だがこの同盟を知ってやつへの信頼は地に落ちてしまった。関東に所領を持つ国衆たちもわしと同じように謙信に失望しているであろう」

怒りからか、義重は手を震わせた。

久幹には謙信に失望した義重が、次なる手段を考えていることがよくわかる。

（この事態を機に、義重は北関東の国衆らと手を組んで、北条氏康と抵抗しようと思っているのだ）

義重は北条氏康の勢力がますます強まり、鬼怒川を越えて常陸の国までその勢力を及ぼすことを恐れているように映る。

（理屈ではここに集まった国衆の申す通り、謙信と氏康とは水と油で、この同盟は上手く機能しないだろう。だが北条の勢力に佐竹を中心とする北関東の国衆との連合軍が破れるようなことがあっては、先祖代々真壁の地を守ってきた御先祖様に申し分けが立たぬ。だがもし仮にわしが北条方に転身しても、他領で聞く、北条の圧政ぶりは

ひどいものらしい。ここは判断に迷うところじゃ）

久幹は集まってきた国衆たちの不安そうな顔を眺めて、彼らが同じように悩んでいることを知った。

（真壁の将来がかかっているので、今はそう簡単には旗幟《きし》を鮮明にさせる時ではない。まあここはしばらく北条の出方を見て、佐竹がそれにどう動くかを見極めることが大切だ。北条方につくか、佐竹方に味方するか、わが真壁家が行動を起こすのは今ではない）

帰国の折、「一緒に戻ろう」と多賀谷政経が久幹のところへ馬を寄せてきた。

「お主が佐竹につこうか、北条方がよいのか迷っているように、実はわしも決心がつき兼ねておる」と、同行するつくば夫妻に聞こえぬように、政経は小声で話しかけてきた。

「お主とわしの仲だ。行動する時は必ず一緒だぞ」

多賀谷は若い頃から腹芸は苦手な男だ。本音を晒しているのだろう。

「お主の心根は十分にわかっておるわ。今は佐竹につき従おう。そして北条方に回る時はあらかじめお主に連絡しよう。これは二人だけの秘密の約束だぞ」

念を押すように久幹は呟くと、いつもの磊落《らいらく》な姿に戻って多賀谷の肩を叩いた。すると今まで硬い表情をしていた多賀谷は、やっと安心したかのように笑みを浮かべた。

「やはり久幹だ。塚原卜伝先生からの同門の誼《よし》みじゃからのう」

多賀谷は普段しているように肩を怒らせた格好で、下妻城へ戻っていった。

「佐竹義重殿は誰に小田城を守らせようと申されましたか」

真壁城についた久幹は、足音を聞きつけて寄ってきた氏幹と義幹から矢継ぎ早に質問攻めにあった。

「義重殿はわしに一任された」

「そうですか、それで父上は誰が適任と思われますか？」

真壁城は父の後を継ぐことになる長男の氏幹が預かるが、義幹は自分が当然小田城を任されるものと思っている。

「帰る道すがらよく考えたのだが…」と前置きすると、久幹は先を続ける。

「義幹に小田城を与えたいが、小田城の領民は氏治の帰城を望んでいるので、統治は難しいところだぞ。それでお前の義弟で、扇谷上杉家の家老の家柄である梶原政景に任そうと思う。彼ならば万一の時、すぐにも謙信が駆けつけてくれるからのう」

「そうですか…」

放っておいても自分が指名されると思っていた義幹は、残念そうに顔を歪ませながら、しぶしぶ父の命に従った。

「それにあの策を考えついたのは政景の妻であるつくばなのだからなぁ。つくばの功績があの小田城だと思えば、お前も率直に妹の戦功を喜べるだろう」

「まったく妹の軍師ぶりには敵いませぬなぁ」

義幹がそう呟くと、傍らで二人の応答ぶりを黙って見守っていた氏幹も笑みを浮かべて頷いた。

その後つくばの助言を受け入れた梶原政景の民への善政が功を奏したのか、小田城周辺には百姓一揆の気配もなく、氏治も土浦城で大人しく鳴りを潜めているようだった。

六

永禄十三年になると、「太田資正に岩付城を返してもよいが、その代わりに人質として息子の梶原政景を小田原へよこせ」という謙信からの命令が片野城へやってきた。

謙信はすでに氏康から彼の息子・北条三郎（後の上杉景虎）を春日山城へ迎え入れ

たらしい。

「どうする？」

久幹は悩んでいる資正を真壁城へ招いた。

「この度はいくら謙信公の命令でも、受け入れ難い」

資正は謙信に以前持っていた期待を、今はそれ程寄せていないようだ。

むしろ関東における影響力が低下している謙信に代わり、佐竹義重を中心とする北関東の国衆連合体に比重を移しつつあるように思われた。

七月になるとその佐竹から北関東の国衆たちへ常陸太田城への招待状が届いた。

何事かと驚いた国衆たちは、慌てて佐竹本城へと集まってきた。

「驚かせて済まぬ。集まってもらったのは他でもない。北条の事ではなく、私事だがわしにとって嬉しい出来事なのだ」

義重は下座に居並ぶ武将たちをじろりと見回した。心なしか貫禄が備わってきたように映る。

「わしの跡継ぎが誕生したのだ。この七月わしの妻がようやく待望の嫡男を出産してくれてのう」

「それは目出度い事で…」

集まっている国衆らは謙信から何か無理なことを押しつけられるのかと思い冷や冷やしていたが、祝い事と知ると思わず大声で喝采をあげた。

「それで名前は何と…」

多賀谷のだみ声は相次ぐ戦いからきていた。

「義宣《よしのぶ》と名づけたのじゃ」

「若君のこれからが楽しみですのう」

頬を緩めた久幹は、若くして父親となった義重に愛想笑いをする。

「殿は若い頃から戦さ続きで野営されることが多く、眠るにも蒲団などお使いにならず武具をつけたまま直接地面の上に休まれておりました。戦さが済み、殿がこの城に戻ってこられると、若君の休む臥所《ふしど》に駆け込まれ、健やかに眠る義宣様のお顔をご覧になりながら、蒲団を用いられるようになりました。ところが柄にもなく蒲団を使用すると心地よく眠られず、この頃ではまた元のように武具を身につけたままのごろ寝に戻られたようでござるわ」

おもしろそうに義斯が、普段の義重の生活ぶりを国衆たちに伝える。

（何かと言い訳を作り国衆たちが集まる機会を増やし、義重は北条に色目を使う者たちがいないかと、牽制しようとしているのだろう）

謙信の影響力が以前程ではなくなった今、北関東では北条嫌いの佐竹が、その勢力を伸ばしてきていた。

越相同盟が本格化してくると、信玄の目は今川領に向かい、北条はその対応に追われるようになり、関東は一時平穏を取り戻した。

だが元亀元年八月になると、「氏康が中風で倒れた」という情報が真壁に伝わってきた。

「北条家の要であった氏康が亡くなれば、関東の状況は一変するぞ」

期待と不安が交錯した気持ちで、久幹はその年を過ごした。

元亀二年五月になると、北条軍が鬼怒川の対岸にまでやってきた。

狙いは多賀谷政経の下妻城だ。

多賀谷の領地は真壁の領地と接しており、それに政経との約束もあるので、久幹は兵を率いて救援に駆けつけた。

敵の総大将は氏康の嫡男・氏政で、叔父・北条氏照の五千、それに武蔵・相模から北条本隊の一万五千の大軍の旗が鬼怒川の対岸に翻っている。

当主・結城晴朝が北条贔屓なので、それに我慢できない政経は、すでに結城家より独立していた。

北条軍は一気に下妻城まで迫りたいのだが、下妻城は攻めにくい地形をしている。西は砂沼、北東は大宝沼、南は龍沼と三方を沼や湿地に守られ、城はその中心にある館沼の畔に立つ要害の城である。

「敵はまるで蟻の群れのように恐ろしい程多いのう」

「やつらは万を越す。こちらは一千五百名ぐらいだが、城兵たちはこの地を知り尽くしておるので、地の利はわが方にあり心配は要らぬ」

入城した久幹は敵の多さに目を見張るが、政経は慣れているのか、そう驚いているようには見えない。

「この地でやつらを釘づけにしておけば、やがて佐竹義重が後詰めに来てくれる筈だ」

「どれぐらい持ち堪えることができそうか?」

「そうよのう。蔵にはまだ腐る程兵糧が入っているし、まず一ヶ月ぐらいは大丈夫だろう。それまでには佐竹が来てくれよう」

「まるで大船に乗っているようじゃのう」

政経の落ちつきぶりが、久幹には心強い。

渡河した敵は、城の南から攻めるが、湿地と沼のため足場が悪く進行は遅々として進まない。

それを知った城を出た伏兵が、草深い細道から敵を矢や鉄砲で狙撃する。

多くの死傷者を残し、敵が撤退するところを、城兵は矢や鉄砲を放ち追撃した。

北からの攻撃もこの地を知悉する城兵によって跳ね返され、北条軍は東へ迂回した。

敵も城を落とそうと必死になり、死骸の山を築きながらも徐々に城に迫ってくる。

「後詰めにきた佐竹軍が今宇都宮城を出撃した」という知らせが下妻城へきたのは翌日のことだった。

「間に合ったぞ。もう少しの辛抱だ」

政経は白い歯をこぼして久幹に頷く。

だが後詰めにきた佐竹軍も、びっしりと下妻城を包囲している北条の大軍を目の前にして、容易に城に近づけない。

しかも佐竹・宇都宮の連合軍は二千名足らずだ。

黙ったまま政経と久幹は、城の最上階から蟻の這い出る隙間もない北条兵たちの包囲網を眺めている。

後詰めにきた兵は攻撃を見合わせ、一旦鬼怒川上流の上三川城に入ったらしい。

「やはり北条についた方がよかったかのう」

ふと久幹は呟いた。

「そんな弱音はお主には似合わないぞ。わしは北条に媚びる結城晴朝に愛想を尽かせて結城から独立したのだ。強者に靡くという生き方はわしは好かぬ」

政経は若い頃から直情径行の男だ。怒った目をして久幹を睨んだ。

「済まぬ。わしとてお主と同じ考えなのだが、北条の大軍を見ているとつい弱気になってしまった。つまらぬ弱音を聞かせてしまったようだ」

政経とて久幹の苦しい胸の内はよくわかる。

娘が打倒北条に燃える太田資正の息子の嫁であり、もし久幹が北条に走ると娘との絆が切れる。

しかし佐竹派に留まり戦いに敗れれば、北条によって真壁の地は奪われてしまう。

「心配するな。わしが北条のやつらに一泡吹かせてやろう」

「どうやって…」

「和睦と偽って北条軍の油断を誘うのじゃ。まあ黙って見ておれ」

「……」

翌日大宝八幡の神主が北条の本陣へ出向く。

下妻城の開城を目の前にして、氏政は余裕綽々な態度で神主を出迎えると、神主が訴える開城の条件をのんだ。

「丸一日あれば、城をわれらに引き渡すと申すのだな」

神主は神妙な顔つきで大きく頷く。

翌朝周囲がまだ薄暗く明け切っていない頃、突然大手門と搦手門が開くと、武具を身につけた一千五百の城兵が北条の陣営に向かって突っ込んだ。

政経が槍を引っ下げて先頭を走ると、傍らにいる久幹は赤樫の棒を振り回して、落城寸前で気が緩んで武具を脱いで寛いでいる北条兵目がけて駆ける。

「安房の里見義弘の数百艘の水軍が小田原に向かっている」という情報が功を奏したのか、敵は思わぬ奇襲に総崩れとなり、鬼怒川を渡ると態勢を整えようとした。

その時上三川城から出撃した佐竹・宇都宮の連合軍が、逃げる北条軍を見て追撃を始めた。

黒糸縅の甲冑に鹿角の兜姿の佐竹義重が兵たちの先頭を駆けて敵を追う。

僅か二千の佐竹と宇都宮の連合軍だが、その勢いにその場で踏み留まる筈の二万もの北条軍は、浮足立ち恐怖に駆られて逃げ始めた。

「今じゃ氏政を討ち取れ！」

馬上で太刀を振り回し、名のある武将と思《おぼ》しき敵と斬り結び、返り血を浴びた若い義重の姿は、まるで疲れを知らない赤鬼のようだ。

その赤鬼そっくりの義重を恐れて、北条の兵たちは「鬼佐竹」と呼び逃げ回った。

鬼怒川の対岸には逃げ遅れた二千を越える北条兵たちの死骸が、いたる所に散らばっている。

「よし、そこまでだ。深追いはするな」

鬼怒川を渡り、下妻城下までやってきた義重は、「間に合ってよかった。敵はこの城を落とすとその勢いのまま、次は真壁に向かうつもりだったのであろう。だが今回のように叩いておけば、北条もしばらくは大人しくしているだろう」

勝ち誇った義重の顔は、興奮のためか赤味を帯び、自信に満ち溢れている。

(この男なら、北関東を纏めてくれるような気がしてきた。騙されたと思って義重に賭けてみるのも、おもしろいかも知れぬぞ)

逆光で眩しさを増した義重の姿を、久幹は頼もしそうに眺めていた。

鬼武蔵

一

天正十年三月九日は森長可《ながよし》の母・妙向尼《みょうこうに》にとって特別の日だった。武田勝頼を攻めるために、信長自ら甲斐へ出陣しようと、今日岐阜城から一日がかりで金山城を訪れる予定の日である。

その際信長は、金山城下に祀られている討ち死にした妙向尼の夫である家臣の森可《よし》成《なり》とその嫡男・可隆《よしたか》との墓参りをするつもりなのだ。

信長が討ち死にした夫や息子をいつまでも忘れずにいてくれることは大層喜ばしいことなのだが、もっと嬉しいことは安土城で信長の小姓を務めている蘭丸・坊丸・力丸の三人の息子に出会えることであった。

（どんな風に成長しているのか。一才違いの兄弟たちは確かもう十八・十七・十六歳になっている筈だ。元服を済ませ、背丈が伸び、立派な若者の姿に変わっていること

であろう）

この日の妙向尼は何も手につかず、そわそわと落ちつかない。

十四歳になる末っ子の千千代が、声を弾ませて、妙向尼の部屋へ駆け込んできた。

「兄上たちが坂を登ってくるよ」

彼女は急いで立ち上がり、天守の窓から首を伸ばし、大手道を通過するわが子を捜す。

胴体の太い馬に乗り、金色に輝く胴具をつけ、その上から赤いマントを羽織っている信長の姿がまず目に飛び込んできた。

その後ろには、帽子のような信長の兜を棒げ持つ、目鼻立ちが整った蘭丸がいた。

蘭丸も戦さ支度をしており、甲冑を身につけていた。その兜の前立には何やら文字が浮き上がり、金色に輝いている。

目を凝らすと、それは金文字で「南無阿弥陀仏」と書かれている。

（確かわたしが蘭丸に与えた手紙の筆跡だ）

仏の教えに縋《すが》って生きている妙向尼は、仏の道をずっと信じているわが子の姿を目にして、絆の深さを感じて思わず涙ぐむ。

小姓として愛されているらしく、「乱丸」と名乗っていたのを、信長は「蘭丸」と改めるよう命じた。

乱丸とは、乱臣であれという父・可成の願いが込められた名だった。乱臣とは天下をよく治める臣という意味で、力のある天下人の臣となり、これを授けて一日も早い太平の世の致来を願う可成は、信長を一族全体で支えるつもりで我が子に乱丸と名づけた。

信長はさらに心身共に花の王者である蘭のように美しくあることをも蘭丸に求めたのだ。

信長が跨がる栗毛の馬はその逞しい脚で、金山城の急な坂を何の苦もなく登ってくる。

妙向尼の目は三人の息子に釘づけになった。

あの腕白小僧たちも、もう立派な元服姿を晒している。

じっと見詰めている内に、妙向尼の脳裏には城の西側に沿って流れる木曽川で、水しぶきをあげて泳いでいた頃の、幼い三人の姿が浮かんできた。

川幅も広く流れも緩い金山湊という舟着場が彼らの泳ぎ場だった。

ある日、多くの子供たちが泳いでいる金山湊へ、今は城主となっている二男・長可が幼い弟たち三人を連れて来た。

「家臣から崇められる武将となるためには、何でも立派にできねばならぬぞ。戦いに強いことはもちろんだが、たとへ深い川が目の前にあっても、対岸まで渡り切らねばならぬ」

そう言うと、長可は水を恐ろしがる力丸を背の届かない所まで連れてゆき、水の中に放り込んだ。

岸へ辿りつこうと必死で踠《もが》く内に、どうやら水に浮かぶコツを掴んだ力丸は、一年も経たぬうちに村人の誰よりも達者な泳ぎの名人となってしまった。

荒っぽい彼らの水練ぶりを、岸に座る妙向尼はにこにこしながら眺めている。

長可は重臣に呼ばれてすぐに城へ戻るが、残った三人は泳ぎ続け身体が冷えてくると岸に上がり、甲羅干しをして身体を乾かす。

遊び疲れた三人が城に戻ってくると、井戸水で冷やしたマクワ瓜が盆一杯に盛られている。

「乾いた喉にはえも言えぬ旨さじゃ」

大人びた口調で蘭丸がマクワ瓜に手を伸ばし、次々と口に放り込む。すると弟たちもそれを真似た。

盆の上に山と積まれたマクワ瓜は、瞬く間に無くなってしまった。

思い出に耽っていた妙向尼の耳に、やがて活発な足音が響いてくると、陣羽織姿の信長の後ろから、若者らしくなった三人の息子たちが妙向尼の前に姿を現した。

妙向尼は畳に額を擦りつける程頭を下げ、信長を出迎える。

「これは妙向尼殿か。久しいのう」

「上様にはご機嫌麗しゅう存じます。わざわざこの地まで足をお運び下さり、泉下の可成や可隆もさぞ喜んでおりましょう」

「尼の三人の息子たちもこの通り皆息災じゃ。こやつらの成長ぶりをぜひ可成にも見せてやりたく思ってな…」

「有難う存じます。またこの度は二男・長可を金山城主にお引き立て下さり、可成に成り代わりこの尼が心よりお礼申し上げます」

「長可も親父に似て参った。今度の武田攻めでは、わしの嫡男・信忠を助けてよく働いてくれておるようだ」

「わが子をそのように褒めていただき、恐れ入ります。長可だけでなく不束な三人の弟まで上様のお側で使って下さり、お礼の申し上げようもございませぬ」

「何を申す。蘭丸・坊丸・力丸は小姓の内でも群を抜いておるわ。わしも喜んで重宝しておる。これも尼殿の子育ての賜物じゃ」

信長は上機嫌だ。

「上様がこの城を訪問されたのも御仏のお導きでござりましょう。本年は夫・可成、嫡男・可隆が討ち死にしてから、ちょうど十三年目に当たります」

妙向尼は目を伏せる。

「もう十三年にもなるか。月日の経つのは早いものだのう」

可成が討ち死にしたのは、近江の宇佐山砦を守っていた時だった。元亀《げんき》元年の九月二十日、二万もの朝倉・浅井軍相手に、可成は千五百名の兵を励ましながら奮戦した後、討ち死にしてしまった。

この頃、四方を敵に囲まれ、生涯の内で一番苦しかった頃だったので、信長は援軍を送りたかったが、それができなかった。

「享年は確か四十八歳だった筈だ。今のわしと同じ年齢じゃ。わしがこれまでやってこられたのは可成のお蔭だ。可成の死を聞いた時、わしは自分の母親を亡くしたように思い、当分の間可成のことが頭から離れなかったわ。全く惜しい男を亡くしたものだ」

妙向尼はそんなにも夫のことを思ってくれる信長の言葉に、嬉し涙を滲ませた。

「尼はさっき『御仏の導き』と申されたのう。本願寺と戦い、徹底的に滅ぼしてやろうとしたわしに、尼は何度も諫めの手紙をくれたことを覚えておるぞ」

「上様の深いお考えも知らず、大へん浅はかなことを申し上げました。恥じております」

尼は顔を赤める。

「いや、あれでわしは目が醒めたのだ」

「上様の立場もわからず、さぞやお腹立ちでしたでしょう」

「少しはな…」

信長はいたずらっぽい目を妙向尼に向け、頬を緩めた。

「進者往生極楽、退者無間地獄」と口ぐちに称えて、手向かってくる一向一揆衆は、信長にとって脅威であり、この世から抹殺するまで安心できないものだった。

その「本願寺と和睦し、殲滅を思い止まって欲しい」という尼の手紙は、信長には考えられぬことだった。

蘭丸から渡された妙向尼の嘆願の手紙を、信長は無視した。

一向一揆衆を根絶やしにしようと思う信長にとっては、そんなものにつき合っておれる程暇ではなかった。

（もし嘆願を続けたら、上様のご機嫌を損じかねない。せっかく金山城主に取り立てて貰った長可や、上様の小姓として安土城にいる蘭丸・坊丸・力丸ら三人の子供の身の上に何かよくないことが起こるかも知れない…）

思い悩んだ挙句、仏の教えを信ずる妙向尼はそれでも手紙を書き、それを信長に送り続けた。

「わが夫・可成は上様にお仕えし、上様のために喜んでその命を捧げました。弱冠十八齢ではございましたが、長男・可隆も御主信長様のためには命を惜しまず、従容とその命を捧げました。死後二人はその忠誠心を仏様に認められ、極楽へ導かれるものと確信いたしております。

金山城を預かる二男・長可、またお側近くに仕えおります蘭丸・坊丸・力丸の三名の者たちも、上様への命をかけました忠勤の覚悟は微動だにいたしておらぬものと、この妙向、母として深く信じております。いまは亡き可成・可隆両名も、極楽浄土の御仏のうてなの上にて、わが子供である兄弟たちが、上様への忠勤の末、極楽浄土に参りますのを待ちおるものと信じております。

しかるところ、こたび上様の御ためとはいえ、長可・蘭丸・坊丸・力丸ら四人の子供たちが仏様の教えに刃を向けました後の仏罰が恐ろしゅうございます。

わが子等を、この世にありて御仏の敵《かたき》となし、地獄へ落としますよりは、それぞれに自害いたさせ、尼が極楽浄土へのお供に召し連れて参ろうかと存じまする…」

　これを読んだ信長はかあッと頭に血が上った。

（天下人たるわしに、女だてらに忠告などをしよって…）

　怒り狂った信長はその手紙を破り捨てた。

　しかし天正八年に入って、本願寺側が石山を立ち去るという信長の要求を飲み込むと、やっと二者の間に和睦が成立した。

「あの最後の手紙には参ったぞ。尼を含め、長可ら四人が御仏のために自害するのだからのう。わしもあの決意にはほとほと弱り、降参するしかなかったわ」

　信長は苦笑した。

「出過ぎた真似をして恥ずかしゅう存じまする…」

「よいよい。明日ここを発つ前に、可成と可隆の墓の前で手を合わせたい」

「二人とも上様と再会でき、さぞ喜ぶことでございましょう」

　翌日、信長は家臣たちを従え、搦手道《からめて》を通り、金山城の向かえの峰へ向かう。

　もちろん蘭丸ら三兄弟も一緒だ。

　そこには扁額に美しい文字で「大竜山可成寺」と書かれている立派なお寺が建っていた。

本堂に入った信長は二人の位牌に向かって、これまで尽くしてくれた礼を述べ、静かに手を合わせた。

本堂を去り、少し進むと、稲田が広がる米田庄が一望できる見晴らしのよいところに出くわした。

ちょうど道の端に、腰かけるのによい大岩がある。

「少し休むぞ」

竹筒から水を飲みながら景色を眺めていると、昨日妙向尼と交わした言葉が、急に信長の脳裏に浮かんできた。

(長可を含めあの兄弟たちには厳しいところもあるが、彼らは本当に仏のように心優しい母親に育てられたものだ。わしなどは家臣からは背かれ、母には嫌われ、今だに母の愛というものを知らぬ…)

信長はそんな母親を持つ兄弟たちが羨ましかった。

(武田勝頼を滅ぼしたなら、長可には今以上の領地を与えてやろう。そしてわしによく仕えてくれた蘭丸も城持ち武将にしてやろう。この辺りで蘭丸を母の手元に返してやり、蘭丸には金山城を与えよう。そうすれば妙向尼もきっと喜ぶに違いない)

ここまで考えると、信長は岩からさっと立ち上がった。

「参るぞ」

一行は甲斐に向かって伊那口へ進んでいく。

二

父・可成の討ち死にを知らされた時、長可はまだ十三歳の少年だった。

長可の母親・盈《えい》（後の妙向尼）は宇佐山砦からもたらされた夫の討ち死にの一報を受け取ると呆然と立ち尽くし、子供たちが泣き叫ぶ中、どうしてよいのかわからない様子だった。

やがて信長から弔慰の使者が訪れ、夫の死が現実のものとわかると、初めて落ち着きを取り戻した。

（これから先のことはわからない。金山城は誰の手に渡り、幼い子供や家臣たちはこれからどうやって暮らしてゆけばよいのだろう）

盈はしばらく思い悩んでいたが、「長可に父からの金山城を与える」という信長からの手紙を受け取った。

（信長様は夫・可成のことを随分と信頼されていたので、この度の事を非常に心配されたのだ。それで長可に城を継がせようと思われたのに違いない）

盈は、森家を訪れた信長が長可の誕生を大層喜び、信長の「長」と可成の「可」の文字を与えて、「この子には長可と名乗らせよ」と告げた時の微笑を忘れることができなかった。

森家の安泰を知ると、盈は子供たちを仏間に集めた。

「長可にこの城が与えられたことは大変目出度いことじゃ。父上が大切にしたこの城の守りを一瞬たりとも疎かにしてはならぬ。幸いなことにわらわの弟・林長兵衛門や夫・可成のためにこれまで粉骨砕身に尽くしてくれた各務《かがみ》兵庫や勘解由《かげゆ》、それに細野左近や野呂助左衛門らの一族が長可を支えてくれましょう。夫がこれまで立ててきた武功を汚すことなく、森家を引き立て、信長様からいただいたこの城をしっかりと守ることが、あなたに課せられた役目です。森家の発展のため励みなされ」

先祖の位牌が並ぶ仏間に長可を座らせ、盈は熱意を込めて語りかけた。

仏間の正面にはずらりと先祖の位牌が並んでおり、その中央に、黒く漆で塗られた位牌が置かれている。

金文字で「可成寺殿月心浄翁大居士」と読める。

年長の長可の傍らには六歳から四歳まで一つ違いの蘭丸・坊丸・力丸が行儀よく正座している。

まだ一歳になっていない仙千代は、母の腕の中ですやすやとすこやかな寝息を立てていた。

「今日から母は父上の菩提を弔うため、髪を下ろして尼になります」

そう宣言すると、翌日には盈は髪を切り、黒い染衣を身につけた尼姿になり、妙向尼という法名を名乗り始めた。

彼女は夫の菩提寺として、金山城の東の峰に「大竜山可成寺」を開山し、禅師を招いて法要を行う。

可成に仕えた家臣たちに支えられ、長可は日が経つにつれ城主らしくなっていった。

そんな長可に初陣の命令が下ったのは、城主となってから二年後のことだ。

相手は妙向尼が信仰する本願寺を本拠地とする長島に籠もる一向一揆衆だ。

(家名を高めるには一向一揆衆を討ち取らねばならぬ。だがそれは一向宗を信じる母を嘆かせることになる)

この試練に長可は悩み、本丸に籠もったまま考え込んでしまった。

妙向尼は息子が苦悩している様子を知ると頭を痛め、弟・林長兵衛に相談する。

「姉上、わしが長可を説得してやろう」

長兵衛は本丸へ行き、暗い顔をした甥・長可に話しかけた。

「お前の父親はせっかく信長様からこの城を戴いたのだ。そしてお前は父親からの城を継がせてもらった。こんな名誉なことはそうそうあるまい。出世と宗徒とは別物じゃ。信長様に逆らい、一向宗を信じても飯は食えぬぞ。信仰のために生きるのが正しいか、それとも信長様の目指す天下布武の道を突き進むべきか、よく考えてみろ。わしなら迷わず信長様を選ぶがのう」

長可は黙ったまま無表情で、叔父の話を聞いている。

「お前も存じておろうが、越前は一向宗が盛んなところだが、わしの父親はそんな地で育ったのだ。父・新右衛門は仏を信ずる熱心な一向宗徒だった。しかしわが家は何かの縁で美濃の斎藤道三に仕えるようになったのだ。森可成殿の父親も道三のところで働いていた。その後道三の元を離れることになった新右衛門は信長様に仕えるようになったのだ。可成殿の父上も同じく道三から離れて信長様のところで働いていた。われらは岐阜近くの合戸《ごうど》村に暮らし、森家は近くの笠松の連台村だ。年頃の二人を見て、信長様はお前の母親・盈と可成殿を夫婦に決められたのじゃ」

この叔父の話は、長可が初めて聞く祖父にまつわる出来事で、それは生活するため主を変えながら生きてゆく一族の物語だった。

いつもにこにこして、長可に優しい祖父・新右衛門だが、過去のことは何も長可に話してくれなかった。

（お祖父様にも嫌なことや、辛いこともあったのだ）

信仰だけでは食っていけない現実があることを、長可は知った。

「わかりました。今度の長島攻めでは『織田家中に森長可あり』と皆が羨む武功をあげてみせましょう」

明るい顔に戻り、いつもの表情が蘇った甥を見て、長兵衛はほっと愁眉を開いた。

「天正二年七月十三日に長島へ向かう」という命令が岐阜の信長から発せられた。

信長の嫡男・信忠に従い、長可は千名の兵を引き連れて長島へ行軍することになる。

城では軍議が開かれ、長可が上座につき、その傍らに新右衛門が座る。

長兵衛が一同を代表してこれまでの経緯を話し始めた。

「皆も知っていると思うが、信長様はこの度三回目の長島攻めで長島一向一揆衆を攻め滅ぼすつもりでおられる」

こう切り出すと、長兵衛は重臣たちの反応ぶりを見渡す。

「軍議に先立って長島の地について、知っていることから述べよう。長島は木曽・長良・揖斐《いび》川とその支流が合流する河口にできた伊勢湾最大の中洲だ。その周囲には大小さまざまな中洲が、海と川の境に島のように浮かんでいる。その岸には砦を守るために高い土塁を築き、人々はその中で生活しておるのだ。そこには当然人の住む住居があり、田畑や高台には米蔵もある。大雨で川が氾濫しても、輪中《わじゅう》には溜まった水を流す工夫があり、いざという時に備えて川舟までもが用意されている」

「島そのものが土塁で囲まれ、それを輪中と呼ぶのか。不思議な地域じゃのう」

細見左近はまだ輪中を見たことがない。

「一揆衆は川に慣れた衆だ。蜘蛛の糸のように張り巡らされた水路を、まるで陸地を歩くように上手に川舟を操作しているのだ」

「そんなやつらと戦うのは、なかなか骨が折れるのう」

野呂助左衛門は数多くの戦場を可成と共に掻い潜ってきた歴戦の勇士だ。

「長島攻めの一回目は、衆徒たちが巧みに川舟を操るので、陸地から攻める織田軍は不利な戦いを強いられた。彼らは闇夜に川舟に乗り込み、信長様の弟・織田信興《のぶおき》殿の守る小木江《こきえ》城を襲い、信興殿を殺して城を奪ったばかりか、桑名城にまで攻め込み、滝川一益殿すら敗走させてしまったのだ」

長兵衛は一気に喋って喉が乾いたのか、一口水を飲んで喉を潤す。

「この時、信長様は浅井・朝倉相手と戦っていたので、全勢力を注ぎ込むことができず、伊勢湾の制海権のことまで手が回らなかったのだ。そのため、一揆衆は伊勢湾を気にすることなく、桑名方面から雑賀《さいか》衆や兵糧・武器を船で運び込み、勢力を強めていった。そのため織田軍は追われる立場となり、退却を始めた。その時、殿を務める柴田勝家殿は鉄砲で撃たれ負傷し、戦旗も取られてしまう始末となった。また殿を代わった氏家卜全《ぼくぜん》殿は彼らに襲われて、討ち死にを遂げてしまわれたのだ」

「一体誰が一揆衆を煽動しておるのだ」

豊前兄弟の兄が問う。

「長島に建つ願証寺が一向宗の総本山だ。証意という住持《じゅうじ》と石山本願寺から派遣された下間頼旦《しもつまらいたん》と申す坊官が門徒衆を煽っているのだ。証意は最近亡くなったが、一揆衆は息子の顕忍という院主を守り、気勢をあげているらしい。それに北伊勢の豪族たちも混じっているようだ」

「二回目の長島攻めは成功したのか」

各務兵庫は誰もが認める男で、可成の頃からの重鎮だ。

「長島攻めの二回目は天正元年に行われた。信長様が浅井・朝倉を滅ぼし、信長様を長年苦しめていた足利義昭も追放して信玄も死去した。本願寺を支えるものがいなくなり、長島攻めも上手く行くと思われたが失敗し、織田軍は多くの損害を残して岐阜に逃げ帰ったのだ」

「何故失敗したのだ」

各務兵庫の弟・勘解由は納得がいかない。

「信長様は伊勢湾の制海権を得ようとされ、信雄殿に伊勢大湊での船の調達を命じられていたのだが、それが大湊の会合衆《えごう》の反対で難航してしまった。周辺の砦は落としたものの、直接長島へ攻撃するには船が不足していたのだ。岐阜へ退く途中、織田軍は多芸山に待ち伏せする門徒衆のため、多くの者が討ち死にをした」

「難儀な相手じゃのう、一揆衆は…」

各務勘解由はため息を吐く。

「だが今度は違うぞ。信長様は大湊の会合衆への見せしめのために、船主を処刑された。『長島に利益を与える者は重罪に処す』と船主に申し渡されたのだ」

「今度は上手く行くかのう」

皆は心配気だ。

「わしらが戦いに加わるのだ。長島を滅ぼさずしてどうする！」

珍しく新右衛門が声を荒げた。

七月十三日に出発した織田軍は、その日は津島に陣取る。

八万という大軍が津島に集合するので、周辺の寺院や神社の境内まで兵たちで溢れ返っている。

色とりどりの旗指物を背につけ、彼らは仲間たちと軍談議に興じていた。

万という大軍を目にした長可は、人の群れの多さに驚き圧倒されてしまう。

やがて小太りの男が長可の陣所へやってきた。

「そなたが可成殿の息子・長可殿か。わしはこの度武田勝頼に奪われた明智城の押さえとして、金山城に近い小里城を守っている池田恒興と申す」

人の良い田舎の親父といった風だ。

「鶴ヶ城を守る河尻秀隆《かわじりひでたか》殿と一緒に、岩村城にも睨みを利かせておる」

どんぐり眼《まなこ》でじろじろと長可を見る。

「それにしても若い城主だな」

息子のような年齢の長可が城主だと知り、池田は驚いた様子だ。

「若くて羨ましい限りだ。以後よろしく頼むぞ」

「こちらこそ、よろしくお願い申します」

傍らにいた長兵衛は池田に頭を下げると、堂々とした長可の態度に、思わず頬を緩める。

池田が立ち去ると、「信長様の乳母の子供でござる。同じ乳で育ったので信長様とは兄弟のような間柄で絆は強うござる。大変重宝されているようでござるわ」と長兵衛は囁く。

「あの人と親しくしておられても損はござらぬぞ」

苦労人らしく長兵衛は目端が利く。

次の日、織田軍は三方から総攻撃を行う。長可が属する信忠軍は東の市江口を受け持つ。池田隊も一緒だ。

西側は柴田勝家が受け持ち、賀鳥方面へ。信長の本隊は中央の早尾口から攻め込む。

一揆衆は小木江砦に布陣していたが、簡単に織田軍に追い払われてしまった。

島々に立て籠もり気勢をあげる一揆衆だが、今回は前回までと様子が違った。

この度も川舟で自由に行き来し、長島を中心として、織田軍を悩ましてやろうとしたが、そうはならなかった。

九鬼《くき》水軍の安宅船《あたけぶね》が伊勢湾に姿を見せると、その次に織田信雄・信孝の大船がやってきた。さらに続いて滝川一益らの囲い船が現われ、数百隻もの艦隊が海上に浮かぶ島々を包囲し、大砲や大鉄砲を放ち始めた。各船には様々な旗印が靡《なび》き、海上を埋め尽くす。

島々で気勢をあげていた一向衆徒たちは、これを見ると腰を抜かさんばかりに驚いた。

大砲が炸裂し、一揆衆の群れや土塁や柵を吹っ飛ばすと、とても防ぎきれぬと知った一揆衆は川舟に乗り、長島を目指して必死で漕ぎ始めた。

「彼らを長島へ行かせるな」

大声が安宅船や大船から響き、盛んに弓矢や鉄砲が飛び交うと、川舟に乗っている一揆衆たちは、次々と撃たれ海上に落ちる。

「皆殺しにしてやれ！」

海上に目をやった長兵衛は大声で叫ぶ。

「信雄殿と信孝殿の大船が大島口を攻めておりますぞ」

陸地で戦いながら、各務兵庫は海上戦が気にかかる。

その日、信長は信忠と共に五明《ごみょう》（弥富町《やとみちょう》）に野営した。

翌朝になると、一揆衆たちは各砦では防ぎ切れないと知り、願証寺のある長島へ逃げ込もうとした。

これまで二回の戦いでは、一揆衆たちは川舟を操り、海上を自由に航行できた。

だが今回は数百もの安宅船や大船によって、完全に制海権を奪われてしまったのだ。

一揆衆は守りの固い篠橋・大鳥居・尾長島・中江・長島の五つの砦に立て籠もって戦おうとした。

「一つずつ崩してやろうぞ」

野呂助左衛門の顔は返り血で恐ろしい形相になっている。

諸勢は大鳥居・篠橋の両砦に攻めかかった。

船から大砲を撃ち、土塁・堀を壊して上陸した織田軍は田畑を踏み荒らし、火矢を放ち民家に火をつける。

藁葺きの家に燃え広がった火勢は、見る見る内に隣家にも燃え移った。

抵抗を止め命乞いする一揆衆を、「これまでの復讐だ」と織田兵たちは襲いかかり、斬り殺す。

夜になると、火の手はさらに広がり、島全体が火炎に包まれ、天を焦がす勢いだ。

信忠の野営地から、長可は高く昇る火柱を眺めている。

「まるで地獄絵のような景色だ」

上陸戦で見た、女・子供が助けを求めて泣き叫ぶ光景が忘れられない。

「戦さとは非情なものじゃ。殺さぬと自分が殺される。誠に情け容赦のないものでござる」

長兵衛はまだ甘さが残る長可に、戦いの厳しさを教え込もうとしたが、長可はただ黙って頷くだけだった。

篠橋・大鳥居砦に籠もる一揆衆は、塀や櫓《やぐら》を打ち壊され、兵糧や武器が尽きようとしていたが、海上では、織田軍の安宅船や大船が悠々と航行している。

赦免を願う一揆方の使者が、信長の本陣までやってきた。

痩せ衰え、その姿は島の兵糧不足を物語っている。

「これまで散々手を焼かせおって、今更泣き事は聞かぬわ。兵糧攻めを続行し、これまでの罪を償わせてやる。これも悪行を重ねてきた罰じゃ。ここで手を緩めては、これまでお前らと戦って死んでいった仲間の兵たちに申し訳が立たぬわ。今こそ兵たちのうっ憤を晴らしてやるぞ」

信長は全く許そうとしない。

八月二日の夜、大鳥居に籠もっていた一揆衆は、激しい風雨に紛れて砦から抜け出ようとした。

「やつらが砦から逃げようとしているぞ」

海上を見張っていた安宅船から連絡を受けると、柴田隊は島へ上陸し逃亡している彼らの追撃を始め、二千人余りの男女を撫で斬りにした。

そして血の滴《したた》る死体から耳鼻を削ぎ落とし、船一杯に積み込み、それを信長の本陣まで運び込んできた。

柴田の土産を見ようと、信忠をはじめ多くの武将たちが信長の本陣に集まってくる。

「よい眺めですな。こりゃ、長島が落ちるのも時間の問題ですわ」

長兵衛は長可の耳元に小声で囁く。

まだ血が乾いていない無数の耳鼻を見て、長可は何だか気分が悪くなってきた。

「若殿、戦さとはこのように惨《むご》たらしいものでござるぞ。目を背けず、現実を直視なされよ」

長兵衛はややもすれば目を逸《そ》らそうとする長可を睨みつけた。

八月十二日になると、今度は篠橋からの使者が信長の本陣までやってきた。

信長の傍らに信忠が着座し、長可ら武将も揃って使者と対面した。

「兵糧は乏しく、餓死する者も出ています。島を明け渡すので何とぞ命ばかりは助けて欲しい」

　瘦せこけた使者は、泣かんばかりに信長に懇願する。

「助けぬこともないぞ」

　信長は意味ありげに微笑む。

「助かるためなら、どんなことでも厭《いと》いませぬ」

　使者は必死だ。

「さればお前たちの長島行きを認めよう。条件は……」

　信長は悪魔のように使者に囁《ささや》いた。

「長島へ逃げ込んだなら、長島願証寺にいる院主と下間頼旦の首をここまで持ってこい」

　一瞬顔色を変えた使者は、しばらく考え込んでいた。

　やがて「やりましょう」と諦めたような表情で静かに頷いた。

「本当に敵将の首を取ってくるかどうか疑わしいものだ。何しろ一揆衆の結束の強さは鉄の結束と申すからのう」

　傍らで信長と使者のやり取りを聞いていた長兵衛は、長可の耳元で囁く。

　織田の兵たちが見守る中、篠橋から川舟が長島に向かい、やがて篠橋の一揆衆たちは長島に留まることを許された。

しかし敵将の首はやってこなかった。

(信長様の真の狙いは、やつらを長島へ追い立てて、長島に貯えられた兵糧を早く消耗させることなのだ)

若い長可にもそれぐらいのことはわかる。

籠城も六十日を超えてくると、長島をはじめ、尾長島・中江砦では餓死者が増え、一揆衆は信長との戦いばかりでなく、飢餓との戦いも加わった。

矢玉はほとんど尽き、十分な兵糧もなく、痩せこけた一揆衆たちは武器を持つのも、立っているのも辛いようになってきた。

若い院主や下間は願証寺に一揆衆を集め、彼らを鼓舞しようと試みるが、痩せ衰えた一揆衆たちは最早戦う気力を喪失し、生き延びたい一念だけが彼らを支えている。

九月に入ると、ついに一揆衆は降参を申し出てきた。

「よし、この地を去れば、命だけは許してやろう」

降伏の使者が立ち去ると、「海上を封鎖し、一人も生きてこの地から逃がすな」と、信長は厳命した。

一揆衆が川舟に乗ろうと浜に集まってきたところを、織田の伏兵が襲う。

「約束が違うぞ」

川舟に乗り込もうとしている一揆衆たちは、織田の伏兵に憤って踊りかかる。

だが伏兵の一斉射撃によって、無残にも彼らは撃ち倒された。

残りの者たちは悲鳴をあげ、逃げ惑うが、伏兵たちの弓矢や鉄砲が彼らを襲う。

飢え苦しむ長島は血生臭い凄惨な惨状と化した。

折り重なって倒れ込む一揆衆の中に、まだあどけなさが残る十四歳の院主や、苦悶の表情を呈したままの下間の姿が混じっている。

その傍らには、院主が肌身離さず身につけていた水晶玉が散らばっていた。

殺戮を免れた一揆衆たちが乗る川舟は、織田艦隊の隙間を縫うように進み始めた。

「逃がすな。やつらを海底に沈めてやれ！」

信長の罵声が海上に響くと、艦隊から三千もの鉄砲が一斉に火を吐く。

「くそ！　謀りおって、信長め」

「信長を殺せ！」

一揆衆は川舟から大声で叫ぶ。

だが艦隊の大鉄砲が川舟に向けられ、大鉄砲の発砲音が海面に木霊《こだま》すると、川舟に乗っていた一揆衆の姿は海上から消えていた。

「約束を守らぬ信長め！　地獄へ行け！」

仲間が殺される姿を見ると、他の川舟の一揆衆たちは憤怒した。

川舟を漕いでいた膂力《りょりょく》逞しい八百人程の一揆衆は着ていたものを脱ぎ棄てると、褌一丁になり褌の中に小刀を忍ばせ、海へ飛び込む。

彼らは信長がいる本陣を目指して泳ぎ始め、足が届くところまでやってくると、浜に立ち上がり小刀を片手に握り直し、信長を殺そうと斬り込んできたのだ。

「やつらの狙いは信長様だ。命を張ってお守りせよ！」

各隊の大将たちは慌てて信長の周りを固める。

長可隊は突進してくる一揆衆たちに立ち向かうが、初陣の長可は敵の一団を見ると気力は溢れているものの、武者震えが止まらない。

それでも大声で叫びながら、長可は「人間無骨」と銘打った長槍を掴み、一揆衆に突っ込む。

「一人の敵も信長様父子に寄せつけるな。近寄る者は皆殺しにせよ」

長可は長槍を引っさらうと、必死に信長に近づこうと小刀を振り回す一揆衆を突き伏せる。

長可が突き出した槍を下腹に受けた一揆衆徒は、「う〜ん」と唸り下腹から鮮血を滴《したたら》せ、倒れ込んでしまった。

初めて人を突いた手応えに、長可は興奮してしまい、刺さった槍を引き抜こうとするが、骨に突き刺さってしまったのか、なかなか抜けない。

しかたがないので槍を諦め刀を抜き放ち、向かってくる者の肩口を斬りつけた。

今度も十分な手応えがあり、相手は「ぎゃッ」という悲鳴を発し倒れ込んだが、それでも立ち上がり、必死の形相で小刀を投げつけようとした。

「危ない！」

後ろから駆けつけてきた各務兵庫が、その男の背中を槍で貫いた。

うつ伏せに倒れ込んだ男は、しばらくの間地面を這いずり回っていたが、やがて動かなくなった。

「大将はこんな雑魚を相手に戦うものではござらぬ。信長父子をちゃんとお守りしなくては…」

そう言うと、長槍が突き刺さったまま倒れている男の下腹を踏みつけ、兵庫は力を込めてそれを引き抜いた。

「さあ、槍を返しますぞ」

長槍を長可に渡すと、兵庫は次の敵を求めて駆け出した。

思わぬ一揆衆の奇襲で、信長軍は信広《のぶひろ》・信成《のぶなり》・信次《のぶつぐ》らの織田一族をはじめ、多くの戦死者を出した。

翌日、信長はその恨みを晴らそうと、「中江・尾長島にいる一揆衆たちを火あぶりにせよ」と命令した。

二つの島の周囲を艦隊で取り囲み、兵を上陸させ火を放った。火は島の四方から全土に広がる。

男、女それに子供を含めた二万人の門徒らは逃げ場を失い、全員が焼き殺された。

まだ煙が残る中江に上陸した長可は、人や建物の焦げた匂いの残る島の凄惨な有り様に呆然と立ち尽くした。

砦は焼け落ち、寺院は焼け崩れ、所々残っている黒焦げの柱からはまだ煙が燻《くすぶ》っている。

その近くには火から子どもを救おうとしたのか、子供を抱きかかえしゃがんだまま焼け死んでいる母親の姿があった。

多分後ろから斬りつけられたのであろう、その母親の背中はざくろのように割れており、白い骨がむき出しになっていた。

また一揆衆の一人であろう、焼け焦げた男が身体を捩《よじ》るようにして倒れている。

長可は初陣を飾ったが、一向宗徒の母親には決して真実を語れない凄惨な戦いだった。

一揆衆を殲滅させた信長は、風が秋めいてきた九月二十九日、長島を発ち岐阜に凱旋した。

三

天正三年に起こった長篠合戦で武田勝頼に壊滅的な損害を与え勝利を治めた信長は、次に秋山虎繁《とらしげ》に占領されている岩村城の奪還を目指す。

岩村城の向かいにある水晶山に布陣した織田信忠の軍は、夜討ちをかけてきた城兵と戦さとなり、地理に詳しい敵は織田軍を打ち破り、城へ引き上げようとした。

長可はまだ戦闘に加わっていない部隊を率い、城内に戻ろうとする敵に喰いついた。

勝って油断していたところを襲われ、城兵は慌てて城へ逃げ込もうとする。

不意を突いた長可隊は敵の首三十ばかりを取る大活躍だ。

「さすがは可成の息子だ。長可よくやったぞ」

信忠は織田の面目を保って大喜びする。

その後戦さは膠着状態が続いたが、岩村城へは甲斐の勝頼からの援軍はこなかった。

「秋山はこの後どう出てくるだろうか」

長可は家臣を集め、意見を聞く。

「降伏するのも時間の問題でござろう」

長兵衛は降参も近いと確信する。

「秋山は信玄に可愛がられた武田の武将じゃ。そう簡単には降伏に応じず、城を枕に最期まで抵抗する筈だ」

各務兵庫は武田の粘り強さを知っている。

だが結果は思わぬ方向に進んだ。

「開城すれば、秋山並びに城兵の命は保証しよう」

この全く予想していなかった信長の勧誘を半信半疑の思いで受け取った秋山は、重臣二人と妻に娶った信長の叔母・おつやの方を伴って、お礼の挨拶をするため、信長のいる岐阜城を訪れた。

「よくもわしの叔母を騙し、長年に渡ってわしに逆らいよって……。秋山に協力した叔母ともども長良の川岸で磔にせよ」

約束を守るどころか、信長は見せしめに刑死を命じた。

城主が磔にあったことを耳にした城兵は、憤怒したが、動揺を隠しそのまま籠城を続けた。

そんな敵状に苛立つ信忠に、長可は城を総攻撃することを主張した。

翌日、包囲軍の意図に感づいた城兵は、全員が槍や刀を手にして、死に物狂いの恐ろしい形相をして、岩村城から打って出てきた。

長島で戦さ慣れしたせいか、長可には初陣の折の固さが見られない。

「人間無骨」の長槍を自由自在に操り、めぼしい相手を見つけては、槍を繰り出す。

「若殿の腕前も一段と上達し、今日は特に冴えておりますな」

長兵衛は手を貸さずに、長可の戦いぶりを余裕を持って見ている。

にこにこして喋る長兵衛のお世辞には、本心が混じっているようだ。

長兵衛の調子に乗せられて長槍を振り回していたが、気がつけば大将首七つの内、三つも長可が取っていた。

気になるのは勝頼の動きだったが、甲斐を発ったものの、岩村城落城の一報が伝わると、勝頼は甲斐へ戻ってしまった。

東美濃に侵入していた目障りな岩村城はこれで織田領となり、その城主は信忠の副将・河尻秀隆に任されることになった。

「池田恒興《つねおき》の娘は父親に似ず母親似の器量よしだと聞く。娘を長可に嫁がせてはどうか？」

信長は可成を重宝していたので、その息子・長可には父親を超える武将に育って欲しい。

恒興は長島一向一揆攻めで素晴らしい活躍をした長可を見て、すっかり彼に惚れ込んでいる。

「有難いことです。上様にお任せします」

「岩村城の河尻、小里城のそなた、それに金山城の森。お前たちが睨みを利かせてくれているので、勝頼も簡単には東美濃には近づけまい。池田と森との絆を深くするため、娘を森へ娶がせよ」

今日の信長はいつになく上機嫌だ。

森家の重臣・各務兵庫それに長可の姉婿・関小十郎が岐阜城に呼ばれ、さっそく信長の意向が伝えられた。

金山城は二人が持ち帰った朗報に沸き立ち、城内は一度に祝賀の雰囲気に包まれた。

もたらされる新婚の噂話で城内は溢れ返り、妙向尼をはじめ長可の姉妹たちも微笑が絶えない。

むっつりしているのは、唯長可だけだ。

（まだ十七になったところだ。もう少し武将として己れを鍛えたいと思っていたのだが…）

嫁を貰うとその決心が鈍るようで、何やら恐ろしい気がした。

婚儀の日がきた。

美しい輿が大手口で止まり、輿から出てきた娘の姿を見た途端、長可は心臓が止まる程驚いた。

そこには父親・恒興からはおおよそ想像できない、顔形の整った美しい生き物が立っていた。

（母親はよほど美しい人に違いない）

合卺《ごうきん》の礼事は本丸で執り行われた。

白無垢に包まれ、白い角隠しで俯《うつむ》き気味に下を向いている新婦を、盃を手にした長可は飲むことも忘れて、ちらちらと花嫁を眺める。

（こんな美しい女が自分の妻となるのか）

喜びが込み上がってくる。

婚儀が済み、白無垢姿の新婦は、「お久と申します。不束者ですが、今後ともよろしくお願いします」と、三つ指をつき挨拶をした。

顔を上げ、真正面から花嫁を見た長可は、一瞬息が詰まりそうになった。

舅・恒興が言っていたように、「目の中に入れても痛くない」程可愛らしい花嫁がそこに座っていた。

四

天正六年十月、摂津国を任され本願寺を攻めていた荒木村重が、突然信長に反旗を翻した。

舅・池田恒興と共に川端砦に赴いた長可は、弟・蘭丸が信長の小姓として安土城に上がったことを知った。

（あの気難しい信長様に、蘭丸は上手く仕えることができるのか…）

そうは思いつつも、兄弟思いの優しいところがあり、利口で気転が利く蘭丸を知っているので、長可は少しは安心している。

森家にとって弟が信長の小姓として召し出されたことは名誉なことだが、可愛い蘭丸を手放す母親の心境を思えば、長可の胸には何か隙間風が吹いているような気がする。

村重の居城・有岡城を包囲している内に、時々安土城からの噂が伝わってくる。天正七年の春に完成した安土城内に、蘭丸が屋敷を賜ったこと、また今では信長の蘭丸への気に入り方が尋常ではなく、何かにつけ「蘭丸、蘭丸」と信長が呼びつけぬ日はないこと、どの小姓よりも蘭丸を重宝していることを、長可は知った。

続いて弟の坊丸・力丸も信長の小姓として召し出された。

(森家にとって喜ばしい限りだ)

やがて村重反乱も片づき、本願寺も石山の地を立ちのくこととなり、恒興は村重の城を預かることになった。

「お久や子供のお甲にも『爺がよろしくと申していた』と伝えてくれ」

恒興は今まで近くの小里城からちょくちょく金山城へ娘と孫の顔を見にきていたが、これからは遠く離れた畿内で暮らすことが辛いようで、しきりにどんぐり眼を拭った。

岐阜の信忠に帰国の報告をして長可が金山城へ戻ってくると、留守をしている林新右衛門が出迎え、「意外な知らせでござる」と苗木城からの使者が待っていることを伝えた。

使いは苗木城主・遠山友忠からの者だった。

「何！　信玄の娘を娶っている木曽義昌《よしまさ》が勝頼を見限り、織田のために働くと申すのか」

天正十年のことだ。

長可は一瞬これは信長を武田方の領内へ引き入れるための罠だと思った。

(そう簡単に武田一門が、しかも信玄が娘を嫁にやっているような武将が、織田に靡《なび》くとは信じられぬ)

「木曽殿は『武田攻めの際、われらが先陣を務めて、織田に忠義を示したい』と申されておられます」

長可は織田の勢力が東に伸び、木曽義昌が自己保身のため、そう言わねばならぬ武田の切迫度合いを薄々感じていた。

(罠であれ、義兄弟から背かれるようでは、武田の内情も随分と苦しそうだな)

この報告を岐阜の信忠に伝えると、「木曽義昌から人質を取って、甲州攻めの準備をしておけ」と安土の信長から返事がきた。

(これまで散々悩まされていた武田を、やっと攻める時が参ったか)

東美濃にいて武田の重圧をひしひしと感じていたので、長可は何やらずっと胸を締めつけていた重しが、取り外されたように思われた。

出動命令が下ると、長可は金山城から途中団平八と共に妻籠《つまご》口の先陣を務め、清内口から木曽峠越えをして妻籠城を攻め落とす。

戦闘を覚悟して臨んだ松尾城攻めだったが、城主・小笠原信嶺《のぶみね》は森軍を見ただけで無抵抗の狼煙《のろし》をあげ降参してきた。

拍子抜けした長可は、伊那口南の飯田城を目指す。飯田城は葛西織部・保科弾正《だんじょう》が守っているところだ。

信忠を本陣に迎えると、各武将が集まり軍議が開かれた。

飯田城はすでに織田の大軍に包囲されている。

「このまま城を囲んで城内に討ち入れば、こんな城など一日もあれば落とせるわ」

木曽口からやってきた滝川一益や河尻秀隆たちは強気だ。

彼らより年が若い長可は黙っていた。

「森の意見はどうじゃ」

信忠は長可の考えが聞きたい。

「それがしの考えは皆様と少し違います。確か弾正には弟がおり、上野国箕輪城を守っているると聞いております」

「内藤大和《やまと》じゃのう」

長篠の戦いで死んだ、武田四天王の一人、内藤昌秀のところへ保科家から入った養子息子だ。

「ここは略策をもって弾正を誘い出し、その後から城を攻め落とすべきです。そうすればこの先、織田軍が上野国を攻める時、戦わずして箕輪城が手に入るやも知れませぬ」

「それもそうじゃ」

信忠軍を取りしきっている滝川一益が白くなった顎髭をしごきながら頷くと、軍議は保科弾正を味方につけることで決まり、結果は長可の思惑通りとなった。

松尾城城主の小笠原信嶺《のぶみね》を先に立て、長可は信忠に従って大島城に向かう。

この城主は武田信玄の弟の信兼《のぶかど》で、逍遥軒《しょうようけん》とも呼ばれていた。

武田一門なので激しい抵抗が予想されたが、鉄砲を撃ちかけてみると、城はまるで無人のように静まり返っている。不思議に思いながら、恐る恐る大手、搦手の両門から城に入った。しかし城内には誰もいない。大軍の織田軍がくると聞き、驚いた信兼は夜逃げしてしまったのだ。

「落ち目になると、武田一門でもこの有り様だ」

信忠の兵たちは城内に残っているめぼしい物を漁り始めた。

武田らしい抵抗をみせたのは、高遠城を守る勝頼の弟・仁科盛信唯一人だった。

二月二十三日、信忠の先鋒を務める河尻秀隆が高遠城を包囲すると、圧倒的に数に劣る仁科盛信は籠城策を取る。

三月二日払暁《ふつぎょう》、信忠は総攻撃を予定した。自らが搦手に回り、大手口は長可・団平八・毛利河内《かわち》・河尻が攻める手筈だ。

織田の軍勢は三万、一方、高遠兵は三千名。落城は必至であり、問題はどれぐらい長く戦い、武田武士の誉《ほま》れを持って潔く散るかということだ。

信忠軍の鉄砲が轟《とどろ》き天地を揺るがせたのが戦闘開始の合図だった。

盛信軍は信忠の大軍が来攻することをすでに予想していたので、大手、搦手口から大軍が放つ激しい銃声を耳にしても、決して驚かなかった。

「われらが城外に討って出ましょう。殿は本丸にいて、われらの戦さぶりを見物していて下され」

本丸に集まった武将を代表して、副将の小山田《おやまだ》昌成《まさゆき》は、「自分も一緒に出撃する」と言い張る盛信を懸命に説得する。

「殿が腹を召されるのは、われらが戻ってきてからじゃ。殿は端武者などを相手にせず、ここでどんと構えていて下され」

「わかった。お前たちは存分に戦ってこい。ここからそなたたちの戦さぶりをとくと見させてもらおう」

小山田の真剣な説得に、城外へ討って出ることを断念した盛信は、素直に頷いた。

盛信は勝頼の弟で、崩壊しつつある武田家の内で、唯一勝頼が信頼できる男だ。

弟・大学助《だいがくのすけ》と渡辺金太夫・小菅《こすげ》五郎ら織田軍にも鳴り響く勇士と共に、五百人の兵を引き連れた小山田昌成は大手口に群がる大軍に向かって突っ込む。

命を棄てた彼らの激しい切り込みに、信忠軍は押され気味だ。

縦横無尽に馬を操り、太刀や槍を振るう城兵らの攻撃に、信忠軍は手を焼き、ずるずると後退し始めた。

だが数において優る信忠軍は、徐々に勢いを盛り返して態勢を整えると、小山田隊を包囲し、大手口まで押し返した。

小山田隊は一旦大手口へ戻り荒い息を静めると、「織田信忠を捜し出せ。討ち取るのはやつ一人だけだ」と叫び、再び敵の大軍の中へ突っ込む。

「信忠はいたか」

「いや、どこにもやつの姿は見当たりませぬ」

家臣の目は血走り、満身創痍だ。

小山田昌成も全身八ヶ所に及ぶ深手を受け、弟・大学助も瀕死の重傷を負っている。

「もうこれまでだな」

小山田隊は信忠を見つけ出すことを諦め、約束通り本丸で待つ盛信のところへ戻ってきた。

「よく働いてくれた。さすがは武田武士じゃ。今度はわしの出番だぞ」

次々と深手を負って戻ってくる味方の兵を見て、盛信はじっとしておられないようだ。

「大将とは、部下に戦わせ、指揮するのが務めでござる。軽々しく足軽などを相手にするものではござらぬぞ」

今にも走り出そうとする盛信を、小山田は草摺《くさずり》にしがみつき必死に諫めた。

「窮屈なものじゃな。大将とは…」

しぶしぶ盛信が突出するのを諦めた時、大手口から突進してくる信忠軍に立ちはだかった武者がいた。

その者は緋縅《ひおどし》の鎧を身につけ、長刀を水車のように旋回させている。

皆が見守る内、押し寄せる信忠の兵たちを次々となぎ倒す。

「あれは誰じゃ」

盛信が初めて見る武者だった。

「それがしの妻でござる。女だてらにわれらを励まそうとしておりますのじゃ…」

深手を負い床に横たわる諏訪勝右衛門が呟く。

一同の目が女武者に注がれている間、信忠の兵たちは彼女を遠巻きにして騒いでいる。

「女武者だ。女を討ち取っても手柄にはならぬぞ」

信忠の兵たちが叫んでいる内に、彼女は味方の兵と共にさっと本丸の中へ姿を消してしまった。

信忠軍が本丸に迫ってきて、入口では死闘が繰り返されている。

「早く本丸を落とせ。誰でもよい、仁科盛信の首を挙げよ！」

近臣に守られた信忠は、本丸の様子をよく見ようと、城壁に近いところに植わっている高い桐の木の上に登って、大声を張りあげながら軍配を振っている。

本丸では盛信の兵たちが、手負いの猪のように奮戦していた。

「屋根に登れ。そこから天井裏へ回り込み、天井から盛信を狙い撃て！」

長可は大将首を取ろうと、先頭に立って屋根に登り始める。

大将が屋根に登り出したのを知ると、部下の各務兵庫やその弟、勘解由・細見左近と豊前兄弟といった歴戦の強者たちが後に続く。

彼らは屋根伝いに長槍の柄で外壁を壊し天井裏に入り込むと、天井板を剥がして鉄砲を撃ち込む。

「少々騒がしくなってきたな。櫓《やぐら》の上へ上がろう」

本丸の隅に建つ櫓へと、盛信を先頭に重い身体を引き摺りながら小山田兄弟は盛信に続く。

「ここは天井を気にせずにすむ。それにしても蟻のような大軍ですな」

小山田昌成は櫓から城の周囲を眺めた。

「城兵たちはよく働いてくれた。これで父上・信玄の名を辱めずに済むわ」

盛信は落城が迫ってきても、堂々と落ち着いている。

(さすがは信玄公の子だ)

昌成は感心して若い城主を眺めた。

「教えられたように、上手く腹を切れるかな」

そう呟くと盛信は静かに微笑み、今まで仕えてくれた小山田兄弟に礼を言う。

「何の、城主に従うのは家臣として当り前のことですわ」

昌成は軽く手を振る。

「それよりも末期の酒が飲みたいものですな」

小山田が呟くと、「そう言うと思っていた」と盛信は酒の入った瓢箪《ひょうたん》を小山田に見せた。

「これは有難い。最期に殿と酒盛りと参りましょうぞ」

昌成は盛信から注がれた酒を喉を鳴らしながら旨そうに、心ゆくまで七〜八杯傾けた。

「旨いのう。今まで何気なく口にしていた酒だが、今日程旨いと思ったことはない。殿と一緒だし、これでもう思い残すことはござらぬわ。冥土でもまた顔を合わせ、共に酒盛りをしとうござるな。お先に御免！」

そう言うや否や昌成は腹を寛げ、脇差で腹を斬った。

下腹から湧き出した血が、板の上に広がる。

その血が滴《したた》る脇差を盛信の前に置くと、「腹を切るというのは、このように難しいことではござらぬぞ」と昌成が呟くと、座ったまままうつ伏せに倒れた。

「わしもそなたに続くぞ！」

昌成に一礼すると、盛信は昌成の血がついた脇差を握りしめ、寛げた腹に突き立てた。そしてそれを握り直すと十文字に腹を切る。

下腹に耐え難い痛みを覚えながら、傍らで苦しい息を吐き、ややもすれば意識を失いそうにしている大学助を見た。

「気を確かに持て」

呟くような盛信の励ましに、大学助は頷き、盛信から手渡された盃を受け取った。

「それがしも酒を飲んでからあの世に参ろうと存ず」

嗄れた声で応えると、大学助は血で汚れた盃に瓢箪から酒を注ぎ、瓢箪の中が空になるまで飲み干した。

「兄者の申した通り、末期に味わう酒は本当に旨いものだ。もう十分に生きたし、酒も飲んだ。大満足だ」

そう呟き、下腹を切った大学助は、崩れるように倒れ込んだ。

三人の最期を見ていた城兵たちは、いよいよ死ぬ時がきたと覚悟した。

彼らは、迫ってくる信忠軍に何度も突撃を繰り返し、全員玉砕したのは、赤い夕日が周囲の山々を染め始めた頃だった。

櫓に駆け上がった長可が見たのは、板敷の櫓の上に血を滲ませ、倒れている三人の死体だった。

「遅かったか」

「さすがは信玄の二男、色白で品位があり、眼元の涼し気な若者だ。それにしてもまだ若いのう。年頃もわしとそう違わない城主じゃ」

立ったまま三人の死骸に両手を合わせると、「仁科盛信の首は森長可が取ったぞ！」と大声をあげた。

その声に、大将首を狙っていた団平八や河尻秀隆らは惜しそうに唇を噛んだ。

長可から三人の首を受け取ると、信忠は彼らを敬うように深々と頭を下げる。

「盛信はさすがに信玄の血を引く男だけのことはある。一門が戦わずして城を空ける不甲斐ない者たちの中にあって、本物の武田武士を見たような思いがする」

信忠は感極まったように呟いた。

高遠城が落ちると、後は武田一門衆も抵抗らしい抵抗もなく、織田軍に捕らえられ首を刎《は》ねられた。

逃亡を続ける勝頼は、家臣の小山田信茂《のぶしげ》に裏切られ、田野の山中で討ち取られてしまった。

武田攻めに功のあった長可は、川中島四郡を預かり、甲州・信州では「鬼武蔵」と呼ばれ恐れられた。

五

「信長父子が光秀に討たれ、蘭丸・坊丸・力丸も信長と運命を共にした」という知らせが、突然金山からもたらされた時、長可の頭は真っ白になった。

武田征伐後、まだ三ヶ月も経っていない頃だった。

長兵衛や家臣たちも呆然となり、一瞬言葉を忘れてしまった。

凍りついた頭が徐々に解け、回転し始めるのに、半刻程かかった。

これからどんな世を創造していくのだろうかと、期待していただけに、信長がいなくなった今、これからどのようになっていくのだろうという不安が頭を過《よ》ぎった。

大黒柱を失った激しい驚愕と喪失感が去ってゆくと、今度は可愛い弟たち三人が死んでしまったという悲しみが、長可の心を襲ってきた。

（母上もさぞ気を落とされているだろう、早く戻ってお慰めしなくては。そしてこれからのことは恒興殿と相談しよう。とにかく生きて金山へ辿り着かねばならぬ）

しかし二日も経たない内に、信長の死を知った周辺の野武士たちは、一揆衆に加わった。

春日虎綱《かすがとらつな》の二男・昌元《まさもと》は、「人質を帰さなければ、無事に金山へは戻れぬようにしてやるぞ」と脅す。

信長が死んだ今、森勢は他国で孤立してしまったのだ。

長可隊三千五百は、六月十八日に川中島を発ち、猿ケ馬場《さるがばんば》（更埴市《こうしょくし》）の峠まで駆けた。

峠を登ると、一揆衆たちも後を追って登ってくる。

先頭から殿の部隊まで長可隊は力を合わせて坂を登ってくる一揆衆を負い落とすと、一揆衆は雪崩のように崩れ、追い散らされた。

敵の追跡がなくなり、松本に着きほっと一息ついた長可隊は、連れてきた人質をここで解放した。

瀬場《せば》の宿（洗馬のこと＝塩尻辺り）を通った時、編み笠をつけた馬買い姿の男が急に長可の馬の前に飛び出してきた。

それは見覚えのある男で、金山城下に暮らす商人だった。

「道下の弥三郎ではないか。どうしたのだ」

弥三郎は笠を取ってかしこまった。

「肥田玄蕃《ひだげんば》が大将で、遠山久兵衛・木曽義昌《よしまさ》らが談合し、帰り道の木曽福島で殿を討ち取ってやろうとしております。もし討ち損じた時には、千旦林（中津市）で討ち取ろうと計画しています。遠山と木曽の秘密の談合を耳にしましたので、ご注進に参りました。さしあたり木曽福島では気を抜かずに用心なされませ」

「遠路遥々よく知らせてくれた。礼を申すぞ」

長可は弥三郎に近づくと金銭を握らせた。

さっそく軍議が開かれた。

「そうと知れば、木曽義昌の城を夜襲してやろう」

各務兵庫は息巻く。

「いや、寝込みを襲い、人質を取ろう。木曽義昌は煮え切らぬやつだ。これからの織田の様子を見て日和見する腹だ。我々と事を構えるつもりはない筈だ」

長兵衛は義昌の心の内を読む。

夜中、森三千五百の兵は城の大手口に集まり、「夜分失礼いたす。われら森家は金山へ戻る道中この地に立ち寄った」と大声で喚《わめ》く。

さては談合がバレたのかと思いながらも、義昌は如才なく、「兵糧などの用意をしましょう。少し待たれよ」と恭順的な態度で応対する。

大手門から城内に入った長可は「兵糧は十分にある。そこにおられるのは義昌殿の御子か」と近寄り、子供を人質に取ってしまった。

「夜分に乗り込み無礼の段お許し下され。この子はわれらが安全な場所に着き次第お返し申す」

長可は子供を盾にとり、福島城を立ち去ってしまった。

子供を人質に取られた義昌は、苗木城の遠山久兵衛に計画中止の連絡をした。

大井宿（恵那市）を無事に通過した長可は、もう大丈夫だと知り、義昌の子供を返してやった。

長可隊が、懐かしい金山城下に入ったのは、六月二十四日になった頃だった。

兵たちの無事を知ると、城下の者たちが総出で出迎えてくれた。

（まずは城に入り、悲しみと戦っている母上を慰めてあげねば…）

顔中土埃で黒ずんだ長可を見ると、妙向尼の瞼からは大粒の涙が零《こぼ》れ、顔を歪めると息子に抱きついてきた。

「長可よ、本当に生きて戻ってきてくれたのか。お前だけでも無事でよかったわ。武門の習いとはいえ、一度に三人の息子を失ってしまって、わらわは辛くなりもう生きてゆく気力を失くして、蘭丸らと一緒に自害して果てようと考えていたところだった。お前の帰国を妨害する者が多くいて、無事に金山へ戻れまいと思っておったのだ。よくぞ生きて帰ってきてくれたのう」

目の前で自分に縋《すが》りついて涙を流している母親を見て、長可の心は熱くなってきた。「泣くのを止めなされ。武家に生まれたからには、生死は時の運次第ですぞ。三人の弟たちのためにも、涙を堪えて念仏を唱えてやろうではありませぬか」

長可の言葉を聞き、妙向尼は少し落ちついてきたようだった。

「蘭丸たち三人は討ち死にをする十日程前に、わらわに手紙を送って参ったのじゃ。夏の間、信長様が安土を離れるので、それで三人とも少しの暇を貰い、金山へ戻ってくる予定だったのじゃ。それを楽しみに今か今かと三人の到着を待っていたのに…」

再び妙向尼の頬を涙が伝う。

「三人の手紙はいつも袖の中に持ち歩いて、恋しくなった時に広げては、繰り返し読んでいたのじゃ」

涙で濡れた手で、妙向尼は三人の手紙を長可に手渡す。

その手紙は忘れもしない弟たちの筆跡で書かれていた。

「三人が眠る仏間へ参り、お前の無事な姿を見せてやっておくれ」

母に連れられて線香の煙で充満した仏間に入ると、仏壇には新しく作られたまだ白い三つの位牌が祀られていた。

「右から順に蘭丸・坊丸・力丸のじゃ。よくお前の顔を見せておあげなされ」

木の香の匂いが残る白木には、それぞれ「瑞桂院鳳山知賢居士」「夏山清涼信士」「法雲宗信士」と金文字が並んでいる。

「三人とも無念だっただろう。まだこれからだという時に…」

長可の頬には熱いものが流れた。

その夜久しぶりにお久とお甲と顔を合わせた。お久は夫との再会に嬉しい顔を見せたが、思わぬ義弟の死には、心を痛めているようだった。

お甲は武田攻め以来の父に会えて、はしゃいで父の膝の上に乗り、自分の身に起こった出来事をお喋りしている内に眠たくなったようで、寝入ってしまった。

翌朝、人質として岐阜城にいる末弟・仙千代をどう救い出そうかと考えあぐねた長可は、母の妹婿・井戸宇右衛門を本丸へ呼び出した。

「わざわざ来ていただいたのは他でもない、思慮深い叔父上を見込んでのことでござる。岐阜城にいる仙千代は人質同様の身の上となっており、われらはどうしても仙千代を奪い返したいのでござる。無理に軍勢を差し向ければ、城主の信孝様は仙千代の命を奪うに違いない。それで密かに仙千代を奪い返そうと思うのだが、大勢で押しかけては人目につく。そこで叔父上の智恵をお借りしたいのです」

「そこまでわしを信頼してくれるとは、嬉しい限りじゃ」

「つきましては、手伝ってくれる屈強な家臣を四人程集めて貰いたい」

「畏《かしこ》まった。それでいつ決行する？」

「今夕でも」

再び本丸に来た宇右衛門は、膂力《りょりょく》逞しい四人の若者を連れてきており、四人はさっそく人夫のような格好に変装させられた。

六人は岐阜城まで馬を駆る。

大手門までくると、四人とは離れ、長可は信州の土産を宇右衛門に持たせ、堂々と大手門を潜り本丸へと向かう。

心よく長可を出迎えた信孝は「よく無事で川中島から戻ってこれたものよ。父・信長の仇を討った秀吉は、兄・信雄を手懐け、わしと柴田を討とうと策を弄しているらしい。長可がわが陣営に加われば、百万の味方を得たようなものじゃ」

信孝は愛想笑いをした。

「日も暮れて参った。今日はゆっくりして泊まってゆけ。わしの城も万一の秀吉の攻撃に備えて補強修理を行った。城を見る目が肥えた長可自身の目で、補強修理の出来具合を見てくれ」

（用心深い信孝様でも、まさかわしが仙千代を取り戻しにきたとは思っておるまい）

だが人を信じない信孝は、人質の仙千代の居場所がどこなのか、無事に川中島から戻ってきてさぞや弟と会いたいだろうと思っている長可にも、決してその居処を明かそうとしなかった。

「そうさせていただきます」

長可も心の奥底を隠し、素知らぬ風を装う。

ぶらぶらと城内を見て回り、補強具合を調べる格好をしながら仙千代の居そうな部屋に目星をつけ、その部屋に近寄った。

部屋の中からは人が近づいてきた空気を感じ、刀の柄に手をかける気配がした。

「仙千代、わしだ、長可だ。助けに参ったぞ」

障子を開くと、身構えている仙千代と各務長助の姿があった。

長助は若いが、仙千代の守役として一緒に人質となっている。

仙千代は懐かしい兄の顔を見ると何か言いたそうな表情をした。しかしゆっくりと話し合っている時間はない。

「わしに続け！」

四人は足音を忍ばせ屋敷を抜け出して、城郭の外れにある崖っぷちまでやってくると、宇右衛門は懐に忍ばせていた縄を取り出し、それを太い松の幹に結びつけた。

崖から下を覗くと、人夫に身を窶《やつ》した四人の家臣たちが、布団を幾枚も用意してそれを広げ、四方を引っ張っている。

崖っぷちからその縄を伝い降り、縄の端まできたら、そこから布団の中へ飛び込むのだ。

これは宇右衛門が城に乗り込む前から考えていた計画で、危険が伴う策だった。

最初に仙千代が縄を伝わり、縄の端まで降りて行ったが、そこでしばらく躊躇している様子だ。

「見回りの者がやってくるぞ。もたもたしないで早く飛び降りろ！」

長可が放つ声で決心したのか、仙千代は縄の端から手を離すと、下にいる四人の家臣たちが手を振った。

「次は長助の番だ」

長可が命じると、長助はするすると縄を伝わって降りてゆき、布団目がけて飛び降りた。

二人の無事を確かめると、長可と宇右衛門は何食わぬ顔をして大手門へゆき、城兵に気づかれぬように城を離れた。

四人の家臣が隠していた馬を用意すると、長可は仙千代を、宇右衛門は長助を馬の背中に乗せ、全力で金山城下へ向かって駆ける。

木曽川の流れが金山城を守っており、その川幅が狭くなった太田の渡しまでやってきた。

人質が逃げたことに気づいた岐阜の兵が追撃してきたが、渡し場には長可の安否を心配した長兵衛が川舟を用意して待っていた。

素早く川舟に乗り込んだ長可たちは、やっと安堵のため息を吐いた。仙千代と長助の奪還に成功したのだ。

十二歳になったばかりの仙千代は、金山城に戻りうれし涙を流しながら母の懐に飛び込んだ。

「よく無事で…」

後の言葉が続かなかった妙向尼は、わが子であることを確かめるかのように仙千代の頭や顔を撫でた。

母の体温が伝わってきて、それが仙千代には大切な宝物のような気がした。

二人の傍らでは、長可と宇右衛門とが目を潤ませている。

天正十年、六月二十五日の夜の出来事であった。

翌日、上方から池田恒興の使者がやってきた。

「秀吉殿は六月二十七日に清須城に入られ、柴田様を含め今後の織田体制のことについて話し合われる予定です。わが殿もこの集まりには出席されまする」

信長を殺した光秀を、秀吉が山崎の合戦で破った。その際、秀吉側として活躍した恒興が、織田家の宿老の一人となったことも、長可は聞いていた。

この清須城での会議で主導権を握るとは思ってもいなかった秀吉が、力量を発揮し、織田家筆頭家老の柴田勝家をも上回ったことも、長可は知った。

「清須会議でわが池田家はその存在感を示し、大坂・兵庫・尼崎の十二万石を領することとなり、わが殿は大坂、長男・元助は伊丹、次男・輝政は尼崎城を賜りました」

再び恒興からの使者が、清須会議での詳細を報告した。

「秀吉様はどうも柴田殿が煙たいらしく、これから先争われることになるやも知れませぬ。わが殿はどのような事があっても秀吉様を支えてゆかれるつもりです」

使者は『秀吉に従った方が得だ』という恒興の考えを伝え、「天下の方向が決まるまでの間、長可殿は東美濃を切り取られたい」と恒興の要望をつけ加えた。

「承知したと恒興殿に伝えてくれ」

さっそく長可は近隣の城を攻め始めた。

川中島からひきあげるのを妨げようとした肥田玄蕃の福島城を皮切りに、肥田の味方をした加治田《かじた》城（富加《とみか》町）・蜂屋の岸城（美濃加茂市）・上有知《こうずち》城（美濃市）を攻め落とした。

さらに奥村氏の大森城（可児《かに》市）・長谷川右衛門の上恵土《かみえど》城（御嵩《みたけ》町）も落とした。

そして昔から因縁が深かった久々利《くくり》城の土岐《とき》悪五郎を計略を使って討ち取ると、多治見の根本城・瑞浪《みずなみ》の妻木《つまぎ》城は降伏を申し出てきた。

念願の東美濃制圧の仕上げとして長可が苗木《なえぎ》城を攻め落とした天正十一年五月には、その年の四月に起きた賤ケ岳《しずがだけ》の戦いにおいて、秀吉が柴田勝家を討ち破り織田体制の頂点に立ったという報告を受け取った。

大坂に自分の城を築こうと思い立った秀吉は、摂津に領地を持つ恒興からその領地を取り上げ、代わりに信孝から奪った美濃の地を与えた。

恒興は大垣城を、長男・元助は岐阜城に移り、再び舅の恒興は金山近くにやってきた。

「一度秀吉に目通りし、やつに味方だと強く印象づけてやれ」

信長の小者として仕え、歯牙にもかけなかった秀吉が、今では信長に代わる程の大物となっている。

だが恒興の頭の中ではいつも小者のままの秀吉で、何ら信長のように尊敬する気は湧かない。

だから秀吉のいないところでは、「秀吉」と呼び棄てにする。

しかし実際の秀吉は急成長し、信長の衣鉢を継ぎ天下を狙っていることは明らかだ。

（恐ろしく大規模な城だ。この城を攻め落とすには数十万の兵が要る。まず堀を埋め立てて兵糧攻めにする以外には手はない）

完成が近づき、迷路のような上町台地上に建つ壮大な縄張りの城内を、長可はきょろきょろと見回しながら歩き、巨石が建ち並ぶ大手門を潜る。

木の香も芳しい御殿が並ぶ城内を、長可は天守閣のある本丸を目指しながら歩くが、秀吉のいる本丸にはなかなか近づけない。歩き回った挙句、本丸がある天守閣への入り口がやっと見つかり、案内を乞う。

控えていた小姓が長可を導き、長い廊下と階段を上り、最上階に着いた頃には脚は疲れ切っていた。

その最上階では小姓と共に、小男が座って茶を喫していた。

（噂ではどのような豪傑かと思っていたが、こんな子供のように貧相な体つきの男が秀吉なのか…）

小姓に急がされ板敷きの間に入った長可は、初めて見る秀吉に、大柄な身体を縮めるようにして額を板に擦り付けた。

「よう参ったのう、長可よ。苦しゅうない。よく顔を見せてくれ」

顔を上げその男を見上げると、小男は微笑んでいる。

「そこでは話もできぬ。もっと近くへこい」

膝を躙《にじ》らせ小男に近づくと、秀吉は長可をじっと眺めていた。

「鬼武蔵と呼ばれておるので、もっと厳《いか》つい男を想像しておったのだが、意外と整ったよい面構えをしておるではないか」

笑うと顔面にしわが寄り、猿そっくりだ。

「この度はご尊顔を拝し、恐悦至極にございます」

「固苦しい挨拶は止せ」

上段から立ち上がると、今を時めく秀吉が、長可のところまでやってきた。

あまりにも気軽に振る舞う様子に、武骨者の長可は驚いた。

「蘭丸ら三人の弟たちは残念なことだったが、岐阜城で人質だった仙千代を、信孝殿から奪い返したお主の働きぶりには感心したぞ」

弟思いの長可の噂を耳にしているのか、秀吉は仙千代のことを話し始めた。

「わしが初めて仙千代を見たのは、仙千代が安土城へ仕えて間もない頃だったわ」

（そういえば仙千代が安土城へ奉公に上がった頃もあったな）

兄と一緒に働けることで、嬉しそうにしている幼い頃の仙千代の姿を、長可は思い出した。

「ある日、仙千代が信長様のところへ呼び出された時、梁田とか申す小姓が仙千代に戯れ、嫌がる仙千代の顔を撫でながら信長様のところへ現れたのじゃ」

当時のことを思い出したのか、秀吉は急に顔を緩めた。

「仙千代は信長様の前にいることも忘れ、『無礼者めが！』と喚《わめ》き、梁田を部屋の隅まで追い詰め、信長様の見ている前で、梁田の頭を叩いたのだ」

幼い仙千代の振る舞いに、秀吉は大笑いした。

「信長様は腕白だった自分の幼い頃を思い出されたのであろう。『仙千代はまだ幼くてとてもお側務めは無理だ。母親のところへ帰してやれ』と申されてのう」

悄《しょ》げ返って金山へ戻ってきた仙千代を、長可は励ましてやったことを記憶していた。

「このため、本能寺に居なかったことで、仙千代は命拾いしたのじゃ」

一応仙千代の話が済むと、秀吉は真顔に戻った。

「近頃、信雄様がわしのやり方に不満を唱え、家康に泣きついたらしい。ひょっとすれば家康と戦う破目になるかも知れぬ。その折には舅の恒興ともどもわしの元に駆けつけて欲しいのだ。よいな」

いつもの磊落そうな秀吉の顔が、真剣な表情に変わっていた。

「その節にはお任せあれ」

「鬼武蔵にそう言って貰えると百万の味方を得た気がする。頼りにしておるぞ」

秀吉とのお目見えは無事に済み、秀吉に盾つこうとする家康とは一体どのような男なのかと考えながら、長可は金山へ戻った。

六

機が熟してくると、秀吉・家康の陣営からはこちらの味方につくようさまざまな勧誘がやってくる。

両陣からの再三の誘いに、長可は迷うが、恒興からの情報で秀吉有利と判断した。

必勝を期す秀吉は、「わしが勝った暁には、美濃、尾張、三河の三国をお前と恒興とが領有することを許そう」と誓紙まで持ってきた。

以前、犬山城主だった恒興は、この城の弱点を知悉していた。

犬山城主・中川勘右衛門が長島に行って留守だったので、恒興は秀吉が大坂からこの地へやってくる前に、犬山城を奪回してやろうと逸《はや》っていた。

大垣から密かに犬山城下に兵を送り、城下へ潜入させると、恒興は城兵を追い散らせて犬山城を乗っ取ってしまった。

そして、大垣からの大勢の兵を犬山に呼び寄せると、羽黒・楽田・五郎丸辺りまで放火し焼き払った。

三月十二日になると、「十六日には尾張二の宮から羽黒辺りまで出陣されたい」と恒興からの使者が長可のところへやってきた。

十四日、陣触《じんぶれ》を回した長可は、金山の兵たちを中野の地に集めた。

この日の長可の出で立ちは非常に立派なものだった。

緞子《どんす》の直垂《ひたたれ》に白の腹巻、草摺《くさずり》を長く着つけ、五枚重ねの錣《しころ》の兜を被り、小手・脛《すね》当ては金の鶴丸を刻んだ三分の鉄で拵《こしら》えたものだ。

そして三尺二寸の大太刀と二尺七寸の刀を十文字に腰に差し、鷲の羽で作った矢を背に負い、重藤《しげどう》の弓を手に、海津黒と呼ばれる七寸三分の太く逞しい金覆輪《ぷく》の鞍鐙《あぶみ》の馬に跨って、長可は整列した兵たちを見回す。

金山城からは妙向尼をはじめ城の留守を守る林新右衛門、それに長可の妻・お久や子供のお甲も長可の晴れ姿を一目見ようと、中野へやってきた。

馬上から彼らの姿を見つけた長可は、朝日を浴びて白く光る兜の下から白い歯を覗かせた。

「これより羽黒八幡林へ向かうぞ」と高く掲げた軍配を振った。

隊列を乱すことなく、兵たちは粛々と馬を進める。

羽黒八幡林に着いた長可は、この辺りは地元なので地理には滅法詳しい。

この地は一面が松林に覆われていて、東方は山が連なる。それに前面を五条川が流れており、兵を隠すのに絶好の地だ。

陣を構えていると、ちょうど犬山城から秀吉の軍監役をしている尾藤《びとう》甚右衛門がやってきた。

「敵が合戦をしかけてきても、必ず陣固めをしっかりとやれ。池田と森は自分の武威を誇って敵をあなどるやつなので、よくよく抑えてわしが家康めと戦うまで待つように伝えろ」

秀吉は二人の性格を知っており、二人が抜け駆けすることを軍監・尾藤を通じて告げさせたのだ。

「小牧山が徳川の手中に入る前に、われらが先に押さえてしまおう」

長可は秀吉の命令にじれったさを感じる。

「戦いには勢いというものがある。今がその時じゃ」

恒興が犬山城を奪回したので、功を焦る長可は、存在感を誇示しようと「小牧山の奪取」を目論んだ。

だが小牧山はすでに昨日、徳川の手によって占領されてしまっていたのだ。

長可の企みを見抜いた家康は、酒井忠次《ただつぐ》・榊原康政《さかきばらやすまさ》・奥平信昌《のぶまさ》・松平家忠《いえただ》ら五千の兵に命じて、羽黒八幡林に布陣する長可隊を攻撃させようとした。

十七日早朝、まさか徳川軍がここまでやってこようとは思っておらず、のんびりと朝餉を摂っていた長可は、五条川の対岸に徳川の大軍を発見して驚いた。

徳川軍は一気に五条川を渡河しようとした。

不意を突かれた長可隊は敵への攻撃準備が遅れ、陣形を崩し、後退して態勢を立て直そうとしたが、酒井隊に続いて渡河してきた新手の奥平隊は、先に渡河した酒井隊と一緒になって長可隊を包み込もうとする。

長可隊はさらに退却して陣形を整えると、その場に踏み留まり、襲ってくる敵兵を前にして反撃に出た。

だが死闘を繰り広げている最中、今度は後方へ回り込んだ榊原隊が襲ってくる。

防戦一方の長可隊は、隊伍を崩しつつも善戦を続けた。

さらに側面に回り込んだ家忠隊の一斉射撃が始まると、さすがの長可隊も大きく崩れ始めた。

この時、長可は討ち死にを覚悟した。

「このままでは全滅を免れませぬ。たとえそれがし一兵となってもこの場を死守しますので、殿は早くこの場から立ち去られよ」

野呂助左衛門の声は絶叫に近い。

なおも長可が逡巡していると、近づいてきた野呂は手にしていた長槍で、長可の乗っている海津黒の尻を突いた。

海津黒は一声嘶《いなな》くと金山を目指し、戦場を後にして駆け出した。

大将が戦場を離れる姿を目にすると、戦闘中の長可の兵たちは戦意を失い、犬山城や金山へと逃げ始めた。

犬山城からは長可隊が徳川兵に崩されたのがよく見える。城内の恒興や稲葉の兵たちは援護しようと一斉に大手門から飛び出し、逃亡兵たちを収容する。

清須城から出陣してきた家康は彼らとの合戦を避け、地理に不慣れな兵たちを引き上げさせる。

戦闘が終わり、羽黒八幡林はいつもの静けさを取り戻したが、そこには重臣野呂助左衛門父子をはじめ、三百もの伏し倒れた味方の死骸が、松林の中に残されていた。

「家康は信長様も認めた戦国髄一の強者だ。鬼武蔵と恐れられるお主でも、持て余すのは無理もない。もうすぐ秀吉が十万の兵を率いてここにやってくる。家康・信雄の兵を合わせてもせいぜい三万は超すまい。今度は決して負ける筈はないぞ」

金山へ届いた恒興からの伝言は、長可の初めての敗戦を慰めた。

「『敵の最前線である小牧山城を包囲せよ』というのが、大坂城からの秀吉の命令だ」と恒興は長可に伝えると、「犬山城を本陣として、南へ砦を張り出し、小牧山城を取り囲め」という、秀吉の命令を使者に詳しく説明させた。

(秀吉が犬山に姿を見せる前に、陣地を完成させねばならぬ)

十万という大軍を率いて秀吉が出張ってくるので、今度こそ決して家康に負けられない。

長可隊は再び出陣する。

決して不安を口にはしないが、二回目の出陣に心配そうな表情を見せる妙向尼やお久らを安心させようと、長可はいつもより盛んに手を振る。

尾張二の宮を過ぎ、この前戦場となった羽黒八幡林までやってくると、長可は行軍を止め馬を降り、討ち死にした兵を祀る塚の前に立ち手を合わせた。

(今度の戦いでひょっとして自分が討ち死にをしたら、残された者はどうするであろうか)

祈りながら長可の胸には、城内に残された者たちのうろたえた様子が浮かんでくる。

(初めて敗戦した後で、まだ心の整理ができておらず、敗戦の影が今でも尾を引いているのだ)

心を落ち着けようとすればする程、「討ち死に」という文字が身体全体に広がってくる。すると、だんだん落ちつかなくなってきた。長可は懐から用意していた紙を取り出し、いざという時に備えて日頃思っていたことを、城に残っている母親に宛てて手紙を書き始めた。

「一．　もし私が討ち死にした時は、母上は私の死と引き換えに秀吉から禄を貰ってどうか京都にお移り下され。

二．　仙千代に私の跡目を継がせるようなことは、どんなことがあってもさせないで下され。金山城は要の大切な城ですから、秀吉にお願いして、確かな武将を配置して貰うよう申し上げて下され。

三、妻を始め女たちは急いで舅の領地の大垣へ落ち延びさせて下され

天正十二年三月二十六日」

それだけを書いてしまうと、少しは気が収まってきたが、家族の者のことを考えると不安が募り、さらに念を押した。

「お甲は京都の薬師のような町人に嫁がせて下さい。

母上はどうか京都に行って下さい。

仙千代に私の後を継がせるようなことは、絶対にしないで下さい」

二十七日に犬山城入りした秀吉は、小牧山城を睨み、それを包み込むように砦を築かせると、それを見た家康も対抗し、小牧山城を守るように砦を築いた。

戦さが膠着することを嫌った秀吉は、家康のいない岡崎へ「中入り」することを思いつき、甥の三好秀次を頭に二万人の兵を編成し、四月六日の夜「中入り部隊」は出発した。

この中には五千の兵の恒興隊と、三千の兵を率いる長可隊が含まれていた。

だが数で劣る家康は「中入り」の情報を知り、「中入り部隊」を襲った。

不幸にして長可の不安は的中し、「中入り部隊」は思わぬ完敗を喫してしまい、長可は恒興と共に討ち死にしてしまったのだ。

しかし、小牧・長久手の局地戦で秀吉は破れはしたものの、家康に味方した敵を次々と撃破し、家康は上洛せざるを得なくなり、ついに秀吉に膝を屈した。

討ち死に直前まで長可が気を揉んでいた仙千代は、翌年十六歳となり目出度く元服し、大坂城で秀吉にお目見えを果たした。

「あっぱれ才能のある若者となったな。可成以来長可の功名を継いで長くわしに忠勤を励め」

豊臣姓を貰い忠政と名を改めた仙千代は、死の直前に懸命な思いで認めた長可の遺言を守ることができず、金山城主となった。

妙向尼始めお久やお甲が長可との約束を果たしたかどうか、史料は何も語ってはいない。

鬼日向

一

長久手《ながくて》の戦いは小幡《おばた》城出陣から始まった。

水野忠重《ただしげ》を始め息子の勝成《かつなり》、大須賀康高《おおすがやすたか》、榊原康政《さかきばらやすまさ》、本多広孝《ほんだひろたか》などが先陣で、四千人が秀吉の「中入り」部隊を攻撃する役目を担う。

家康の本隊は彼らに続いて長久手に向かう予定だ。

彼らは四月八日の暮れに小牧山を発ち、馬の轡《くつわ》が鳴らないように馬銜《はみ》を嚙ませ龍泉寺を過ぎ、深夜近くなって小幡城に着いた。

彼らは翌朝のことを話し合う。

「明日はどのように戦うのか」

「わしは縦に長く伸びた『中入り』部隊の尻を攻めたらよいと思うが…」

「わしなら最前線の池田・森長可《ながよし》隊を襲うつもりだ」

「真ん中にいる堀隊を襲えば、秀吉の甥・孫七郎も池田・森隊もばらばらになろう」

大須賀・本多・榊原らの意見は皆異なり、軍議は一向に纏《まとま》らない。

「ここは戦さ経験豊富な水野忠重殿に任そう」

当然だと言わんばかりに大きく頷いた忠重は、諸将を見回すと口を開いた。

「敵は大軍、こちらは小勢じゃ。まともに正面から当たっても勝ち目はない。三好孫七郎隊は一番後方を進んでいるらしい。やつは若くまだ戦さ経験も浅い。寡勢が大軍に勝てる場合は、相手の弱点を突くしかない。秘かに孫七郎隊を後方から襲うのだ！」

戦闘は忠重の思惑通り進み、孫七郎隊は思わぬ敵襲に逃げ惑い、その動揺は中軍の堀隊、前軍の池田・森隊まで広がった。

そして小牧山から家康本隊が長久手に姿を見せると、それを知った堀隊は現地から姿を消し去り、逃げ場を失った池田・森隊はその場に留まった。

池田・森隊の一万と同数の家康は敵の陣型を窺《うかが》うために、丘の頂きに布陣した。

戦闘準備が整ってくると、水野勝成は一番首を目指して敵陣に突っ込もうと逸《はや》る。

その時、横に並んでいる父・忠重が勝成を睨みつけ何か喚《わめ》いているのに気づいた。

目を吊り上げ、顔を真っ赤にして怒鳴っている。

「その方、兜をどうしたのだ。兜は合戦の時に被るものじゃ。それなのに兜を身につけていないとはどうしたことか。そんな気ならこれからは兜を屎桶《くそ》にでもしてしまえ。この不埒《ふらち》者めが！」

　勝成は疼目（眼病）を病んでいたので、兜を被っていなかったのだ。

　忠重は怒ると我を忘れて怒鳴り散らす癖がある。

　勝成も短気な父の気性を受け継いでいるらしく、頭にかあっと血が上った。

「その言葉は父親とは申せ、あまりの申しようだ。定めし息子が討ち死にすることを望んでいるのだろう。それならお望み通り、只今これより戦場に駆け入り、討ち死にしてお見せ申そう。それがしが今日の一番首を取るか、一番に首を取られるか、二つに一つでござる」

　そう言い放つと、勝成は馬に跨《また》がり、長槍を担いで敵陣へ駆け出した。

「抜け駆けは軍法違反じゃ。すぐに止めて参れ！」

　息子の抜け駆けに驚いた忠重は、近くにいる太田重助を後ろから追わせた。

「若殿、抜け駆けは禁じられておりますぞ。今すぐ引き返されよ！」

「馬鹿め。生きるか死ぬかという時に、そのような悠長な話につき合っておれるか。死ぬのが恐いなら早く陣へ戻っておれ！」

　敵陣が迫ってきた今、勝成は全く聴く耳を持たない。

太田の姿が見えなくなったと思ったら、今度は一族の水野喜右衛門が追いかけてきた。

「若殿、引き返せ！」

「うるさいぞ。今にも槍を合わそうという時じゃ。その方が何と申そうとも引き返す訳には参らぬ」

だんだん気が立ってきた。

敵の姿はそこまで迫ってきているのだ。

傍らに、勝成同様抜け駆けしている米津千之助という男がいるのに気づいた。

片手に長槍を握り、逞しい栗毛の馬に乗っている。

「さてさて勝成殿、これは早く参られたものだ。それがしもご一緒しよう」

抜け駆けの常連者だ。

前方から地鳴りのような鯨波《げいは》が響き始め、閃光がひらめき鉄砲音が轟《とどろ》くと、

「あっ」という悲鳴がすぐ後ろから聞こえてきた。

振り返ると、米津の右脚から血が滴《したた》り、顔を歪めている。

「これまでお伴して参ったが、残念ながら手負いとなり申した。お先に参られよ」

「今までの貴公の心がけは比類がないものだ。命あっての物種じゃ。戦いはこれから

も無数にござる。この上は早々に退かれよ」

米津の後姿を見ながら尚も進んでいると、立派な武具をつけ、金色に輝く兜を被った男が近寄ってきた。

「それがしは三好孫七郎殿の家臣・白井備後《びんご》と申す。名のある武将と見た。いざ勝負！」

「水野勝成じゃ。望むところだ」

勝負は一瞬にしてついた。

勝成が敵の突いてきた槍を軽く払うと、目にも止まらぬ早さで、慌てて槍を構え直そうとした白井の面頬《めんぽお》の下にある首を、勝成の槍の穂先が突き立てていた。

素早く下馬した勝成は、落馬した相手の首を掻き取り、まだ血が滴る首を腰にぶら下げた。

「水野勝成が敵の一番首をあげたぞ。家康殿への土産じゃ」

勝成が一番首を見せようと家康の本陣へ戻りかけていると、旗本衆の内藤四郎左衛門と高木主水《もんど》とがこちらにやってくるのに出会った。

出陣が遅い忠重を、急かせにゆく途中らしい。

二人は勝成の腰の横で揺れている首を見ると、

「さてさて勝成殿は早くも一番首をあげられなさったか。早々に家康様にお見せ申されよ」と頬を緩めた。

家康は高台に布陣し、床几《しょうぎ》から立ち上がって池田・森隊との戦いぶりを眺めていた。

「一番首か。勝成天晴れな働きぶりだ」

返り血を浴び精悍な表情の勝成を見て、家康は顔を綻《ほころ》ばせた。

本陣には次々と敵の首が届いてくる。

「その方の手の者はどうしたのか。一向に見かけぬが…」

勝成の父・忠重は家康の母・お大の実弟であり、勝成と家康はいとこ同士にあたる。

いとこである勝成の一番首は嬉しいが、いつも猛々しい叔父・忠重の活躍が見られないことに、家康は首を傾げる。

「それがしの家臣たちは父と一緒に後から出陣するつもりでしょう。それがしは一足先に参ったので、家臣たちのことは存じませぬ」

「そうか…」

勝成の口調から、短気者の父子がまた諍いを始めたなと、家康は苦笑した。

この時、丘の上に立って戦況を窺っていた井伊直政《いいなおまさ》が敵陣へ向かって駆け出した。

「直政がまたいつもの一騎駆けを始めよったわ。誰かやつを後方へ引き戻せ！」

家康は血気に逸《はや》る直政に、一騎駆けを戒めている。

直政より三つ年下の勝成は、この直情径行型の武将に自分と似たところがあると感じていた。

井伊隊には武田遺臣を多く吸収しているので、戦さ巧者が豊富だ。

その一人、三科形幸《みしなかたゆき》が黒月半に乗る直政に追いつき、先をゆく直政を遮った。

「退け。邪魔立てをするな！」

直政は激怒して喚くが、三科は平然としている。

「真っすぐ突っ込むのは猪武者でござる。人目につかぬよう、山麓を迂回されよ」

一番槍を狙おうと気が立ち、一騎駆けしている直政は、全く聴こうとはしない。

三科を退けて尚も直進しようとすると、今度は同じ武田遺臣の広瀬美濃《みの》が行く手を阻む。

「無理攻めはいけませぬぞ」

二人を無視して尚も直政は駆けてゆく。

「やれやれ、本当に手のかかる主人じゃ」

三科、広瀬を始め井伊隊の兵たちは慌てて主人の後を追う。

（わしとよく似た男だわ）

頰を緩めた勝成は、直政を追い越しもう一暴れしてやろうと敵陣へ突っ込む。

馬の扱いは勝成の方が上で、駿馬は直政の馬を追い越し、勝成はこちらに向かってくる敵を槍で捌《さば》いて、早くも一番槍をあげた。

追いついた直政は勝成を見て、「一番首はわしが取る」と叫び敵の固まっているところに突入すると、彼の家臣たちも後に続く。

大柄な相手と渡り合っていた直政が敵を落馬させると、直政の郎党たちがその者の首を掻き取った。

「直政が一番首を取ったぞ」

直政の嗄れた大声が戦場に響くと、味方から割れんばかりの歓声があがった。

この戦いで勝成は黒母衣《くろほろ》の武士を三人も討ち取る活躍を見せた。

出陣が遅れ、そのことを家康の前で勝成が皮肉ったことを知った忠重は、激怒した。

その上勝成が手柄を立てたことが、更に忠重の怒りを煽った。

「抜け駆けした上に、手柄をあげるとは…」

息子への忠重の憎しみはその後長く尾を引き、長久手から蟹江に戦場が移ってからも続く。

水野父子は桑名にいる。

富永半兵衛は、刈谷水野家の勘定方を任されている男で、上役を蹴落とし、上手く忠重に取り入った狡猾な出世頭であった。

次期家督を継ぐ勝成に対してもおべっかを使い、金使いが荒い若殿に内緒で金子を用立てていたが、その上前をはねて自分の懐に入れていた。

ある日、重臣の一人が帳簿を調べている内に銀子百枚の不足に気づき、「どうも公金が合いませぬ」と忠重に訴え出た。

驚いた忠重が富永を呼んで問い正したところ、「若殿に無心されてどうにもならず御用立てしましたので…」と額に脂汗を浮かべながら白状した。

「それがし一人の腹に納めておこうと決めておりましたが、大殿の心配そうなお顔を見てつい口が滑りました。どうぞ若殿をお責めにならないで下され」

富永はしおらし気に返答した。

しばらく沈黙していた忠重が、「十分に金を与えてやっておるのに、勝成は何にそんな大金が要り用だったのだ」と富永を問い詰めた。

「若殿はしばしば遊びに池鯉鮒《ちりふ》へゆかれるのでございます」

勝成が口止めしていることを、富永は漏らした。

「何！　遊ぶための金か！」

「そのようで！」

「勝成はこのように大切な軍用金を遊びに使っていたと申すのか！」

「……」

頭に血が上った忠重は、「すぐ勝成をここへくるように呼べ！」と噛みつきそうに富永に命じた。

「お呼びで！」

何も聞かされていない勝成は、怒っている忠重の様子を知ると、これ以上刺激させぬように大人しく構えた。

「銀子が足りぬ。富永はお前に用立てたと申したぞ！」

「たかが銀子が不足したぐらいで、天下の水野忠重ともあろうお方が、少々見苦しいでしょう」

平然とした勝成の態度に、忠重の怒りは爆発した。

「馬鹿を申すな。大切な軍用金のことだ。聞けばお前は池鯉鮒の色里で百両もの大枚を使い込んだと申すではないか。たかが銀子では済まされぬぞ！」

「それがしが用立てさせたのは七十両。それを富永のやつは百両だと申したのでござるか？」

「見苦しいやつめ。自分の罪を人になすりつけるとは。この期に及んでもまだ白《しら》を切るつもりか！」

勝成が言い訳をしていると思い、忠重の怒りは最高に達した。

すっくと立ち上がると、勝成はまだ真っ赤な顔で怒鳴っている忠重の部屋を出た。

「どこへ行く。まだ話は済んでおらぬぞ」

勘定方の部屋の障子をがらっと開くと、勝成は富永の前に仁王立ちした。

「富永、わしが貴様に無心したのは七十両だ。それを父上には百両だと申したそうだな」

企みがバレたと知り、ぶるぶる震える富永を、勝成は睨めつけた。

父に似て短気者だと自覚していたが、生一本の純粋な怒りは自分でも押さえきれないようだ。

気づいた時には、言い訳しようと口を開きかけた富永の首が、部屋の内に転がっていた。

寵臣を斬り殺され、怒り心頭に達した忠重の姿を想像すると、勝成はすぐに水野屋敷を抜け出し、そのまま姿を消した。

「見つけ次第、勝成を斬り殺せ！」

（息子といえども、水野家の家風を乱すやつは殺さねばならぬ）

あまりのことに家臣たちも顔を見合わせ、桑名中を走り回って勝成を探すが、どこに隠れたのか勝成の姿は全然見つからなかった。

こうして十五年にも及ぶ勝成の放浪の旅が始まるのである。

勝成が富永を斬り殺したという噂は、刈谷城まで伝わってきた。

驚いた勝成の母親は、幼い頃から勝成をよく知っている杉野数馬、近藤弥之助、林茂之助ら三人を自分の部屋に呼び寄せた。

「今蟹江から早馬があり、息子・勝成が刈谷家の勘定方の富永を斬り殺したそうじゃ。あの子は悪さはするが、生一本のところがあり、理由もなく人を斬ったりしない子だ。何か事情があり、富永に非があったに違いない。しかし富永は大殿が大切にしている者なので、勝成を許さず、勘当するかも知れぬ。いや下手をすれば短気者の夫は息子を殺そうとするやも…」

母親は気が気でないらしくいつもの落ち着きを失っている。

「大殿を説得して勝成を救ってやって欲しい。そして殺されそうになれば、息子を逃がし、時期がくれば勘当が解けるよう努めて下され」

涙ながらに訴える母親の強い願いを、三人は断わる訳にはゆかず、勝成を助命するために蟹江に向かった。

一方勝成の方は、蟹江城に籠もる滝川一益《たきがわかずます》を攻撃しながら、織田信雄のいる長島城へゆき刈谷城へ戻られぬようになった理由を話し、信雄への奉公を願い出た。

「だがのう、お主の父親からわしのところへこんなものがきておるのだが…」

気の毒そうに信雄は、一通の書状を勝成に手渡した。

「もし倅を召し抱えられれば、それがしはここを引き払って刈谷に帰る」と見慣れた忠重の武張った文字で書かれている。

「武勇絶倫のお主を雇いたいが、今この戦場からお主の父・忠重に去られたらわしも困るしな…」

信雄は済まなそうな表情だ。

「わかり申した。一徹者の父には困ったものだわ」

長島を去ると、勝成は今度は小牧山へ向かう。

本多正重《ほんだまさしげ》を通じて家康への連絡をとろうとした。

家康は心よく会ってくれたが、渋い顔をしている。

「わしのところへこんなものが届いておる」

家康にも忠重からの御奉公構《がまい》がきていた。

「もしお主を仕えさせれば、忠重は秀吉方へ走ると言ってきた」

「頑固おやじにはほとほと困っております」

「やつは短気で一徹者だ。一旦口にしたことは、必ずやる男だからのう」

家康も困り果てているらしい。

「忠重にはわしから話をつけて、ゆくゆくはお主を呼び戻してやろう。それまでは父に逆らわず、隠居でもして時を待つことだ」

勝成はため息を吐く。

「わかり申した。殿の仰せに従いまする」

悔しそうに、勝成は小牧山を後にした。

この年の十一月、家康は今まで争っていた秀吉と講和した。翌年天正十三年に入ると、秀吉は小牧・長久手の際家康に味方した雑賀《さいか》衆を討ち、四国制覇を狙う長宗我《ちようそか》部《べ》元親《もとちか》の野望を砕くため、四国へ派兵しようとした。

勝成は、家康の勧めに従ってしばらく寺に籠もっていたが、戦さを求める若い身体は瞑想などというそんな年寄りじみた生活に辛抱できない。

戦さ場で腕を自由に振るえる機会を求めて秀吉に仕えてみようと思い立ち、大坂を目指した。

刈谷城の他には家康の岡崎・浜松城しか知らない勝成は、途方もなく巨大な大坂城を見てその巨大さに度肝を抜かれた。

本丸はほぼ完成し、二の丸・三の丸はこれからの予定だが、その規模は噂に聞く安土城を遙かに超えていた。

本丸の最上階には茶室があり、小柄な男が背中をこちらに向けて座り、茶道頭と思《おぼ》しき男と雑談しながら茶を喫していた。

「よくきたな。お主が水野家の嫡男・勝成か。よく鍛えた逞しい身体をしておるのう」

家康の家臣たちについても、この男はよく調べているらしい。

「父・忠重と喧嘩別れをしたようだな。忠重は頑固一徹者のようだが、さては父の機嫌を損ねたのか」

猿のように皺寄った顔の中に埋もれた細い両眼は、まるで別の生き物のように勝成を観察している。

（武将というより、まるで商人が品定めをしているようだ）

「父の武家奉公構もわしには通用せんから、安心してこのわしに仕えよ。これから四国の長宗我部元親らを攻めようと考えていたところじゃ。わしの家臣となって手柄をたてて、父を見返してやれ」

秀吉は家康のいとこが自分に靡《なび》いてきたことで大いに満足を覚えた。

（いつもむっつりとして無口な家康殿と違い、明るくよく喋り、人の心を逸らさせぬ人じゃ。少し軽い感じはするが、何と魅力的な男であることか）

若い勝成は明るく振る舞う秀吉の、裏に潜む暗い一面がわからない。

（これであの陰気な寺暮らしをせずに済む）

勝成の嗅覚は近づきつつある戦さの匂いを嗅ぎ取っていた。

四国の長宗我部攻めでは、勝成は思う存分槍働きをし、秀吉の家臣たちが羨やむ一番首の手柄を立てた。

だが父・忠重が家康を見限り、石川数正らと一緒に大坂の秀吉のところへやってきた。

（これは大変なことになったわ。下手をすれば父と顔を合わすかも知れぬ…）

ちょうどその頃、大酒を飲んでいた勝成は、ささいな事で秀吉の家臣と口論となり、酔った勢いでその男を斬り殺してしまった。

蟹江で富永を斬り棄てたように、自分では短気な父を嫌っていたが、勝成もそれに輪をかけたような短気者だったのだ。

寵臣を殺されて、秀吉は激怒した。

「勝成を見つけ次第殺せ！」

今度は秀吉からも追われる身となった。

(殺されては堪らぬわ)

勝成の姿は大坂から消えていた。

その頃忠重は、関白となった秀吉に大層重宝がられ、石川数正と共に武者奉行に任ぜられていた。

刈谷からやってきた三人とも別れ、勝成は大坂を離れて京都にいた。

日々の生計のために尺八を習い、それを吹きながら各家を訪問して施しを受け取って飢えを凌いでいたのだ。

追っ手の目を晦《くら》ますために六左衛門と名を変えた。汗と垢とで異臭を放つ着古した着物で、雨の日は荒れ寺で一夜を明かし、晴れた日には蚊に刺されながら草っ原で野宿をする。

運が悪ければ二、三日食べ物にありつけぬこともあり、満天の空を眺め空腹を我慢しながら馬小屋で寝る日もあった。

西国を旅し、作州英田《あいだ》郡の土居《どい》村に入った時、あまりの空腹で戸を叩いた家が野盗の棲み家だった。

飢えで立ってはおられず、水さえ口にできない旅先で初めて振る舞われた粥は、五臓六腑に染み渡る程旨かった。

腹が満たされてくると再び元気が蘇り、勝成は腕を買われて野盗の群れに身を沈めた。

しかし罪もない人を手にかけることはどうしても嫌で、不満に思った野盗たちは掟に従わない勝成を殺そうとした。

ところが簡単に始末できると踏んだ野盗たちは、勝成のあまりの強さに驚愕した。どんなに野盗働きをしていても、所詮は野盗だ。戦場で生き死にを賭けて戦ってきた勝成に敵《かな》う筈がない。

頭目が斬り殺されると、数十人いた野盗たちは蜘蛛の子を散らすように逃げ出してしまった。

作州津山から備中に入ると、野盗から巻き上げた路銀は底をつき、宿屋に泊まることもできなくなってきた。

（その時はその時のことだ…）

楽天家の勝成は、旅籠に泊まると湯に浸かり、さっぱりとしたところで空腹を満たすため、酒と夕飯を十分に詰め込んだ。

久しぶりに夜具に潜り込むと、明日の出立の払いのことも忘れて、そのまま高いびきをかき眠り込んでしまった。

夜分しばらくすると、階下から聞こえてくる甲高い幼児の泣き声で目が醒めた。

普通の夜泣きではない。まるで火がついたように激しく泣き続けている。

（これは例の手が使えそうだ）

昔友人から聞いた薬の話が、勝成の頭の中でひらめいた。

むっくりと起き上がると、汗と垢と土埃で変色した着物を取り出し、こびりついた垢を掻き落とすと、それを指で丸めて丸薬にした。

そして階段を降りてゆくと、泣き声がする部屋の前で声をかけた。

「ちょっとよいかな」

「これは目を醒まさせてしまい申し訳ございませぬ。いつもは大人しく寝入る子が、今夜はどうしたことか泣き続けております。夜分のことで薬師を呼ぶこともかなわず、難儀しておりました。迷惑をかけて申し訳なく存じます」

「さっきから二階で聞いていたのだが、泣き声が普通ではないようだ。何か虫気を生じて腹が痛いのだろう。それがしは腹痛の妙薬を持っているので、これを飲ませてやれば多分泣き止むだろう」

勝成はさっき作った丸薬を若主人に手渡し、二階に戻って聞いていると、泣き声は全然聞こえてこない。

(上手くいったようだ)

翌朝勝成が旅出ちの用意をしていると、宿の若主人が現れた。

「それがし昨日は恥ずかしくて申せなかったのだが、実は路銀の持ち合わせがないのだ。路銀は後日必ずお返しするので、宿賃はしばらく待って欲しいのだが…」

端切れが悪く、勝成は若主人に頭を下げた。

「昨夜は本当に助かりました。あの丸薬を飲ませると、今まで泣いていた子供はまるで嘘のように泣き止み、ぐっすりと眠ってくれました。路銀の方はご心配には及びませぬ。宿賃は帳消しにして、こちらから昨夜のお礼をさせて貰います」

宿の若主人は「些少ですが、これからの路銀の足しにして下さい」と鳥目《ちょうもく》を紙に包んで持たせてくれた。

二

家康を上洛させ後顧の憂いを断った秀吉は、九州制覇にあと一足と迫った島津氏を征伐するため、九州へ上陸した。

世間の噂話から九州で大戦さが始まると耳にすると、勝成は今まで抑えていた血が滾《たぎ》り出すのをどうしても抑えつけることができず、自然と足は九州へ向かう。

備中から備後にくると、陸路だけでなく、兵士を乗せた輸送船の群れが盛んに瀬戸内海を西の方へ航行している。

その光景を見ていると、まるで自分が戦場にいるかのように身体中がうずうずしてきた。

ちょうど路銀も底をつき、安芸の草津港から毛利家の輸送船に乗り込み、大小の島々が浮かぶ穏やかな瀬戸内海を眺めている内に、船は筑前の博多港に着いた。

博多は軍需景気に湧き、街中には食糧を積んだ馬や人々で溢れ、海岸線には食糧を保管する倉庫が建ち並び、にわか一膳飯屋やいかがわしい小屋が軒を連ねている。

そこでは集まってきた兵たちを呼び込む嬌声が飛び交っていた。

侘しい道中を続けてきた勝成は、博多の混雑と活気が同居したような光景に目を奪われてしまった。

秀吉軍は勝ち続け、戦線は南の薩摩領まで進んでいるらしい。

急いで南へ向かう勝成は、引き上げて北上してくる多くの兵たちに出会った。

「出水で島津義久は太閤殿下に降伏したのだ。これでこの地は静かになるぞ」

明るい顔をした彼らは、口々に戦さの終了を告げる。

（しまった。出遅れたか！）

それでも諦め切れぬ勝成は、南関まで足を伸ばした。

遠征軍はその数を増し、続々と博多を目指して北上してくる。

（本当に島津は降伏してしまったのだ。運に見放されたか）

誰か知り合いはいないかと、勝成はきょろきょろと凱旋している兵たちを見回した。

「勝成ではないか。もう戦さは終わってしまったぞ！」

恰幅のよい、耳から口元まで髭に覆われた大柄な男が、馬上から勝成に呼びかけてくる。

見上げると佐々成政《さっさなりまさ》の姿がそこにあった。

馬を寄せてくると、「懐かしいのう。お前が父に奉公構をされて秀吉に仕えたことを耳にした途端、今度はお前が秀吉の寵臣を斬って追われていることを知ったのだ。お前も親爺に似て血の気の多い男だのう」と勝成に同情を示した。

「どうじゃ。わしに仕えぬか。この度わしは肥後一国を秀吉に任された。領国統治のため、多くの武将を集めようと、お前のような武勇絶倫の男を探していたところだ」

佐々成政は勝成より二回り程年上の男だ。

秀吉を嫌う彼は、小牧・長久手の戦いでは家康側に与《くみ》していたが、家康が秀吉と和睦すると伝え聞いた。

それを阻止しようと、彼は雪があるにもかかわらず、越中からまだ秀吉の手の及んでいない立山連峰のザラ峠（通称「さらさら越え」）を越えて家康の講和に反対した豪傑だ。

そして家康が秀吉に和睦すると、富山城に籠もって秀吉の大軍に耐えた。

富山城を包囲した秀吉は徹底抗戦をも辞さない成政をもて余し、織田信雄と前田利家の執り成しでやっと降伏を認めたような反骨精神旺盛な男だった。

「わしに仕える気があるなら、一応忠重殿へ断っておいた方がよいのではないか」

「構いませぬ。どうせ知れることですので。それにそれがしは家康殿から秀吉へと主人を変えて仕え、権力に阿諛追従《あゆついしょう》するような父を嫌っております故」

「そうか……」

「それがしが成政殿に仕えて迷惑がかかるのなら、それがしはすぐに肥後を立ち去るつもりでござる」

「わしはそなたのことで秀吉から何も文句を言わせるつもりはない。気が済むまでわしに仕えてもよいぞ」

成政は放浪していた勝成に、ぽんと一千石の俸禄を与えてくれた。

息子が成政に仕えたことを知った忠重は、秀吉の命を受け成政の動勢を探ろうとし、しばらく自分のところにいた杉野数馬、近藤弥之助、林茂之助らを肥後の勝成の元に送り込んだ。

隈本《くまもと》城を居城にして、肥後に入国した成政が領国の仕置について考えていると、秀吉から書状が送られてきた。

書状には肥後統治に関し、五ケ条から成る御制禁が認《したた》められていた。

それに目を通した成政は、すぐに勝成を呼び寄せた。

「これを見よ」

そこには「肥後国五十二人の国人はいままで通り知行を許す。そして三年間は検地を禁ずる」と書かれていた。

「これを厳守すれば、わしらは年貢も入らず、飢死するばかりではないか！」

怒ると成政は茹でた海老のように真っ赤な顔になる。

「国人たちに従来の知行を認めるなら、百姓たちの年貢は国人たちの手に渡り、新規に入国したわれわれには米一粒も手に入らぬようになる。その上三年間の検地を禁じられれば、新しく年貢を得る方法もなくなってしまう。年貢なくして、秀吉めはこの肥後をどう統治せよと申すのか…」

成政は秀吉に降伏はしたが、心から尊敬している訳ではない。秀吉と呼び棄てにして怒りをぶつける。

「肥後を返上してこの地を立ち去るか、御制禁に背いても検地を行い、食い扶持を探すかだ。さもなくばわれわれは飢え死にするより他に手はないわ…」

黙って聞いていた勝成は口を開いた。

「秀吉は島津攻めに当たって、知行を保障すると申して肥後の国人の関心を引きつけたようでござる」

成政の目付役として、勝成はいろいろな情報を入手している。

「つまり秀吉はやつに逆らったわしの力量を測りたいのじゃ。わしが不用だと判断すれば、すぐにでも改易してやろうと思っているのだ。いかにもやつの考えそうな手じゃ」

成政は制禁に背いて検地することを決意し、国人たちに所有地領を提出させ、それにもとづいて秀吉からの知行地を確認しようとした。しかし肥後の国人の中心勢力である隈部親永《くまべちかなが》は秀吉の御制禁を盾にして、成政の要求を跳ねつけようとした。肥後北部に勢力を持つ隈部氏は、長年肥後守護職・菊池氏に仕えてきた由緒正しい名門の家柄だ。

目付役の勝成は隈府城にいる隈部親永の反乱を知ると、直ちに成政に伝えた。

「一揆が肥後中に広がってからでは遅い。早々に隈府城を攻め、隈部親永を討ち取れ！」

数百人の兵を成政から預かると、勝成を先頭にした攻撃隊はその日の内に隈府城を包囲してしまった。

七月十二日のことである。

七月二十四日早々、六千の兵を率いた成政が到着すると、さすがの「肥後もっこす」らも大軍を相手に勝ち目はないと判断し開城した。

城主の隈部親永は夜間城を抜け出し、嫡子親安《ちかやす》の山鹿《やまが》の城村城《じょうむら》へ逃れた。

城村城には一万五千人もの村人たちも城内に籠もり、成政らは隈部父子と百姓までを相手にしなければならなくなった。

城村城は岩野川左岸の丘陵の突端にある城で、守りは固い。

戦さ経験の豊かな成政は、川を隔てた日輪寺に本陣を構えていたが、翌八月七日になると総攻撃のため渡河して城に迫った。

小城ながらも彼らは城外に柵を築き、懸命に防衛する。

援軍を待ち侘びていた勝成は、城門を開き討って出てくる城兵を見ると、猛然と立ち向かう。

栗毛の馬に乗り武具で身を固めた城兵が出てくると、しばらく忘れていた荒ぶれた戦さの血が勝成の体内を駆け巡った。

逞しい黒毛の馬に乗った勝成が、敵が突き出してきた槍を躱《かわ》すと、身体が無意識に反応して、気がつくと栗毛の馬に乗った城兵は地面に転がっていた。

それを見た敵は、今度は三人固まって一緒にこちらに立ち向かってきた。

槍で突き伏せ一人を倒すと、抜く手も見せず一瞬の間に残り二人の敵の首は胴を離れていた。

勝成の槍で突き落とされた部下の姿を見ると、次は立派な武具をつけた大柄な男が城門から出てきた。

「やるな。若造！」

（こいつは少しは骨がありそうだ）

勝成は唾を飲み込み緩めていた口元をぐっと引き締めた。

相手は相当身分の高い者らしい。勝成の活躍で味方の兵たちが浮き足立っているのを知り、じっとしておれず飛び出してきたようだった。

勝成はぎゅっと槍を握り直すと、相手に向かって突進した。

お互いの槍が交差し、勝成の槍を持つ手が痺れた。

「なかなかやるな」

今度は勝成が叫ぶ。

相手はにやりと白い歯をこぼす。

再び槍を合わすが、相手の怪力に勝成は押され気味だ。

勝成が苦戦しているのを知り、刈谷から来た三人の者は助けようとした。

「お前たちは手を出すな。こいつはわしが倒す」

相手は黙って猛然と突いてきた。すぐに避けずに伸びてきた相手の槍が身体に触れる間一髪のところで躱《かわ》すと、勝成は槍を握り直した左手で力一杯相手の喉元を突き刺した。

手応えは十分だった。

相手は堪らず落馬し、再び立ち上がろうとしたが駄目だった。

勝成の足軽たちが倒れている相手のところまで競って走ってゆき、首を掻いた。

緊迫した戦闘だった。

久しぶりに歯応えのある相手に巡り合い、命を賭けて戦ったという充満した気分に浸り、ぼんやりと討ち取った相手を眺めていた。

「いつもながら鮮かな槍捌《さば》きよ。お前の武勇を見込んだわしの目は狂っていなかったようだな」

後ろを振り返ると、成政が微笑していた。

「お前を見ていると、わしが信長様に仕えていた頃を思い出すわ」

成政は遠くを眺めるように目を細めた。

勝成の働きに、自分が若かった頃の姿を重ねているらしかった。

山鹿城の城門が開き中から城兵が出撃してきた。

「小場太郎左衛門じゃ。この陣中にいる水野勝成殿と勝負したい」

見れば重臣らしく、黒光りする兜が朝日に当たって輝いている。

「それがしが勝成でござる。その勝負受けて立とう」

名指しされて嬉しさを隠しきれない勝成は、白い歯をこぼした。

「有難い」

若々しい声が響き、相手は勝成とそう年も変わらない若者のようだ。

馬に跨《また》がった相手は勝成目がけて突進すると、大きなかけ声をかけて槍を突き出すが、なかなか鋭い突きだ。

だが勝成にとって十分避けられる速さで、余裕を持って身体を躱す。

怒った相手はさらに鋭く二、三度突いてくるが、勝成は躱すだけで槍を合わそうともしない。

焦《じ》れた相手は次こそ仕止めてやろうと十分に間を詰め、今まで以上に鋭く突いてきた。

さすがに今度は躱さずに槍で受け止めた勝成は、その槍を払うと気合を込めた一撃を相手の胴に討ち込んだ。

「ぐえっ！」

槍の穂先は見事に胴と腰との間を貫き、堪らず相手は落馬した。

その首は味方の足軽が集まってきたかと思うと、たちまち掻き取られてしまった。

勝成の活躍で山鹿城落城もあと僅かだと思われた。

だが八月十三日、隈本城から思わぬ使者がやってきた。

手渡された書状には、「肥後全土の国人が一揆勢と一緒になって隈本城を取り巻いている」と走り書きされている。

驚いた成政は勝成を呼んだ。

書状に目を通した勝成は、「恐れていたことが起こりましたな」と渋い表情で成政に呟いた。

「隈部親永は代々菊池家の家老で、国人たちからは一目置かれております。やつは『秀吉が本領安堵したにもかかわらず、佐々成政が隈部を滅ぼし、隈部の所領を取り上げようとしている』と、国人たちを煽ったのでしょう。この先、どうなさるおつもりか」

「ここは一旦隈本城に戻り、どうしても一揆勢を蹴散らさねばならぬ。城村城には付け城をこしらえ、残りの者はすぐにも隈本城へ引き返そう」

成政隊が隈本城に近づくと、城は蟻の大群のような一揆勢に完全に包囲されており、入城しようにも方法が見つからない。

成政ら本隊が城村城から戻ってきて、隈本城近くにいることを知った神保《じんぼう》安芸守《あきのかみ》や甥の佐々成能ら重臣たちは、城から出撃して敵が乱れた隙に、成政を入城させようと必死に奮戦する。

この戦いで佐々成能が敵に討たれてしまった。

かろうじて成政は入城できたが、一揆勢は益々勢いづき、一揆の嵐は肥後中に広がった。

隈本城の最上階からいまいましそうに、成政は城を取り巻いている旗印や敵兵の群れを眺めていた。

「こうしてやつらを見ていると、わしが富山城にいて、秀吉の大軍に包囲されていた頃を思い出す。秀吉は孤立しているわしを威圧したが、わしはやつに頭を下げるのが嫌で意地を張り通し、結局秀吉は以前からわしと心安かった織田信雄様や前田利家を使って開城を勧めてきたのだ」

成政は深いため息を吐いた。

「どうしても肥後一揆はわしの手で収めてみせねば……」

八月十八日になって筑前の領主となった小早川隆景《こばやかわたかかげ》が肥後一揆のことを大坂にいる秀吉に報告した。

十月に入ると秀吉の命を受けた筑前の小早川隆景を大将に、筑後・豊前《ぶぜん》から五万を超える一揆討伐軍が肥後にやってきた。

彼らは南関を突破し、大津山城を攻め落とすと、一揆勢に包囲され食糧不足に苦しんでいる成政に兵糧を届けた。

この時、籠城していた勝成は動揺した一揆勢を追撃し、城から討って出た。

隈府城の副将・富田は崩れかかった包囲軍を鼓舞しており、天を衝くような兜は遠くからでも目立った。

「一番槍は貰ったぞ。わしがやつを討ち取るのだ」

いつも勝成と一番槍を競う阿波鳴門之介《あわなるとのすけ》は大声で叫んだ。

彼は成政家中では知られた豪傑だ。

「こら鳴門之介。お主のいた阿波の鳴門は急流で渦巻き、誰も渡ることができぬと思い、変名を名乗っているようだが、佐々家にわしがおることを忘れておるぞ！」

そう言い放つと、勝成はすでに敵陣に向かって駆け出している彼の馬を追い抜き、目立つ兜を被っている富田に接近した。

一瞬の内に富田が落馬したと思ったら、その首は胴から離れころころと音を立てて転がり、草叢《くさむら》の前へきて止まった。

霜が降りる十二月になると、さすがの一揆勢の命脈は尽き、その月の二十一日には小早川隆景は大坂城の秀吉に、「肥後国の一揆を平らげた」と報告をした。

「肥後は静かになった。これで邪魔者はいなくなり、わしはいよいよ思い通りの仕置ができるぞ」

「領内の大掃除ができましたな」

これまで忘れていた酒を、二人は旨そうに酌み交わした。

「お前の活躍で随分と助かった。礼を申さねばならぬわ。加増を楽しみにしておれ。お前にはこれからもここにいてまだまだ働いて貰わねばならぬ。それには早く身を固めることじゃ。誰ぞ言い交した女性でもおるのか？」

若さを持て余したような勝成が、まだ一人身でいることを、成政は不思議に思う。

「いやまだそんな女性は…」

これまで何人もの遊女は知っていたが、本気で勝成が妻にしたいと思った女性はまだいない。

「お久はどうじゃ。あれの母はわしの妹で、大人しいが芯のしっかりした強い女子じゃ」

肌がすき通る程色白で、細い身体つきであるお久は、楚々とした若い娘だ。

勝成は、城中で彼女と出会うと、何かうきうきとした気分になってくる。

翌年になると、加藤清正《きよまさ》、小西行長《ゆきなが》、福島正則《まさのり》といった秀吉の子飼いの者たちが、二万もの軍勢を引き連れて肥後へやってきた。

彼らは一揆に加わった地侍やその妻子を見つけ出し、捕えてはことごとく斬首した。

「けしからぬ。肥後を預かったわしに何の断りもなく一揆勢を斬り殺すとは…」

成政は国人たちが企てた罪を許し、これからの仕置に彼らを役立てようと目論んでいたのだ。

一揆勢の処置が一段落すると、「大坂へ出てこい。一揆勢が提出した訴状についてそちの行いとの実否を調べたい」と、秀吉からの詰問状が成政へ届いた。

「この呼び出しには何やら嫌な予感がします。秀吉は陽気そうに見せかけておりますが、腹の底では何を考えているかわからぬ男でござる」

「それは勝成の思い過ごしじゃ。難しい肥後を治められるのは、わししかいないからのう」

成政は顎髭を扱《しご》きながら豪快に笑った。

主人の身を危惧する勝成を含め、従者五十人を連れて、成政は宇土港から船に乗り込んだ。

宇土《うど》港を出た船は天草諸島と島原半島との間を走ると日本海に出る。

そして長崎の西彼杵《そのぎ》半島沿いを北上して、平戸瀬戸から響灘《ひびきなだ》を越えると、目の前には波静かな瀬戸内海が広がる。

穏やかな海面と美しい海岸線を眺めていると、勝成は惨めだった放浪生活を思い出した。

その思い出が尽きると、勝成の脳裏には苦虫を噛み潰したような忠重の顔が浮かんできた。そしてその顔が消えると、家康と秀吉の顔が鮮やかに蘇り、最後は若々しいお久の微笑に変わった。

船が摂津の尼崎に着いたのは二月十四日のことで、その日は浄土宗の名刹・法園寺に宿泊することにした。

翌日陸路で大坂城に向かっても、その日中には大坂城に着く。

翌朝一行が出発の準備をしていると、「そのまま尼崎に留まるように」と、秀吉からの上使が尼崎へやってきた。

「一体どうしたと申すのじゃ。『出てこい』と言うのでここまで来たのだ。それを『この寺院で待て』とは！」

茹でた海老のように真っ赤な顔をして成政は怒り、大坂城へ何度も抗議の使者を送るが、五月に入ってやっと秀吉からの返事がきた。

上使は寺の玄関で仁王立ちして、秀吉の命令書を読み上げる。

「この度の肥後の騒動は国人と成政との喧嘩である。国人たちは処分したが、もう一人の喧嘩相手の成政を助命したのでは喧嘩両成敗の筋が通らぬ。よって成政には切腹を命ずる」

一瞬驚いたような表情になったが、しばらくすると、成政は普段の顔に戻った。

「猿が考えつきそうな手だわ。切腹の見届け役はお前か」

六尺はありそうな大男の加藤清正を成政は睨めつけた。

賤ヶ岳合戦で秀吉の子飼いとして活躍した男で、勝成とそう変わらない若者だ。

（やはりわしの予感は当たったわ。秀吉は成政殿を利用して邪魔になる肥後国人たちを成敗させ、今度はその成政殿を始末するつもりか。富山城開城で成政殿を生かしておいたのは、このためだったのか）

成政の傍らに立つ勝成は目を怒らせて清正を睨み、血が滲む程きつく口唇を噛んだ。

成政は自分の運命を諦めているのか、静かに瞑目している。

腹の中は怒りで煮え滾《たぎ》っているのだろうが、それを表情には出さず、憤怒を腹の底に押し殺していた。

「装束を改めたい。その場でしばし待たれよ」

玄関から本堂へと向かう長い廊下を勝成と共に歩きながら、成政の声は湿っているように思われた。

「秀吉の心を見抜けなかったわしは愚かだった。隈本城に残してきた家臣や家族のことが気にかかる。勝成、後のことは任せたぞ」

「微力ながら出来るだけのことはやりましょう」

成政は頷き、「美しい花じゃのう」とまるで何事もなかったかのように呟き、寺院の中庭に咲いている紫陽花《あじさい》を眺めた。

「お前と一緒で楽しい夢を見させて貰った。礼を申す」と、成政は勝成の方へ振り返った。

「成政殿を救うことができぬのが、それがしの心残りでござる……」

溢れそうになる涙を、勝成は必死で堪えた。

本堂では家臣たちが成政が姿を現すのを待っていた。主人の無念さを思い、口唇を噛み、成政が発する言葉に耳をそばだてている。

「お前たちはわしのことは忘れ、これからは新しい主人を探し、彼の元で生きてくれ」

家臣たちはしばらく黙って主人の言葉を聞いていたが、一人が嗚咽を漏らすと、それは本堂に広がりやがて号泣となっていった。

家臣たちに別れを告げると、成政は以前の豪放磊落な成政に戻っていた。

死に装束に着替えた成政は、清められた別室に入った。

「家臣らと今別れて参った。もう思い残すことはない。わしの切腹の様子を秀吉に伝えよ」

成政は装束を寛げると腹に短刀を突き刺し、それを横一文字に引き回した。

下腹から白装束に鮮血が滲み出し、成政は苦悶の表情を示すが、まだ死にきれない。最期の力を振り絞り、短刀を腹から引き抜き深々と首に突き通した。

天井まで血飛沫が飛び散り、成政はうつ伏せに倒れ込み、肩で荒い息をしていたが、それも静まり、やがて動かなくなってしまった。

可愛がってくれた成政の死に様に、勝成は悔しさを隠しきれなかった。

(騙して利用するだけ利用し、用がなくなると、成政殿を死に追いやった憎き秀吉め。いつかはやつを同じ目に合わさずにはおかぬぞ)

傍らに立つ清正を睨めつけると、勝成は動かなくなった成政に目を向けた。

怒りが徐々に薄れてくると、今度は信長時代を彩った一代の英雄が消えてしまった喪失感が静かに勝成の胸中を襲ってきた。

再び尼崎から船に乗り込み、肥後の隈本城に戻った勝成が目にしたのは、家臣が立ち去った後の空っぽになった城だった。

上方での出来事を知らされると、家臣たちは新しい主人を求めて争って城を立ち去り、成政が死の間際まで気にしていた姪のお久は、どこへ行ったのか消息がわからなくなっていた。

成政の死後、肥後国四十九万石を秀吉は二分して、加藤清正を隈本城に、宇土城には小西行長を入れ、肥後は秀吉子飼いの二人に与えられた。

飽田・詫麻・山鹿・合志《こうし》・菊池・玉名・山本・葦北・阿蘇の九郡二十五万石は清正に、益城《ましき》・宇土・八代《やつしろ》郡の二十四万石は行長に任せた。

成政の家臣たちは清正・行長とそれぞれの領国へ散り、奉公することになった。

肥後が気に入った勝成は、どちらか一方に仕えようと思ったが、成政の切腹の検死役にやってきた清正はどうしても好きになれず、小西行長に仕えようとした。

成政の目付役として辣腕を振るった勝成のことを聞き知っていた行長は、「益城郡の隈之庄《くまのしょう》城主である弟の小西主殿助《とものすけ》を助けてやってくれ」と旧知行の一千石を勝成に与えた。

三

天正十六年六月の初夏はいつになく暑かった。

行長は勝成より十歳近く上で、武士と言うより何となく商人を思わす要領のよい男のように映った。

新領主となり張り切る行長は、宇土城を立派なものに修築させようと思い立ち、領内の国人たちに課役を押しつけた。

だが古くからの国人である天草郡の領主たちは、行長の課役に反対したのだ。

特に強く反対したのが、支岐《しき》城主の支岐民部大輔《みんぶのたいふ》と本渡《ほんど》城主の天草伊豆守だった。

二人は主立ってこの命令を拒否した。

新領主の小西家に戦雲が迫ってきた。

戦さで一旗あげてやろうと内心うずうずしていた勝成は、これまで陣借りで競ってきた面々と話し合う。

「志岐民部大輔とは何者じゃ」

勝成は天草のことはあまり知らない。

「何でも城主の志岐民部大輔という男は、傲岸なやつで、肥前の有馬晴信の父・義貞《よしさだ》の甥にあたるらしい」

阿波鳴門之介は何にでもよく通じている男だ。

「志岐城は本渡城と近く、攻めるとしたらまず志岐城からだろう」

「小西行長だけで大丈夫か？」

杉浦甚右衛門は首を傾げる。

「いや、行長殿は武骨な佐々殿とは違い、立ち回りが上手で要領のよい殿様だ。秀吉様に泣きつき、秀吉様は清正殿に『援軍せよ』と申される筈だ」

阿波鳴門之介は行長の気質をよく読んでいる。

鳴門之介の推察通り、臆面もなく行長は大坂へ使者を出し、反乱のことを秀吉に訴えた。

「放っておけば今後の仕置の妨げとなろう。徹底的に潰してしまえ。手に余るようなら清正を誘え」

自分の武威を示すよい機会がきたと思い、秀吉は容赦なく誅伐しようとした。

「わしの言動が行長殿の気に障ったなら、お詫びしたい。全く逆らう意志のないことを示し、志岐城をお譲り申す」

秀吉の意向を知った志岐民部大輔は一応下手に出た。

城受け取りに三百の兵を率いて老臣・伊地知文太夫《いちじぶんだゆう》と小西弥三兵衛が二の丸まで入ると、民部大輔は城門を閉じさせた。

「騙されたか」

伊地知らは慌てて城門を開こうとするが、本丸の狭間から鉄砲を撃ち込まれ、大半の者が討ち取られてしまった。そして危うく城中を逃れた小西弥三兵衛も海岸まで追い詰められ、一人残らず殺されたのだ。

「憎っくき志岐め！」

怒った行長は主力を率いて志岐・本渡城攻略にゆく。

秀吉は肥前の有馬・大村それに肥後の清正にも援軍することを命じた。

軍船に乗り込んだ小西軍は、支岐・本渡城を目指して宇土港から出発する。

そして志岐へ着いたのは九月二十四日の夜明け頃であった。

志岐城は小西軍が姿を現しても士気が盛んで、城兵は大手門から出て鯨波《げいは》をあげている。

その様子に、一番首を狙う勝成はじっとしておられない。

「それがしに先駆けをお命じ下され」

戦機は熟しているが、小西主殿助は敵を見ているだけで全く動こうとはしない。

（これは駄目だわ。この男は戦さを知らぬ）

再三先駆けを進言すると、「弟はまだ戦いには慣れておらぬ。戦さ経験十分な水野殿に弟の兵たちを任そう。存分に戦ってくれ」

（行長は秀吉の贔屓で出世した男で、行政官のようで戦さ下手らしい）

「戦さはそれがしにお任せあれ。これより志岐城を乗っ取ってお見せ申そう」

山頂から志岐城を見降ろしていた勝成は、山を駆け下ると大手門の前は青々とした稲田が広がっている。

その田の中で両軍が衝突した。

勝成が先頭を駆けていると、陣借り部隊の杉浦甚右衛門、伊川蔵人、阿波鳴門之介と三河の浪人・山田八蔵らが一番首を狙って追いついてきた。

「勝成殿に負けるな」

伊川蔵人は大きな声を出して長槍を水車のように回転させ、大手門に迫る勢いだ。

だが大手門を押し破り、二の丸まで乗り込み、曲輪《くるわ》に真っ先に着いたのは勝成だった。

本丸の塀際まで駆け寄ると、本丸の狭間から鉄砲の筒が何本も覗いている。

勝成は狭間から顔を出し熱くなった筒先を力一杯引き抜いたが、残りの鉄砲からは激しい爆音が響き、辺り一面に白煙が棚引くと、杉浦甚右衛門と山田蔵人が倒れ込んでいた。

だが二人を助け起こす余裕はない。そのまま本丸を目指して勝成は駆けた。

「水野様ではありませぬか」

傍らから聞き覚えのある声が聞こえた。

向かってくる敵を槍で突きながら、勝成が振り返ると、阿波鳴門之介の足軽の清吉の姿が見えた。

「鳴門之介はどうしたのだ。無事なのか」

「途中で主人とはぐれてしまいました。水野様の旗指物が見えたので、ようやくここまでやってきました。ご一緒させて下さい」

肩で息をしている。

「それは殊勝な心がけじゃ。わしはこれから本丸に乗り込むところだ。一緒に参れ」

敵は本丸を守ろうと必死だ。

「鉄砲玉には注意をせよ」

勝成が清吉に声をかけようとした途端、清吉は胸から血を流して倒れ込んでしまった。

勝成は手を合わせて清吉の死骸に別れを告げると、そのまま本丸へ駆ける。

夜が更けてくると、同士討ちを恐れて、両軍は戦闘を中止する。

味方が占領した二の丸は煌々と篝火が灯もされ、暗く静まり返った敵の籠もる本丸とは対照的だ。

翌朝清正隊が志岐に到着した。

天草の本渡城から援軍にきた一揆勢は、加藤隊が高地に布陣しているのを知ると、二手に分かれた。

加藤隊の主力が山を降り、一揆勢を正面から攻め始めたのを見て、一揆勢の別動隊は手薄の清正の本陣を山麓から襲った。

本陣には加藤家家臣の中でも庄林《しょうばやし》隼人《はやと》、森本儀太夫、飯田角兵衛といった強者が揃っているが、本隊が一揆勢を攻めているので、なにしろ小勢だ。

大将の清正自らが、一揆勢相手に槍を振り回している。

清正の旗本衆は多数の一揆勢たちに押されていたが、家臣たちは大将清正を討たせまいと必死な形相で戦う。

敵兵が清正周囲に満ちてくると、清正は十文字の鎌槍で数人を突き伏せる。

清正の正面に現れた大柄な相手が、大将首を狙って清正を倒そうと槍を構え、清正の後ろからは二〜三人の一揆勢が清正を襲おうとした。

「殿、危ない！」

庄林隼人は横から飛び出すと、「下郎めが、お前たちの相手はわしだけで十分だ」

と叫び、次々と相手を突き伏せる。

「見事じゃ」

清正は頬を緩めると、正面の相手の胴を鎌槍で貫いた。

見れば傍らにいる森本儀太夫も返り血を浴び阿修羅のような形相をしている。

加藤隊の本隊や旗本衆の活躍で、本渡城から加勢にきた一揆勢たちは突き崩され、後方に逃げてゆく。

特に大将・清正の活躍ぶりは目覚ましく、七、八人倒した彼の十文字の鎌槍は、片方が折れて片槍となっていた。

二の丸にいた勝成のところまで加藤隊がやってきて、清正自ら本丸の塀を登ろうとしている。

「あいつが清正か。噂には聞いていたが熊のような大男だな」

阿波鳴門之介は勝成に呟く。

「わしは清正が気に入らぬ。何せ成政殿の切腹を見届けにきたやつだからのう」

勝成に頷いた鳴門之介も、武骨な成政には好感を抱いていたのだ。

志岐城が開城したのは、それから一ヶ月経った十一月八日のことで、十一月二十五日には小西・加藤連合隊の猛攻によって、本渡城も落城してしまった。

これで小西領で燃え広がった天草騒動は静まった。

行長は一揆平定の報告をするため大坂へ行き、勝成ら一行は久しぶりに宇土城へ凱旋した。

「おい聞いたか」

鳴門之介の大声はどこにいてもよくわかる。

「清正の旗本衆・庄林隼人と森本儀太夫が七千石加増されたそうだ」

鳴門之介は白い歯をこぼす。

鳴門之介は抜群の働きをした勝成や自分にも大加増が与えられると確信しているようだ。

だが大坂から帰国した行長は、鳴門之介の予想に反して身内の一族に加増しただけで、勝成や鳴門之介には加増の話は一切なかった。

「行長は秀吉の恩寵で大名となったが、武人らしい成政殿とは違い、商人のように要領だけがよい男だ。大将の将器に程遠いこんな驕傲な男に仕えていても一生うだつが上がらぬわ」

　癇癪を起こし、行長を見切り絶縁状を叩きつけた勝成は、小西家を立ち去った。

　勝成は肥後の清正に仕えることも考えたが、どうしても秀吉に殺された成政の顔が浮かんでくるのだ。

　息子の身を案じる忠重の配慮から勝成のところに留っていた三人の内、林茂之助を除き近藤弥之助と杉野数馬の二人は、勝手に小西家を立ち去った勝成に不満を抱いたものの、それでも彼につき従おうとした。

「わしは小西家を離れて、今は禄を失った浪人の身じゃ。そなたたちはわしに構わず刈谷へ帰れ」

「忠重様のご命令ですので…」

　二人はどうしても離れず、勝成の後をついてくる。

　足は自然に博多を越えて豊前へと向かう。

　中津までできた時、新しく領主となった黒田長政が、国人たちの一揆に手を焼いているという噂を耳にした。

　ぜひ禄に有りつこうと、城戸乗之助と変名をした勝成は、新参者を募集している黒田家に仕えることにした。

秀吉は豊前国の内、六郡十二万石を黒田長政に与えたが、「切り取り御免」といって、まだ征服していない領地を与え、後は新領主となった者の力で国人を支配させようとしたのだ。

国人の内でも城井谷《きいだに》に居城を持つ宇都宮鎮房《しげふさ》は鎌倉時代に九州へ下向して、この地に根を張っている。

彼はこの由緒ある宇都宮氏の子孫で、城井谷に要害堅固な城砦を築き、余所者である新領主の黒田氏に抵抗していた。

宇都宮氏の住む城井谷は、英彦《ひこ》山を水源とする城井川を遡った険しい山や崖から成る渓谷沿いにあり、奥まったところに居城があった。

そこに行き着くまでには崖沿いの人一人通れぬ獣道のような細い山道が寄せ手を阻み、途中の隘路には左右から突き出した「弓の馬場」と「毘沙門の丘」と呼ばれる巨岩から成る「中門」を通り抜けなければならない。

この狭い入口を潜り抜けたとしても、山道の両側には「山端」「渋見城」という砦が控えており、何重にも敵の侵入に備えた縦深陣地が目を光らせている。一番奥にある城井谷の宇都宮氏の本城へ辿り着くためには、まるで迷路のような隘路が続いていた。

逸《はや》る長政は、政略的に宇都宮氏を支配しようとする父・官兵衛不在の隙をついて、この瓢箪のような形をした、一旦入り込み出口を閉じられれば二度と外へ出られないような城井谷へ兵を進めようとしていた。

(老獪な親爺に仕込まれたにしては、まだまだ若いのう)

年齢は四つ程長政の方が若いが、城井谷の複雑な地形を前もって調べてきた勝成は、長政を猪突猛進型の大将だと判断した。

案の定、長政は宇都宮の兵たちの挑発に乗って城井谷目がけて攻め込んだ。

(宇都宮兵たちはわれらを隘路に誘い込んで、翻弄するつもりだな)

戦さ経験の豊富な勝成はそう思ったが、敵の抵抗が弱いことを訝《いぶか》りながら、長政は若さのせいか、勝ちに乗じた勢いでどんどんと山中深く入ってゆく。

(敵はこの辺りに兵を潜ませておるぞ)

勝成が回りに目を配り始めた時、先を駆けていた大野小弁という若者が迫《せ》り出した巨岩の陰から現れた七～八人の宇都宮の兵たちに取り囲まれた。

勝成が助けにゆこうとする間もなく、小弁は矢で射られ落馬してしまった。

後藤又兵衛と小河《おごう》伝右衛門は勝成らと共に寄せ手の先頭を駆けていたが、出口を敵に塞がれてしまうことを恐れ、先頭をゆく長政を見棄てて馬首を翻した。

だが敵を追う長政は取り残されたことに気づかず、まだ前進しようとしていた。

待ち構えていた敵は巨岩から姿を現し、まるで雨あられのように矢を放つ。そのため長政の馬廻りは次々と射られ、彼らは真ん丸の陣型となって大将を守ろうとした。

「長政殿、ここはわれらに任せて、早く退きなされ！」

大した禄も食んでいないが、勝成は長政を見殺しにはできない。

近藤・杉野も勝成を守って踏み留まり、懸命に斬り込んでくる敵と戦う。

このままここに留まるのは危険だと思った長政は、やっと馬首を翻し、城井川沿いを下るが、馬が深田に乗り入れてしまって、どうしても泥濘から脚が抜けない。

見かねた家臣が、「自分の馬と引き替えよ」と叫ぶ。

「わしの馬は秀吉公から賜った特別の馬じゃ。どうしてもこのまま放っておく訳には参らぬ」

そうしている間にも、敵は長政の首を狙って駆け寄ってくる。

追ってくる敵を見て焦るが、長政はどうしても諦め切れないようだ。その内やっと馬は深田から出ることができた。

勝成が敵との最前線に留まって戦っていると、どこからか伸びのある謡の声が聞こえてきた。その声は徐々に近づいてくる。

「お前は退がれ。わしが殿《しんがり》を務めよう」

「有難い。地獄に仏とはこのことだ」

戦さ巧者で有名な菅六助だ。

小柄だが肝が太く、敵兵の中に入ってびゅんびゅんと槍を振り回す。

「退く時は一緒でござるわ」

敵の矢で鎧兜が針ねずみのようになっていたが、勝成はその場から一歩も退却しようとはしない。

敵は大将首を狙っていたのだが、長政の姿が見えなくなったことを知ると、攻撃の手を緩めた。

命拾いした勝成は、返り血と泥まみれの姿で中津城下に駆け込んだ。

「わしは追撃してくる敵を追い散らして殿《との》を守り、味方の殿《しんがり》をして帰ってきたのだ」

新しく築かれた中津城内では、顎髭を捻りながら、大柄な後藤又兵衛がしわがれ声を張りあげている。

黙って聞いていた勝成は、だんだんと腹が立ってきた。

「殿は貴殿ではない。この城戸乗之助でござる」

後藤は黒田家の家老級の大物で、勝成は名も無き新参者だ。

後藤は声がする方に向き直ると、勝成を睨めつけた。

「なにを申す。お前は一体誰に向かって大口を叩いているのじゃ」

負けん気の強い勝成は、自分より少し年上の後藤を睨み返すと、「これが何よりの証拠だ。これは後藤殿のものだな」と勝成は一枚の布切れを見せた。

それは後藤が戦場にゆく時、いつも身につけている陣羽織の切れ端だ。

「何故お前がそれを……」

後藤は慌てて自分が着ている陣羽織を見ると、そこの端が切り取られている。

「これを城井谷から退却する時に拾いました。もし後藤殿が殿をされていたのなら、それがしはこれを手にしてはいない筈だ」

「……」

普段傲岸な後藤も、この時ばかりは黙り込んでしまった。

（城井谷は山懐深く攻め難いところだ。ここは政略しかあるまい）

息子の不始末に、官兵衛は一策を講じた。

宇都宮鎮房は妻を亡くしており、彼に官兵衛の妹を嫁がせ、鎮房の娘を長政の嫁にするという案だ。

ここが潮時だと思った鎮房は、娘と三百人の屈強な兵を引き連れて中津城へやってきた。

（大男だな。それに気品もある）

勝成は六尺余りの美丈夫な鎮房を見て驚いた。

三百人の内、下士たちは城下の合元寺《ごうがんじ》に待機させられ、残る上士も二の丸に留められ、結局本丸に入った鎮房は、娘と僅かばかりの側近だけになってしまった。

鎮房を斬りつける合図は、家臣が肴を差し出す時と長政は決めていた。

ところが二尺余りの太刀を腰に差し、堂々たる体躯の鎮房に圧倒されて、家臣はおたおたと手を出せずにいる。

「早く肴を出せ」と長政に怒鳴られた家臣は手にしたお膳を鎮房に投げつけると、彼に斬りつけた。

隣室で刀を抜いて用意していた黒田家の家臣たちが襖を開けて次々と飛び込んできて、その場で斬り合いが始まった。

さすがの剛勇を誇る鎮房は不意打ちに合っても、多数の敵たち相手に立ち回っていたが、やがて討ち取られてしまった。

本丸での騒動に気づいた二の丸と合元寺にいた宇都宮の家臣たちは、鎮房を助けようと本丸に向かうが、多勢の黒田家家臣たちに斬り伏せられてしまう。

そのため合元寺の壁は飛び散った血で真っ赤に染まってしまった。

長政の非道な仕打ちが気に入らない勝成は、斬り合いには一斉手を出さずに、中津城下の騒動を眺めていた。

城下で宇都宮の家臣たちを皆殺しにした長政は、一気に城井谷を攻め亡ぼそうとし、新参者にも攻撃に加わるよう求めた。だが、勝成は長政の仕打ちに不満を示して、どうしても兵に加わらない。

(こいつは将の器ではないわ)

小西行長と同じように、勝成は長政の元に留まる気を無くしていたのだ。

天正十七年六月、従五位下に叙された長政は、秀吉に御礼言上のため海路大坂へ向かう。

城井谷攻撃の命令を無視した城戸乗之助のことを、長政は人伝てに聞いていた。

逞しい勝成の風貌は黒田家中においても目立つ存在だ。

(何故こやつはわしの命令に背くのだ。こやつを使って誰かがわしを見張っているのか)

一度疑念が湧いてくるとそれを押さえることはできず、長政は勝成の忠誠心を試そうとした。

中津港を出発した船は周防灘から瀬戸内海に入り、来島《くるしま》海峡を通過する。

順風で船は帆一杯の風を受けて進んでいたが、見上げると帆柱に帆綱が絡まっている。

「乗之助、あの帆柱に絡みついている帆綱を解《ほど》いて参れ」

長政は無理難題を吹っかけて、勝成の本心を探ろうとした。

「それがしが、あの帆綱を解くのでござるか？」

「そうだ。高い所と知って臆したか」

勝成はむっとした。

（これは水夫がやる仕事で、武士がやる事ではない）

驚いた杉野と近藤が主人に変わろうとすると、「いや、わしがやる」と二人を制して、勝成は甲板から立ち上がった。

上を見ながら、勝成は恐る恐る帆柱をよじ登る。

途中まで登り下を眺めると、波が船べりに当たる度に帆柱が揺れ、海に引き込まれそうになる。

風が出てくると帆柱の揺れは一層激しくなり、しっかりと柱にしがみついていないと振り落とされそうだ。

甲板では長政の家臣たちが集まり、帆柱を登ってゆく勝成を眺め、風で帆柱が揺れる度に大きなどよめきが広がる。

このまま帆柱を降りたいが、一旦登ると断言した以上、勝成には意地がある。

それでも帆柱突端の帆綱が絡まっているところまで登り切ると、下からは大きな歓声が湧きあがった。

帆柱は頂上にいく程風に大きく揺れている。

やっと絡んでいる帆綱に手が届き、帆柱から放すと、帆は順風を受けて、大きく膨らんだ。

（降りる時は慎重に…）

手足は慣れない帆柱登りに痺れ始め、滑り落ちそうになるが、両手足を踏んばりゆっくりと一息吐く度に下へ降りてゆく。

足が甲板に届いた時は、勝成は安堵と極度の疲労からまるで腰が抜けたようになり、しばらくの間甲板に立っていることができなかった。

周囲から拍手が湧き起こり、やっと立ち上がった勝成は、長政のところへ報告に行った。

「ご苦労」と声をかけた長政は、仕事をやり遂げた勝成を褒めるどころか、苦虫を潰したような表情をしたっきり、物も言わず黙り込んでしまった。

（こいつは人の気持ちを知らぬ冷血な男だ。人の使い方も知らぬこんな大将に、家臣は命を預ける気にはならぬわ。後藤又兵衛も大将を見棄てて帰城する筈だ。やつには部下に対する優しさというものがない）

忠誠心を試そうと帆柱に登らされた勝成は、水夫の仕事を命じられたことに立腹し、それを成し遂げた後の長政の態度にも怒りを覚えた。

自尊心を傷つけられた勝成は、完全に長政を見限ろうとした。

「今度備後《びんご》の鞆《とも》の津で船は碇泊する。長居は無用だ。その港で船を降りよう」

近藤と杉野に小声で囁くと、勝成は船が鞆の津に着くや否や下船し、後ろを振り返らずに鞆の町中へ姿を消してしまった。

四

黒田家を無断で飛び出した勝成が鞆の津へ上陸したのは、天正十七年初秋のことであった。それから慶長二年、備中成羽《びっちゅうなりわ》城主・三村親成《みむらちかしげ》の家臣として仕えるまで、二十六歳から三十四歳まで八年間の勝成の足取りはまったく消えてしまう。

芦田川に沿って鞆の津から草戸千軒《くさどせんげん》という明王院の門前町、さらには芦田川の上流にある府中・土生《はぶ》城の豊田右京進のところで、杉野・近藤ともども世話になったことはわかっている。

だが豊田右京進が秀吉の「唐入り」で渡海すると、勝成は彼のところを辞したらしい。

土生村の豊田家中を去ると、勝成主従は行動を共にしたが、杉野・近藤が刈谷から持ってきた路銀も尽き果て、村はずれの辻堂までやってきた。

二人は主人の勝成を休息させて、近所の農家へその日の食べ物を分けて貰いに出かけた。

しばらくして戻ってきた二人の手の中には、渋紙に包まれた青麦が入っている。

「今はちょうど麦の刈り入れ時ですので、少しなら百姓もわれらに恵んでくれます。この時を逃せば、しばらくは食べ物にもありつけませぬので、もう一度村を回って参ります」

青麦を渋紙から外に出し、日干しをしてから二人は百姓家に戻って行く。

その内ぽつりぽつりと雨粒が顔にかかると、やがて激しい勢いで雨が降ってきた。

百姓家の軒先を借り、雨宿りしながら二人が立ち話をしていると、ようやく雨も上がってきた。

「この雨でせっかく干した青麦も流されてしまっただろうな」

杉野は久々の収穫がふいになり、残念そうに呟く。

「雷も伴う程の酷い雨だったので、さすがの勝成様も雨に気づき、干してあった青麦を辻堂の中へ入れて下さった筈だ。青麦が雨で流されてしまったことはあるまい。いかに戦いに命を賭け、日常生活に疎いと言っても、飢え死にする危険までは犯すまい」

近藤は勝成が放浪生活で十分に飢えの苦しさを知っていると確信している。

「それはそうだが…」

杉野は言い渋る。

「われらが勝成様に仕えているのは、勝成様はこれから先大きなことを成し遂げられると確信しているからだ。それが青麦などを大事そうに取り込んでおられるようなら、これから将来の見込みがないことになる」

杉野は勝成が大物だと信じているのだ。

「よし、賭けようではないか。もし勝成様が驟雨《しゅうう》で慌てて青麦を辻堂に取り入れるような男なら、大した器ではなかったと思い、われらは勝成様のところから立ち去ろうではないか」

勝成を信ずる杉野は、この近藤の提案を嫌々ながら受け入れた。

そうとも知らぬ勝成は、二人の姿を見つけると大声をかけた。

「二人とも遅かったな。もう少し早く戻ってきておれば、面白いものが見られたのになあ。あの青麦の動きはまるで戦さ場での駆け引きのようであったぞ」

「何のことで…」

「お前たちが渋紙を広げて日干しをしていた青麦のことだ。激しい風雨に晒されて、青麦はまるで戦さしている兵たちのように動き回り、それを眺めている内に、わしは戦術の極意を知ったのだ。ぜひともこれからの戦さで試してみたいものじゃ」

久しぶりに勝成の目が輝いている。

「若殿は生まれながらの戦さ人でござる。世に出る日はもうすぐじゃ」

杉野の目は潤んでいる。

「今は辛抱の時ですぞ。開運の日はまもなくやって参りましょう」

近藤の声も湿っている。

「われらは一度大殿との話し合いのために刈谷へ戻ります。若殿の勘当を解いて貰い、晴れて若殿が刈谷へ帰れるよう計らいますので…」

主人をこんな片田舎で朽ち果てさせたくない二人は、後髪を引かれる思いで刈谷を目指して立ち去った。

再び勝成は一人で放浪の旅を続けることになった。

一方忠重は朝鮮出兵のため、肥前名護屋城の陣屋にいた。

備後を放浪している内に、勝成は路銀も底を尽き空腹に耐えきれず一軒の農家へ入った。

食べ物を乞うため土間に足を踏み入れたところ、粥を振る舞われ、土生村に程近いところに姫谷という窯場があることを教えられた。

路銀を稼ぐため、そこで陶器作りの仕事についた。

重い土を運び、窯を焚くために薪を背負って帰り、それを割る仕事だ。

腕や脚の筋肉が鍛えられ、上等ではないが、腹一杯飯も食える。

二年間ここで働き多少の給金を手にすると、文禄三年の秋、勝成の足は備後から備中へ向いた。

川上郡の成羽は三村親成の領地だ。

鞆の町にある古びた居酒屋で安酒を飲んでいた頃、勝成は成羽の三村家の侍たちが声高に騒いでいたことを思い出した。

成羽特産の銅や弁柄《ベンガラ》を運ぶ三村家の高瀬舟が、成羽から高梁《たかはし》川を下って鞆の津までやってきていたのだ。

三村の領内は百姓も豊かな様子で、皆親切そうだった。

（三村親成というのはどのような男なのか）

勝成は領民の暮らしぶりを明るくしている、親成という男に興味が湧いた。

夕暮れ近くなり朱い夕陽が成羽川を染め始める頃、遠くで人が騒いでいる声がする。

「蔵破りだ。やつらを捕まえてくれ」

数人の黒装束をつけた者が何やら重そうなものを背中に担いで、成羽川にある高瀬舟の発着所の方へ走ってくる。

その後ろを三村家の侍らしい男たちが追いかけている。

（盗賊か）

黒装束の者たちは、予め用意していた高瀬舟に乗り込むつもりらしい。

「待て！」

両手を広げて、勝成は彼らを止めようとした。

「邪魔をするな。死にたいか」

頭目と思われる者が腰から刀を抜きながら勝成に怒鳴る。

「盗賊だな。奪った品をそこに置け。わしの言葉に従えば命までは取らぬ」

勝成が最後まで言い終わらない内に「問答無用じゃ」と叫び、四～五人の手下らしい男たちが勝成目がけて斬りつけてきた。

勝成の刀が抜かれたのと、盗賊の一人が絶叫したのと同時だった。

「腕が立つぞ、こいつは」

一人が斬られると残りの者たちは急に怯《おじ》けづき、数人が一度に斬り込んできた。

まず最初の一太刀を躱《かわ》すと、勝成は目の前にいる相手の胴を斬り、返す刀で次の相手を袈裟《けさ》懸《が》けにした。

仲間が簡単に倒されると、残った者たちは敵わない相手だと知り、川の中へ飛び込む。

頭目らしい男はその場に残り、勝成の隙を窺っている。

その構えから、敵は相当人を斬っているらしい。

「少しはやるようだな。さあこい！」

呼吸を整えながら、勝成は叫ぶ。

勝成の誘いに相手は乗ってこない。

焦《じ》れた勝成が相手に突きかかったのと、相手が斬り込んできたのと同時だったが、僅かに勝成の突きの方が早かった。

相手は声も出さず膝を落とすと、体勢を崩してゆっくりと倒れた。

勝成には斬り傷はなかったが、右袖が切り裂かれていた。

「長い放浪生活で、腕がなまってきたようだ」

倒れている相手のところに近づき、敵が絶命していることを確かめていると、「ここに賊が死んでいるぞ」と追撃してきた三村家の侍たちが集まってきた。

勝成が血の滴《したた》る刀を握っているのを見ると、「われらは盗賊を追っていたのだ。この者らを倒したのは貴公か」と三村家の侍たちは詰問した。

勝成が頷く間にも、彼らは倒れた相手の頭巾を脱がせて人相を改めている。

「こいつはこの辺一帯を荒らし回っていた盗賊・黒蜥蜴《くろとかげ》組の大将・狂之介だ」

名前通り、今にも咬みつきそうな極悪非道な形相をしている。

「それがしが倒した」

頷く勝成に、「有難い。こやつはお尋ね者で、われらが手を尽くして行方を追っていたのだが、その都度逃げ回り、困っていたところだった。倒して貰って礼を申す」

「いや、礼を申されるまでもござらぬ。それがしは放浪している浪人者で路銀も尽き、これからどこへ参ろうかと思案していたところなのだ」

「それはちょうどよかった。この男には懸賞金が出ており、まずはそれを受け取りに城までお越し願いたい。城主・親成様もさぞ喜ばれることであろう」

成羽川沿いの道を遡っていくと、右手に険阻な山が現れ、その山頂に小ぶりの城が見えてきた。

前方の道沿いには寺院があり、その屋根瓦が日に当たって黄色に輝いている。

「あれはここの城主の甥の三村元親殿が、父・家親《いえちか》様を偲んで菩提を弔うために創建された寺院だ」と勝成の視線の先を読んだ家臣たちが説明すると、彼らは静かに前方に向かって両手を合わせた。

城への大手道は急だったので、勝成は息を整えるために何度も休まなければならなかった。

本丸には重臣たちが一堂に集まっていて、顎髭を蓄えている男が城主・三村親成だった。

傍らに座っているのは息子たちで、その隣りには華麗な小袖に身を包んだ美しい姫が勝成を見詰めている。

「この者がわれらが探していた狂之介を斬った男でござる」

狂之介を勝成が成敗したことはすでに城中に伝わっているらしく、親成は頼もしそうに勝成を見る。

「浪人のようだが、名は何と申す」

声は温和そうに響く。

水野勝成と言いそうになって、慌てた勝成は急に変名を思いつき六左衛門と名乗ることにした。

逞しそうな勝成の風体を眺めていたが、「わしに仕えぬか」と親成は勝成に興味を持ったようだった。

路銀も乏しくなり、勝成はこの辺でしばらく身を落ちつかせたい。

「ちょうど足軽頭が不足していたところだ。百二石でどうじゃ。お前の腕で足軽七十名を仕込んでくれぬか」

勝成が即断せずに黙り込んでいるのを見ると、親成は益々乗り気になる。

「それではお言葉に甘えましょう」

「お前の腕前なら千石は固いが、なにしろわしは毛利公から八千石を与えられている身分でのう、百二石がせいぜいなのじゃ」

親成は済まなそうな顔をした。

「手前をそう買って貰えるとは、有難いことでござる。せいぜい励みまする」

勝成は低頭した。

「わらわもお前から直に小太刀を習いたい。よいでしょう、父上」

姫は勝成の腕を大したものらしいと見込んでいる。

「よし、許そう。じゃが珊姫には手加減してやってくれよ」

娘には甘い父親らしい。

仕官が決まると、勝成は急に忙しくなってきた。毎日藩邸へゆくと七十人の足軽に武芸を仕込み、成羽特産の銅・弁柄・砂鉄を成羽湊から船積みする手伝いをする。

後で知ったことだが、八千石といっても特産品の商売で実収入はもっと多く、成羽は非常に豊かな藩だった。

その合間に城へ上がって珊姫の武芸の指南をするのだ。

珊姫は若衆髷を結い男装で勝成の相手をするが、勝成は立ち合うだけで相手の腕前がわかった。

（姫は並みの侍たちの上を行く腕前だが、これまでの指南役がわざと負けていたのだろう。実戦となれば姫の小太刀ではまったく役に立たぬ）

遠慮しない勝成は珊姫の小太刀を叩き落とした。すると負けん気の強い彼女は小太刀を拾うとすぐに勝成に向かってきた。

今度は勝成も小太刀を下から掬い上げ、空中に飛ばしてしまった。

「わらわの負けじゃ」

あっさりと負けを認めると、珊姫は小太刀を拾った。

「これからも手加減せずに教えて欲しい」と、素直に自分の武芸の未熟さを悟った。

多くの遊女を知っていたが、男に媚びず、素直で気品があり、しっかりと自分の考えを主張できる女性に出会ったのは、勝成にとって初めてのことだった。

勝成は城に上がって珊姫と会って話すことが楽しくなってきて、彼女相手の稽古には一層力が入った。

成羽へきて早くも半年が経ち、勝成が藩邸で足軽たちを指導していると、馬で駆けてきたらしく、身についた土埃を払いながら珊姫が藩邸へ入ってきた。

「六左衛門、訓練はそこまでにしてちょっとわらわにつき合って欲しい。今日は備中高梁から美作《みまさか》の久米南の下籾《しももみ》まで遠乗りに参ろう」

いつもの若衆髷姿だ。

何事かと手繦《たすき》を外し、身支度をしていると、「今日は二月五日だ。亡き三村家親様の命日じゃ。珊姫は先祖の墓参りに行かれるつもりなのだ」と足軽たちは騒いでいる。

後から馬で追いかけていると、馥郁《ふくいく》とした何とも言えぬ珊姫の香りが勝成のところまで届いてくる。

（こんな珊姫のような女性を妻にできたらなぁ）

三十四歳となった勝成の体の中を、忘れていた若い女性への熱い思いが駆け巡る。

指南している際、小太刀を払い落とされた時に見せる珊姫の悔しそうな表情が脳裏に浮かんでくると、今度は城内で美しい小袖姿の麗しい珊姫の姿が現れてきた。

それらを思い出しながら駆けていると、目の前に現れた高梁川の水面《みなも》が日の光を受けて輝いている。

「ここが〝阿井の渡し〟じゃ。上月城《こうづき》が開城した折、尼子勝久《あまごかつひさ》の家臣・山中鹿介《しかのすけ》殿が毛利の本陣であった備中松山城へ護送される時、毛利の刺客に討ち取られたところじゃ」

手を合わせた珊姫はさらに馬を進めた。

松山城が見える山麓までやってくると彼女は馬を休め、懐かしそうに目を細めて山頂に建つ城を眺めた。

「この松山城はわらわの父・家親の居城であった城です。その後松山城は毛利氏のものとなり、天野元明《もとあき》が預かっているのです。そして三村家本家の者は毛利に亡ぼされ、叔父の親成殿だけが毛利氏につき従ったお蔭で今も生き残っているのです」

「姫の父上は親成様ではなかったので?」

「そうじゃ。幼かったわらわは家臣たちに守られてこの城から脱出し、叔父の親成殿のところへ預けられ養女となったのじゃ。今日は父・家親が憎き宇喜多直家《うきたなおいえ》の家臣に鉄砲で撃たれた命日じゃ。これからその地を訪れて亡き父の無念さを偲ぼうと思っておるのじゃ」

「……」

高梁川を渡り加茂川を越え建部《たけべ》までやってくると、目の前には河幅の広い旭川が流れている。

「興禅寺はここからすぐです」

二人は旭川を渡り久米郡の下籾村に入っていくと前方に小じんまりとした寺院が見えてきた。

「この寺院を本陣として、美作でのこれからの戦さのことを軍議していたところ、父は宇喜多直家の手の者によって鉄砲で暗殺されたのじゃ」

馬から降り、二人が寺院の山門を潜って境内に行こうとすると、ちょうど本堂から和尚がでてきた。

「今日は家親様の命日なので、まもなく珊姫様が見えられる頃だと思っていました」

和尚は新しく作った卒塔婆を珊姫に手渡すと、二人は境内の奥へ歩いてゆく。

「父はここに眠っているのじゃ」

そこには立派な供養塔が建てられており、和尚の手によるものか、生花が置かれている。

跪《ひざまず》くと目を閉じ、珊姫は両手を合わせて経を唱え始めた。

(まるで仏様のようだ)

珊姫の祈っている横顔を見て、何か神々しいものを感じながら、勝成も手を合わせて家親の冥福を祈った。

寺院で一泊すると、一行は翌朝早くそこを発ち、今度は高梁へ戻る。

三村家当主だった家親の次男・元親とその息子・勝法師丸が永眠している頼久寺《らいきゅうじ》へ向かうためだ。

頼久寺の歴史は古い。当時国人であった上野頼久《よりひさ》が伽藍を一新し再興したといわれ、足利尊氏が諸国に建立させた安国寺の一つだ。

高台にある寺の本堂からは蛇行する高梁川が一望できる。生花を手向け経を唱えると、珊姫は広い境内には三村家三代の立派な墓があった。高梁川の流れをじっと眺めていた。遠くを見るように、目を細め、高梁川の流れをじっと眺めていた。

川は所によって激しく渦巻き、幅の広い所では滔々と流れている。

傍らに勝成が立っていることに気づくと、珊姫は本堂の廊下に腰を降ろすように勧め、三村家の辿ってきた歴史を語り始めた。

「わらわの父・家親は元々備中の国人衆の一人であったが、その頃西側で力をつけてきた毛利氏と手を握り、そのお蔭もあり備中では有力な国人に伸《の》し上がりました。叔父の住む鶴首《かくしゅ》城から松山城へ居城を移したのもちょうどその頃でした」

熱心に彼女の話に聞き入っている勝成の姿を認めると、珊姫の声は次第に大きくなる。

「備中守護代家である荘《しょう》氏と縁戚となったのもその当時のことです。三村家には元《もと》祐《すけ》・元親《もとちか》という二人の兄がいましたが、長男・元祐は荘氏の家督を継いだため、小田郡の猿懸《さるかけ》城に入ることになりました。それで三村家本家は次男の元親が継ぐようになったのです」

ここまで話すと、珊姫は勝成を見詰めていた目を再び高梁川へ向けた。

「備中を制した父は宇喜多直家領の備前・美作を侵略しようとしました。もちろん荘氏・石川・上野氏と協力した上です。ところが宇喜多直家という者はなかなか一筋縄ではいかぬ男だったのです」

直家という言葉に嫌悪感を覚えるのか、珊姫は顔を歪めた。

「美作での戦いはわが方に有利で、敗色が強くなった直家は起死回生策を考え出し、興禅寺の本堂で戦評定していたわが父を、鉄砲で撃ち殺したのです」

ここまで話すと、珊姫は大きなため息を吐いた。

「三村家の当主を鉄砲で殺されたわが一族は、当然直家に復讐をしようとしました。だが宇喜多家は毛利の一員でもあり、直家と戦うことは毛利との同盟関係を破ることを意味します。それでも父の仇を取ろうと、兄の元親は総力をあげて直家を討とうとしましたが、しかし備前の明禅寺《みょうぜんじ》山の合戦で直家に破れ、長兄・荘元祐は戦死してしまいました。直家憎しで分別を失くしてしまった元親は、毛利と手を切ってでも直家を倒そうと思い、一族を城に集め協議しました。そんな時待っていたように信長から誘いの手が伸びてきたのです」

当時の悲劇を思い出したのか、珊姫は苦悶の表情をした。

「『遠くの織田などに期待せず、家親様の敵討ちのことは辛抱して毛利との絆を切ってはならぬ』と訴える叔父は直家と対決しようとする一族と衝突し、叔父は身の危険を感じて毛利陣営まで逃げ込みました。三村一族がいくら備中を制したと言っても、大国の毛利には敵いませんでした。国吉・楪・鬼身《きのみ》城それに荒平・幸山《こうざん》城を攻め落とされました。特に戦闘が激しかったのは姉夫婦が守る備前常山城でした」

優しかった姉を思い出したのか、珊姫の声は震え始め、湿ってきた。

「夫は戦死し、姉の鶴姫は侍女と共に女軍として戦い、全員玉砕しました。そして最後に残った松山城は孤立無援となり、敵に包囲されてしまいました。三村家の血を残そうと、幼かったわらわは僅かな家臣に伴われて叔父のところへ送られたのです」

見れば珊姫の目には涙が溢れている。

「わらわは幼かったけれど、今だに楽しく過ごしていた松山城のことを思い出します」

「辛い目に合われたのですね」

父とは絶縁となっているが、刈谷の本家の水野家は健在だ。

勝成は珊姫が味わった悲惨さを想うと、思わず涙がこみ上げてきた。

「嫌なことを聞かせましたね」

赤く目を潤ませた珊姫は淋しそうに微笑んだ。

「城へ帰りましょう」

廊下から立ち上がり馬が繋がれたところへ行くと、珊姫は素早く馬に跨《またが》った。

普段明るく振る舞う姫にも、いまだに頭から消え去らない暗い思い出があることを知ると、勝成は三十歳になろうとしてもなお嫁に行くことを拒む珊姫の気持ちが少しはわかるような気がした。

何とかして珊姫の暗い過去を柔らげてやれないものかと考えると、勝成はますます姫が恋しく思われてきた。

勝成が住む足軽長屋は一応部下とは離れた建物で、藩から与えられたものだった。下働きをする若党と年寄った下男がつけられていた。

毎日稽古で汗を流し夜手酌で一人酒を飲みながら、勝成は珊姫のことを想う。

（珊姫の顔を毎日見られれば本当に愉快だろうなぁ。いっそ水野家の跡取りであるわしの身分を明かしてやろうか）

だが勝成は辛抱した。

汗で汚れた肌着は毎日下男が洗って整頓してくれるが、いつのまにか板張りの部屋に散らかっている。

「いい歳をした男が、いつまでも一人でいるのは毒です。身の回りの世話をする娘を腰元としてはどうです。相手はわらわに任せよ」

何となく勝成が身分違いの自分を想っていることを感じている珊姫は、自分の腰元から勝成が気に入りそうな娘を勝成のところへ送り込んでやった。

その腰元はお登久という御殿女中で、行儀見習いのため、城へ上り珊姫に仕えている女性で、年は珊姫よりずっと若く、気立てのよい娘だった。

武士の娘で父親は藤井利道といい、兄が毛利氏と事を起こし自刃したので、弟の利直は自領を離れ備中成羽の三村氏を頼り、客分として親成に仕えていたのだ。

そんな父の苦労を見て育った娘は、気働きのできる素直で健康的な娘だった。

体力を持て余している勝成は、若い登久とすぐに結ばれた。

珊姫を思うがどうにもならない勝成は、あたかもそこに珊姫がいるかのように登久と話し、登久を抱いている間も珊姫を抱いていると思った。

やがて登久のお腹が膨れて男子を出産すると、その子は「長吉」と名づけられた。

成羽での生活も一年が過ぎ、暑い夏が長く続いた。

その年の慶長《けいちょう》三年の夏、天下人であった太閤・秀吉が亡くなったのだ。

「唐入り」で渡海し現地で苦労していた大名たちは、先を争うように帰還してくると、それまで長閑《のどか》だった成羽の村も慌ただしい足音が近づいてきた。

　そんな頃、刈谷に行ったきり音信が途絶えていた杉野と近藤がひょっこりと勝成のところへやってきた。

「いよいよ天下は乱れ、家康様にも天下人への目が出て参りました。忠重様も秀吉の武者奉行職を辞され、今では徳川家へ帰参されておりますぞ。勝成様もどうか意地を張らずに、ここらで父上と仲直りして下され。父上も寄る年波には勝てず、気弱になられ口には出されませぬが、勝成様のことを随分と気にされておりますようで…」

「あの父上がそうすんなりとわしの帰参を認めるとは思えぬ。それに登久も倅を出産したばかりなので、刈谷までの長旅は無理だ。その上秀吉が死に、畿内ではいつ戦さが始まるかわからぬと申すではないか。そんな物騒なところへ登久と長吉をやれるか」

　勝成と父親との確執がそんなに深いのかと思うと、杉野と近藤はため息を吐く。

「父から『勘当を許す』との一筆を貰ってこい。そうすればわしは安心して妻と長吉とを連れて刈谷へ参ろう」

　勝成の父への不信ぶりを聞いて、怒り狂う忠重の姿を思い浮かべた二人は、重い足取りで刈谷へ向かった。

　翌年慶長四年の正月、成羽の鶴首城の大広間では盛大な新年の祝賀会が開かれていた。

下々の家臣たちには中庭で祝い酒が振る舞われ、客殿では美作・備前からの国人が招かれ、禄高の高い家臣たちと共に飲み語らい、お膳には酒肴が並んでいた。

茶坊主が盆に高価な煎茶を点てて、忙しそうに廊下を行き来していた。

廊下を隔てて中庭から宴を眺めていると、勝成はすっかり忘れていた刈谷城での華やかな新年の宴を思い出していた。

三万石の刈谷城の宴は八千石の鶴首城での宴と比べ、正月の祝いはもっと大がかりなもので、近辺から招かれた国人衆の数も多く、大広間に集まった一同は忠重の合図で、手に持った盃を一気に飲み干すのだ。

お膳に並ぶ料理も海の幸・山の幸が皿の上に山のように盛られ、配膳係の者たちがよい香りのする緑茶を点てて皆に振る舞う。

刈谷城での宴の様子を思い浮かべながら酒を飲んでいると、急に喉が乾いてきた。

ちょうど前の廊下を茶坊主が通る。

「茶を一服振る舞って欲しい」

茶坊主は声がした中庭を眺め、それが勝成の声だと知ると呆然として勝成を見詰めた。

「今何と申されたのか」

「茶を一服所望したのだ」

茶坊主はさも信じられないという表情だ。

「お前様はわしに『茶を点てよ』と申されるのか」

「そうだ。頼む」

「わしは上席の方々に茶を点じるのが仕事だ。お前のような下々の者に点てる茶など持っておらぬわ」

「そんなことは承知で、こうして頼んでいるのだ」

茶坊主の態度はだんだんとぞんざいになってきて、勝成を無視してそのまま通り過ぎようとした。

「おのれ茶坊主の分際で！」

激し易い勝成の怒りは、ついに頂点に達した。

「お前は何様のつもりでいるのか。侍以下の者ではないか」

茶坊主は激高した勝成を馬鹿にしたように叫んだ。

「ほざいたな、茶坊主めが！」

茶坊主が言い返そうと口を開いた瞬間、勝成の腰から抜かれた太刀が一閃し、茶坊主の首が空中を舞った。

「ギャッ」という悲鳴が廊下に響き渡ると、浮かれていた宴の雰囲気は一変し、殿中は大騒ぎとなった。

「しまった。またやってしまった！」

普段、軽挙妄動を戒めてはいるが、どうしても一時の怒りを抑えることができなかった。悔いたがもう遅い。

酔いも醒めてしまった勝成は、そのますぐ大手門へ走り、自宅へ駆け込んだ。登久とそこにいた杉野と近藤に殿中での出来事を告げ、「お前は長吉を連れて一旦実家へ逃げよ。ほとぼりが冷めた頃、必ずわしが迎えにゆくからな。それまでは辛抱して待っておれ」と勝成は登久を説得した。

言い終わるとすぐに勝成は杉野と近藤の両人を連れ、成羽から上方へ向かった。

五

伏見には天下人秀吉が誇る立派な城が築かれており、淀川を挟んで対岸の向島には、家康が住む屋敷が建っている。

家康派の大名が交代にその屋敷を警護していたが、長らく浪人暮らしを続けていた勝成の目から見れば、まだまだ隙が目立った。

暮れ六つ頃になると勝成は家康の屋敷で守りの手薄なところに陣取り、明け方まで見張りを続けた。

これが門番の口から家康の耳まで伝わる。

「そのように気配りできるのは勝成に違いない」

勝成を屋敷へ招くよう、家康は側近に命じた。

「やはりお前だったのか。懐かしいのう勝成、もう何年ぶりになるかのう」

現れたのは推察通り勝成だった。

「かれこれ十五年ぶりにござります」

「お前は陰ながらわしの身辺を守っていてくれたそうだな。礼を申すぞ」

「礼には及びませぬ」

家康はまじまじと勝成を見詰めた。

随分と年が経ったので、匂い立つような若々しさは今の勝成の姿形から失われていたが、従来の火の玉のような負けん気の強さは表に出ずに心の奥底に沈んでおり、目の輝きは思慮深そうな色に変わっている。

「お前も随分と苦労したらしいのう。人間が丸くなったようじゃな」

「家康様もお変わりになられました」

腹の底を探らさない用心深さは以前と変わらなかったが、若い頃痩せ気味だった家康の体型が少し太り始めていた。

「わしはお前の武勇を惜しむ。どうにかしてわしに仕えて貰いたい」

天下人となる機会が巡ってきた家康は、今一人でも力量のある味方が欲しい。

「忠重も年のせいか最近角が取れてきておる。お前も父と仲違いしてもう十五年にもなろう。わしが口を利いてやるので、仲直りしたらどうか」

忠重はちょうど伏見へ出かける途中だったので、側近に命じて家康は向島屋敷で二人を対面させた。

「十五年前、わしはこいつに勘当を言い渡し、二度と会わぬ気でおりました。この度は家康様直々の仰せで伏見へ参り、やむを得ず倅めと会ってやることにしましたが、まだ勘当を許すつもりはありませぬ。こいつが心を入れ替え、真人間になっているなら話は別ですが…」

忠重が強がっていることは勝成にもわかる。

十五年ぶりに会ってみると、今まで大柄で筋肉隆々だった父は身体は痩せ背丈も縮んだようになっており、髪には随分と白いものが混じっている。

顔には年輪を刻む深いしわが目立ち、勝成には父がみすぼらしい老人のように思われた。

我を張り通そうとする耄碌《もうろく》した父がいじらしくさえ思われてきた。

忠重の方は十五年ぶりに再会した息子の変わり様に驚いた。

恐ろしく成長していた。

大将としての度量は十分に備わっており、人間の深みも随分と増しているように思われた。

今まで目にしてきたいかなる人物よりも息子の方が優れており、水野家を十分に纏《まと》め上げられる男のように思われた。

「もう十五年も経った。そろそろ勘当を解いてやってはどうか」

「水野家の家督はこいつの弟・忠胤《ただたね》に譲るつもりでいたので、変更するとなると家臣への根回しが必要となりましょう。少々時間がかかりまするが……」

家康に命令され、気が進まないような表情をしていたが、内心では忠重が喜んでいるように勝成には思われた。

昔からの頑固一徹なところは変わらなかったが、目の前にいる忠重は哀れな老人となり、その年寄りが水野家の舵取りをしているのだ。

そんな父を眺めていると、父を憎む気は勝成から消え失せ、むしろ哀れとさえ思われてきた。

「家康殿からの直々の懇願とあっては、不本意ながらこの場で勘当だけは解いてやろう。だが、家督を譲ることはそう簡単にはゆかぬわ。何しろ十五年も放浪していたお前を、家臣たちがそう易々と許そうとはしない筈だ。その手続きには相当な時間がかかるぞ」

勝成の人を圧倒するような器量を知った忠重は、重々しく話すがまんざらでもない表情だ。

二人の様子を見ていた家康は、忠重の気が変わらない内に「手続きが済むまで勝成にはわしの警護をして貰おう」と助け舟を出した。

だが政局の急変は勝成の水野家の家督譲与を家臣たちに諮る余裕さえ与えなかった。

翌年の慶長五年、家康は上洛を拒む上杉景勝征伐のため会津へ向かい、勝成も父の名代として征討軍に加わった。

七月二十三日、家康軍が下野国・小山までやってきた時、勝成は驚くべき報告を受け取った。

「何！　あの不死身のような父上が殺されたと申すのか！」

殺した相手は濃州加賀江一万石の加賀江秀望という一介の武将であり、加賀江と同行していたのは、秀吉政権下で重鎮を務める堀尾吉晴だった。

吉晴は浜松城の城主だったが、家康から越前府中を賜り、大坂に集まる石田三成らの西軍に備えるため、越前へ行く途中だったのだ。

吉晴は豊臣政権で武者奉行をしていた忠重とは昵懇の間柄で、帰り道の池鯉鮒で忠重と待ち合わせ、久闊を叙そうとしていた。

その道中で偶然加賀江と出会った。

加賀江は石田三成に通じている男で、家康刺殺という大手柄を立て、その首を手土産に西軍に加わろうと思っていた。

だが用心深い家康に面会を断られ、暗殺の機会を失い、大坂へ戻ろうとしていた矢先に吉晴と出会ったのだ。

聞けば忠重と池鯉鮒で再会をするらしい。

（これは忠重の首を土産にする絶好の機会だ）

加賀江は吉晴に忠重を紹介してくれることを申し出た。

忠重は吉晴と同行してきた加賀江を別に怪しむ風はなく、久しぶりに吉晴と再会し、嬉しそうに酒を飲み始めた。

忠重は吉晴同様酒豪で、二人はすっかり酩酊してしまった。

そんな頃を見計らって加賀江は急に忠重に近寄ると脇差で忠重の胸を刺した。

あっという間の出来事だった。

驚いた吉晴は加賀江を捩じ伏せ、脇差を抜くと彼を刺し殺した。

この思わぬ成行で、勝成はせっかく仲直りした父親を失うこととなったのだ。

その結果、忠重が渋っていた水野家の家督は、ようやく勝成が継ぐことになった。

そして勝成が珊姫を正妻として刈谷城に迎えたのは、慶長五年関ケ原合戦が終わったすぐ後のことである。

鬼若子

一

三好家の家老・篠原長房《しのはらながふさ》を乗せた安宅船《あたけぶね》は撫養《むや》（鳴門）の港を出ると順風に恵まれ、帆をいっぱいに膨らませて白波を立てて進む。

鴎の群れがまるで船の後を追いかけてくるように、騒がしく鳴きながら空を舞っている。

淡路の由良《ゆら》港で多くの安宅氏の兵士を乗せた船団と合流し、船団は兵庫の港を目指す。

しばらく阿波で雌伏《しふく》していた長房は、阿波平島庄《あわひらじま》にいる「平島公方《ひらじまくぼう》」と称される足利義冬《あしかがよしふゆ》の嫡子・義栄《よしひで》を奉じて、四国勢一万五千を率いて出兵したのだ。

海上の東彼方には、紀伊の山々の麓《ふもと》に久米田《くめだ》（岸和田）の町が微かに望まれる。

それを眺めていると、長房の胸中には、暗い影のようなものが広がってきた。

その頃、三好家は当主・長慶《ながよし》の活躍の最盛期にあたり、地元の四国では阿波はもちろん、讃岐《さぬき》、伊予の一部まで、そして山城《やましろ》、大和、河内、和泉《いずみ》、摂津、丹波《たんば》、播磨《はりま》、淡路までその支配地が広がっていた。

だが讃岐と岸和田城を任されていた十河一存《そごうかずまさ》が死んだ永禄四年頃から、その支配力に陰りが見え始めてきた。

領国を追われた畠山高政《はたけやまたかまさ》が、近江の六角義賢《ろっかくよしかた》と示し合わせて三好反撃の狼煙《のろし》を上げたのもこの頃だった。

まず以前河内の守護大名であった畠山高政は、家臣・安見宗房《やすみむねふさ》・遊佐《ゆさ》信教や根来《ねごろ》寺衆らと組んで紀伊から和泉にある岸和田城に迫ろうとした。

それと同時に、京都の勝軍地蔵山城《しょうぐんじぞうやま》（瓜生山《うりゅう》）に六角義賢が布陣した。

つまり南北から三好軍を挟もうとしたのだ。

三好軍の司令塔の長慶は情勢を判断するため北河内の飯盛山《いいもりやま》城を動かず、長弟の実休《じっきゅう》を頭に次弟・安宅冬康《あたぎふゆやす》それに三好三人衆（三好長逸《ながゆき》・三好政勝《まさやす》・岩成友通《いわなりともみち》）と家老・篠原長房ら七千の兵を岸和田城へ向かわせた。

そして北の京都へは息子・義興《よしおき》の七千の兵と大和を守る松永久秀《まつながひさひで》に七千の兵を統率させた。

だが領土奪還に燃える畠山・六角連合軍に対して、三好軍は両戦線とも劣勢で、十二月には三好三人衆の一人、政勝の兄・三好政成が討死する始末だった。

永禄五年三月になると、対陣は七ケ月も続き、さすがの三好軍も長い対陣に倦《う》み疲れてきた。

その様子を窺い、高政は勝てると踏んだ。

どうしても河内を取り戻したい高政は、春木《はるき》川を背に背水の陣を張り、渡河して久米田にある貝吹山《かいぶきやま》城に攻め寄せてきた。

正午を少し回った頃だ。

三好軍の最前線を任されていた長房は、蟻の大群のような敵がこちらに向かってくるのに気づいた。

「敵襲だ！」

寛《くつろ》いでいた味方の兵は慌てて立ち上がると、武具を身につけ戦闘体制に入った。

「後軍にも知らせよ。弓を放て！」

（なんとしても敵の侵入を防がねばならぬ）

長房の家臣たちは鍛えられた精兵だった。庄野和泉守は逞しい大男で、長房の弟・左吉兵衛《さきつべえ》の補佐役をしている。

彼は太い指先で器用に弓に矢をつがえると、次々と放つ。

矢は誤たず狙った相手を倒した。

竹田一太夫は古兵だが、年齢を感じさせない。いざ戦いとなると若い者に負けず、腰もまっすぐで矍鑠《かくしゃく》としている。

戦場では厳しいが、普段は若者思いの優しい面もあるので、部下たちに慕われていた。

「当たったぞ」

「わしは三人倒したぞ」

兵たちは敵に矢が命中する度に大声で叫び、歓声をあげた。

柿原源吾《かきはらげんご》はまだ若いが弓の腕は一流で、藤吾《とうご》・新吾《しんご》の三兄弟揃ってこの戦場にきている。

一太夫と同じ竹田一族の竹田三河守は中年の穏やかな男だが、戦さとなるとまるで別人のように激しくなり、血刀をぶら下げ返り血で顔を真っ赤に染め、阿修羅のように暴れ回る。

長房隊が安見宗房が率いる敵の第一陣を討ち破ると、第二陣の遊佐信教隊に突入した。

長房の兵たちは錐揉みするように激しく切り込んでゆく。怒濤のような長房隊の勢いに、二陣も簡単に切り崩され、敵は後退してゆく。

この時危険を察知した三陣の湯川直光《ゆかわなおみつ》隊が春木川の上流から迂回して、長房隊を背後から襲おうとした。

これを目にした大将の実休は、長房救援のため残っている兵全員を投入して「敵を切り崩せ！」と命じた。

その結果、実休の本陣には馬廻り衆が百騎程だけになってしまった。

根来の鉄砲衆はこの絶好の機会を見逃さない。大将首には莫大な大金が約束されているのだ。

彼らは木立ちの陰や樹木に登って実休を狙った。

閃光が走り、雷のような轟音が響き、煙硝の煙の幕が降り、それが晴れてくると立っていた実休の姿は消え、馬廻り衆たちも血だらけになり、地面をのた打ち回っていた。

戦死した実休はまだ三十七歳という若さであった。

その頃、飯盛山城内にある長慶の下屋敷では、里村紹巴《じょうは》ら当代の連歌の名人が集まって長閑《のどか》に連歌会が開かれていた。

「蘆《あし》間にまじる薄《すすき》一むら」

と詠んで人々がこれの付け句に頭を悩ませていた頃、久米田から実休の戦死が伝えられた。

「古沼の浅きかたより野となりて」と、長慶は表向きは平然とした態度で臨んでいたが、内心では弟を失い、戦場の成り行きに心を乱していた。

人々は連歌の出来を褒めそやし百韻が済むと、長慶はすぐに変事を告げ彼らを帰宅させた。

そして久米田や京都の戦況を知るために情報を集め、自ら戦場に向かおうとしたが、出陣させまいとする家臣たちに阻まれた。

戦いに敗れた三好軍は堺や飯盛山城へ逃れ、また岸和田城を任されている安宅冬康は淡路へ逃亡し、高屋《たかや》城は畠山高政に奪い返されてしまった。

この戦いで高政は和泉と南河内を取り戻したのだ。

そして京都での合戦でも総大将の三好義興が敗れ、六角義賢は洛中に入り、長慶が籠もる飯盛山城は敵に包囲されてしまった。

この戦いで名だたる三好家の武将はほとんど討死し、長房の弟・左吉兵衛も戦死した。

敗戦に責任を感じた長房は頭を剃って「駟雲《しうん》」と名乗り、一族の篠原弾正も自遁、また三好山城守（康長）は咲岸という、にわか坊主になり、彼らの家臣たちもこれにならって頭を剃って死んだ実休のために領土を取り戻すことを誓った。

阿波に戻った長房は実休に替わり、阿波の引き締めに力を入れ、実休の実子・長治を阿波三好家の頭とし、彼を補佐して三好家再興を図った。

また薬師という男を阿波国の経営に加え、阿波をより強固なものにしようとした。

五月に入ると潮目が変わってきた。

松永や三好義興が山崎や丹波から兵を集めてくると、淡路や阿波に避難していた三好軍は、ぞくぞくと渡海し、畠山氏が紀伊へ逃げられないよう、高屋城と飯盛山城の中間にある教興寺《きょうこうじ》に二万もの大軍で布陣したのだ。

苦労人の松永久秀はなかなか一筋縄では行かない、老獪《ろうかい》な策略家だ。

衝突して多くの犠牲を払うことを避け、敵を紀伊へ立ち退かす方法を考えた。

久秀は主人・三好義興に書状を書いて貰うよう頼んだ。

義興の書状の相手は、畠山高政の家臣・安見宗房と遊佐信教に宛てたもので、これを畠山高政に届けさせたのだ。

その書状には実に恐るべきことが書かれていた。安見・遊佐ら家臣たちが主君・高政を討つ手筈について詳しく説明してあったのだ。

家臣らの変心に驚いた高政は、せっかく奪った高屋城を棄てて高野街道を紀伊へ向かって逃亡し始めた。

しかし逃げる高政隊は教興寺周辺で網を張っていた三好軍の伏兵に襲われ、湯川を始め多くの紀伊の国人たちはさんざん討ち取られ、三好氏は河内・和泉を取り戻した。

そして信長入京までの六年間、この三好体制は続いてゆく。

だが阿波にいる長房は実力者の実体を失い、何となく三好家の前途に不安を覚えていた。そしてその不安は徐々に現実のものとなってゆく。

まず永禄七年に摂津を支配していた長慶の一人息子・義興が芥川城で病のため二十二歳の若さで亡くなってしまったのだ。

可愛いわが子の死によって長慶は悲嘆にくれ、それまでの覇気を失い心身に異常をきたすようになってしまった。

終日茫然と暮らすようになると、長老たちの目は安宅家に養子に入った長慶の次弟・安宅冬康に注がれるようになった。

冬康は文学を愛する仁慈の武将であり、淡路水軍の棟梁だった。

しかし衰えた長慶は彼を棟梁にしようと家臣たちが噂しているのを知ると、自分の地位を奪われるのを恐れ、弟・冬康を殺してしまったのだった。

「冬康には逆心悪行があったからだ」

長慶は手にかけた冬康のことを家臣たちに言い訳をしたが、誰もそれを信じる者はいなかった。

（成り上がり者の松永久秀が長慶様にあらぬことを告げ口をしたからだ）

阿波にいる家臣たちは長慶の行動の裏には松永久秀の手が及んでいると信じた。

阿波から離れられない長房は真相を探るため、山猿を呼んだ。

彼は長房に長年仕えている下忍で、年齢不詳の男だ。若く見える時もあれば、老人のように化けることもできた。

その日から彼の姿が阿波から消えた。

約一ケ月後阿波に戻ってきた山猿は旅の疲れも見せず、飯盛山城で目にしたことを話す。

「長慶様は一人息子を亡くされ、痴呆のようになっておられます。一日中ぼうっと庭を見ていたり、同じことを何度も口にされ、側近の者もどうしてよいかまごついておりますようで…」

「信じられぬ。あの厳しかった長慶様が急にそのような姿になられたとは。まだ四十を少し越えたばかりの男盛りの頃なのに……」

山猿はしばらく黙っていたが、「長老や松永様らとの話し合いの結果、義興様には子がいないので、長慶様の後継ぎは十河一存様の子・義継《よしつぐ》様に決まったようで、この決定にも松永の手が伸びているようでござる」と冬康殺しや義継養子の件にも松永が一枚噛んでいるように言葉を匂わせた。

「義継様の母親は九条家の姫様じゃからのう。足利幕府や朝廷に顔が利くと思われてのことだろう」

山猿は調べてきた内容を話すと、もう彼の姿は消えていた。

その後長慶の衰えは徐々に進み、「もはや回復は望めそうもない。お別れに長慶様の元へ一度出て参れ」と、長房は長老から飯盛山城へくるように要請された。

数人の家臣を連れて撫養港から、堺を経由して飯盛山城へゆく。

城は河内と大和の国境の生駒《いこま》山脈の北西の支脈上にあり、多くの曲輪《くるわ》が山頂にある本丸を守っている。

本丸に着くまでには長い山道を歩かねばならず、長房たちは息を切らせた。

この巨大な城は、摂津の芥川城・南河内の高屋城と同様、畿内で勢力を張る三好氏の司令塔の役目を果たしている。

大汗をかきながら長房が本丸に着くと、大広間にはすでに主立つ面々が顔を揃えていた。

長慶の祖父の兄弟の息子である三好長逸・三好政勝、また三好三人衆の一人である岩成友通、それに長慶の叔父・三好康長《やすなが》ら長老たちが不安そうな表情で、上段で寝ている長慶を見守っていた。

長慶の脇には長房もよく知っている天下の名医・曲直瀬道三《まなせどうさん》がいた。

横になっている長慶の容態はかなり悪いようだ。

「よう参った。待ちかねたぞ」

普段力強い声を聞き慣れているので、か細い嗄れた長慶の声はよく聞き取れない。

「祖父が阿波の山奥から出てきて細川様に仕え、わが三好家は皆の働きで畿内を牛耳る程大きくなった。これまでのお前たちの働きに礼を申すぞ」

長慶は布団から起き上がろうとしたが、道三がそれを止めた。

「わしが死んでも、三好家はお前たちの子供や孫の代まで栄え続けて欲しいものじゃ。そのためには…」

喉に痰が絡むのか、長慶はしきりにむせた。

道三は口に懐紙《かいし》を当てて、器用にそれを取り除く。

「わしの死を三年間伏せよ」

死期が間近いことを感じ、長慶は三好家の繁栄を延命させるにはどうすればよいか、ここ数日の間それればかりを考え続けていたようだった。

「三年間もですか…」

「そうじゃ。三年経てば潮目も変わり、三好家にも順風が吹いてこよう」

大粒の涙が長慶の眼に浮かんでいる。

(三好家がまだこれからという時に、死なねばならぬ運命にあって、長慶様は本当に辛いことだろうな)

上座に躙《にじ》り寄った長房は、懐紙で長慶の涙を拭いながら、「後のことはわれらにお任せ下され。長老や松永殿やそれがしが義継様をお守りしますので…」と骨が透けるように細くなった長慶の手を握りしめた。

長慶の顔に安堵の色が浮かんだ。

これだけ喋るともう疲れたのか、頷いた長慶はぜいぜいと苦しそうな息をし、大仕事をやり遂げたかのように目を閉じると、そのまま眠ってしまった。

控室に戻ると、渋い表情をした長老たちが集まって、何やら小声で話している。

「お屋形の死後、われら三好衆が一丸となって義継様を盛り立ててゆこう。三年あれば義継様も随分と成長されるであろうからのう」

二

やがて蒸し暑い七月に入ると、長慶の死が阿波へ知らされてきた。

長老らも力を合わせて三好本家の棟梁となった十五齢と若い義継を支えているようだった。

だが安心も束の間、翌年永禄八年になると驚くべき知らせが阿波に伝わってきた。

三好三人衆の長老たちと義継とが三好家の重鎮である松永久秀と謀議して、自分たちの意に従わない十三代将軍・義輝《よしてる》を暗殺したというのだ。

(新体制で三好家がこれから船出するという矢先に、義継様を諫めるべき彼らは、一体何ということをしてくれたのだ)

長房は地団駄を踏んで悔しがった。

(これでは赤松満祐《あかまつみつすけ》が将軍であった足利義教《よしのり》を殺したのと同じではないか。三好家は逆賊の悪名を後世に残すことになろう)

三好家の行く末を危惧し、長房は思わず身体が震えてくるのを感じた。

（草葉の陰から長慶様はどう思われているだろうか…）

上桜城《うえさくらじょう》は実休に仕えている長房の居城で、標高二百メートル余りの上桜山の山頂にある山城だ。

この本丸から周囲の山々を眺めながら、長房は若い義継が引き起こした取り返しのつかない暴挙について、あれこれと考えていた。

長房の家臣たちはこの驚くべき報告を聞いて、続々と上桜城に集まってきた。

「義継様は御所に討ち入ったとき『義輝の首を獲れ。このわしが次の将軍となるぞ』と叫ばれたそうだ」

庄野和泉守は長房の弟・左吉兵衛が討死してからは長房に仕えている。

「何せ母親は前関白・九条稙通《くじょうたねみち》様の娘御だからのう。将軍になる資格は十分にあるが、現将軍を手にかけたとなると世間はどう思うかのう」

竹田一太夫は白くなった顎髭を扱きながら、複雑な表情を浮かべた。

「まだ弱冠十六歳の若殿様だが、馬鹿なことをしでかしてくれたものだ。これから畿内では打倒三好の波が押し寄せてくるぞ」

竹田三河守は、まるで今まさに敵が攻め寄せてきたかのように身震いした。

「長慶様は義輝将軍の反三好的な行動にはずっと頭を悩まされ続けていたが、将軍を暗殺するような大それたことまでは考えておられなかった筈だ」

長房は長慶が没して一年にもならない内に、三好家を揺るがしかねない大事件に遭遇し、これからの三好家の舵取りの困難さを思った。

この年の十一月になると、これに追い打ちをかけるかのように、松永久秀と三好三人衆とが決裂してしまった。

この三好家の内訌《ないこう》に畠山ら旧河内勢力は松永久秀を抱き込んで河内奪還を目指し、その戦火は河内から大和へと広がり、三人衆は今まで敵だった大和の筒井《つつい》順慶《じゅんけい》と手を結び、奈良のいたる所で松永勢と衝突を繰り返した。

(三好家の一大事だ。このまま阿波にじっとしてはおれぬわ。義輝様没後、次の将軍の座はまだ決まっておらぬ。阿波の平島庄におわす足利義栄様を次の将軍に担ぎ上げよう。そうすれば三人衆の長老と松永との間も丸く収まり、彼らは義栄様を補佐せざるを得まい)

永禄九年六月になると、長房は上洛を決意した。

長房は子宝に恵まれている。

産後の肥立ちが悪く死別した先妻との間に嫡男の長重《ながしげ》がおり、継室として迎えた菊との間には長女を始め次男・長吉、三男・長政、四男・長頼、五男・小太郎がいた。

この五男一女に加えて久米田合戦で討死した弟・左吉兵衛の遺子・鶴石丸も手元に引き取って育てていた。

妻女・菊は本願寺蓮如《れんにょ》の孫の教行寺兼詮の娘だったが、今はすっかり武家の嫁らしくなっている。

「しばらく阿波を離れることになるが、子供たちをよろしく頼む。長重は初陣につれてゆくぞ」

長房の周りには、五男・小太郎を膝に抱いた菊を始め長重とその弟や妹が並んでいる。

「兄上、初陣では大手柄を立てて下され」

次男・長吉の激励に長重は照れた。

「長政も兄上と一緒に参りたい」

三男の長政は義兄が好きで、いつも長重の周りから離れようとはしない。

四男の長頼は「ういじんてどんなものなの?」と、舌が回らない声を出し皆を笑わせた。

夕食後の団欒が終わり、夜も更けてくると、長房は畿内にいる三人衆に書状を認め始め、夜具に入ったのは夜中を過ぎていた。

菊は夜具の中で、眠らずに起きていた。

「まだ眠っていなかったのか。わしに構わず眠っておればよいのに」

「武士の妻として、そうは参りませぬ」

凛とした声で応える菊は、本当に武士の妻らしくなってきていた。

その堂に入ったような落ちつきぶりに、子供を持つ女の強さを感じた。

「そなたは嫁いできてからもう何年になるのか」

長房は改めてまだ幼な顔が残る菊に問いかけた。

「十二歳でこの土地にやってきて、もう七年が経ちます」

「そうか。もうそんなになるのか」

菊は怪訝そうな顔をして、じっと長房を見詰めた。

はるばる河内から嫁いできた幼い嫁が、まだ母親の乳が恋しい子供のような表情をしているのを見て、長房はいじらしく思えたのだった。

(だがもう菊は五人の子供を持つ堂々とした母親になった。大病もさせず子供たちをしっかりと育ててくれ、子供たちも優しい母親の気質を受け、わしを大切に思っていてくれている)

長房は優しく菊に微笑む。

（もしわしが討ち死にしても、菊は子供たちを恥ずかしくないような立派な武士に育て上げてくれるだろう）

薄化粧をし、馥郁《ふくいく》とした匂いを放つ菊を、長房はまるで壊れ物を扱うように引き寄せた。

阿波から一万五千の大軍を乗せた大船団が淡路島を横目に見ながら兵庫の港に入港する。

長房はここで初めて世間に向かって長慶の喪を発表した。そして丸二年間塩漬けにされていた長慶の遺体を河内真観寺《しんかんじ》に改葬すると、一族の坊主頭から嗚咽が漏れてきた。

一万五千もの三好軍の畿内への上陸は、畿内に残った三人衆らの士気を奮い立たせた。

越水城《こしみずじょう》を奪い返した長房はここを拠点とし、足利義栄を富田庄《とみたのしょう》の普門寺《ふもんじ》へ移した。

三好勢は敵に奪われていた摂津から山城の城を次々と奪回すると上洛を遂げ、義栄を次期将軍にするよう朝廷に働きかける。

「この勢いを持って、松永めに支配されている大和をわが手に取り返し、長慶様が生きておられた頃の繁栄を再び摑もうではないか」

越水城に集まった三好三人衆の長老・三好長逸が大声で叫ぶ。
この時本丸に伝令が思わぬ噂を運んできた。
「高屋城にいた義継様が、突然夜中に城を抜け出し久秀の陣へ入られましたようで
…」
伝令の報せに、三好陣営に激震が走った。
「義継様は一体何が不満なのだ。一族が力を結集してこの危機を乗り切らねばならぬ
という大事な時なのに…」
降って湧いた悲報に、今まで気勢をあげていた長逸は急に肩を落とした。
「義継様を当主にしたのはやはり間違っていたのか…」
三好政勝の声も弱々しい。
「いや、そうではござらぬ。義継様は自分が次期将軍になりたかったのに、われらが
義栄様を立てているのが気に入らぬのでしょう」
長房は痛い程義継の気持ちがわかる。
「十河一存の子、義継様は、やはり父親譲りの荒々しい気性を引き継いでおる。こう
なることは防げなかったのかも知れぬぞ」
三好康長は激しかった一存の性格をよく知っていた。

「そうでござったなぁ」

三好家の当主が松永方へ走り、自分の計画が狂ってしまった長房は、一存が生きていた頃の苦い思いを今でもよく覚えている。

実休が生きて阿波の国主であった頃、長房はまだ若く孫四郎と呼ばれており、兵法者・小鹿野式部から奥義を授かり、三好家中随一といわれる遣い手だった。

しかし家中の者は内藤太郎兵衛から鹿島新当流《かしましんとう》の武芸を習っていた。

「実戦では鹿島新当流は役に立たぬ」という理由で、長房は式部流に固執していたのだ。

「新当流か式部流のどちらが実戦に強いか試してみたい。わが実弟・十河一存は新当流の腕達者だ。一度そちと立ち合ってみよ」

実休は長房に命じた。

十河家に養子で入った一存は、鬼十河と呼ばれる七尺近い大男で、畿内でも知られる一騎当千の猛将だ。

(当主の実弟だけにやりづらい相手だが、主人の命令とあればしかたがないわ)

しぶしぶ長房は一存と立ち合うことを了承した。

その日は汗ばむ陽気で、この立ち合いを一目見ようと、三好家の重臣たちは固唾《かたず》を飲んで勝負の成りゆきを見詰めている。

一存は大汗かきで、兜を被ると顔面から滴る汗が目に入るのを嫌い、前髪を抜き月代《さかやき》をわざと大きく広げた格好にしていた。これを「十河額」と人々は呼び、十河家家中の者は一存の武勇にあやかろうと皆真似をした。

じりじりと照りつける陽光の下で、一存はびっしりと大汗をかき、汗が顔面に溢れ出し目に入る。

正眼の構えの一存は長い木刀を揺らし、大声をあげて長房を威嚇して、相手の攻撃を誘う。

しかし二尺の短い木刀を握る長房は、まるで木石《ぼくせき》になったようにじっとして動かず、下段の構えを崩さない。

二人は睨み合い不動のまま相手の隙を窺っていたが、大汗をかき早く勝負の結着をつけようと焦った一存は、渾身の力を込めて木刀を振り降ろした。

その瞬間、見守る重臣たちの誰もが頭蓋を割られ、血まみれになって地面に倒れ込んでいる長房の姿を想像した。

彼らは激しく木刀がぶつかり合う音を耳にしたが、思わぬ試合の展開に驚いた。

一存の長い木刀は空高く舞い上がり、倒れて肩を押さえているのは一存の方だった。

　試合はあっけなく終わり、一礼して二人は分かれたが、執念深い一存はこのことに遺恨を持ち、二人の間には拭い難い確執が生じることになった。

　悔しさが収まらない一存は、長房の武芸の師である小鹿野式部を多くの家臣と共に闇討ちにしたのだ。

　それを知った長房は激怒した。

「いかに実休様の弟とは申せ、闇討ちとは卑怯千万だ。このままでは恩師が浮かばれず、放っておけば武士の一分が立ちませぬ。一存様の御命頂戴せずには我が心が癒えませぬ」

　強い長房の抗議に、彼を支持しようと五十人程の同志たちが上桜城に集まってきた。

　実休はこの思わぬ出来事に驚き、慌てて上桜城へ使者を送り必死に彼らを宥《なだ》めようとした。

　この実休の説得に、長房は不本意ながら応じざるを得なかった。

三

長房の活躍で、三好長慶の居城であった飯盛山城を取り返すことができたが、松永の支配する大和での合戦は一進一退を繰り返していた。

十月十日、松永勢は東大寺に陣取る三人衆に夜討ちをかけ、東大寺は炎上し大仏は焼け落ちてしまった。

畿内の人々はこの悪行に三好・松永を見放す態度をとる。

多聞院英俊《たもんいんえいしゅん》の日記には「猛火天に満ち、さながら雷電の如く一時に頓滅《とんめつ》し了《おわ》んぬ。釈迦像も湯にならせ給ひ了んぬ。言語道断、浅猿々々とも思慮に及ばざる所なり」とその驚きと怒りとが書き記されている。

「大仏を焼いた三好と松永」。戦いを続ける彼らに、畿内の人心は完全に離れ、民衆の心は翌年に上洛する信長に移ってしまった。

戦いの明け暮れが続く中、永禄十一年二月八日に、長房が三年をかけて苦心した「義栄十四代将軍」への骨折りが、日の目を見ることになり、義栄を担いで阿波から畿内にやってきた長房の念願がやっと叶ったのだ。

堺の津田宗及《つだそうきゅう》の大座敷は笑いの渦に包まれていた。

日頃渋い表情をしている長老の顔にも笑顔が浮かび、酒で顔を真っ赤に染めながらお互いに談笑している。

「これも長房殿が義栄様を次期将軍につけようと阿波から引っぱってきてくれたお蔭じゃ」

長逸は三好一族を代表して長房に礼を言う。普段盃に口をつけない長房も、今日ばかりは茹でた海老のような赤ら顔で、長老たちと言葉を交わす。

「長房殿は三好家の守護神じゃ」

三好康長が長房を持ち上げる。

大座敷に入り切れない者たちは、座敷から膳を庭へ移し、お互いの盃に酒を注いではそれを口へ運ぶ。

「今日程嬉しい日はござらぬ。これから三好家は新将軍と一体となって物事を進めることができよう」

口数の少ない長房も、今日は珍しく機嫌のよい長老相手に饒舌だ。

だがその年の九月、殺された義輝の弟・義昭を奉じ、大軍を率いた信長が上洛してくると様子は一変した。

義継と風見鶏のような松永は信長に降り、三好勢は怒濤のような信長の大軍に抗しきれず、京都から摂津まで追い払われてしまう。

そして摂津の要の芥川城まで信長に奪われてしまうと、長房ら三好勢は本拠地の阿波まで逃げなければならなかった。

それに追い打ちをかけるかのように、この年の十月、頼みの綱であった十四代将軍・義栄は病のため撫養において、僅か三十歳で没してしまい、長房の夢は完全に断たれてしまった。

勝瑞《しょうずい》城は代々細川家の居城である。

細川真之《さねゆき》は阿波の守護だが、今は形ばかりで実際は守護代の三好家が牛耳っている。

そもそも真之の父・細川持隆《もちたか》は細川家の家老・三好実休によって暗殺されてしまったからなのだ。

そればかりか、実休は主君の側室で細川真之の母である「大形殿《おおかたどの》」を自分の側室にしてしまい、二人の間には長治《ながはる》・存保《まさやす》という二人の男児まで生まれた。

そして実休亡き後、長治が阿波三好家の当主となり、次男・存保は讃岐の十河家へ養子に出された。

絶世の美人との評判の高い「大形殿」は三好家への影響を残そうと、長房の一族である篠原自遁《じとん》への接近を企てた。

実体という後盾を失った大形殿は、今度は三好家の家老の一族に近づこうとしたのだ。

この美人の接近は、家老の一族の長・長房を蹴落とし、自分が三好家の家老職を狙おうとする自遁の野望をくすぐった。

多くの密会を重ねた自遁と大形殿との醜聞は、狭い土地なので阿波中に広がってしまったのだ。

勝瑞城に行く途中、長房は自遁が居城にしている木津《きづ》城に立ち寄ると、自遁はちょうど城中にいた。

長房の顔を見ると、「大軍の信長軍に歯が立たず、慌てて逃げ帰ったらしいな」と自遁は皮肉った。

自分なら信長の上洛を拒めたという自信が込もった態度だ。

「今は時期が悪い。次の機会を待つつもりだ」

長房が三好家の家老を務めていることを、前々から苦々しく思っている自遁は、これを聞くと冷笑した。

長房は自遁を睨みつける。

「お前と大形殿との悪い噂が流れているぞ。身に覚えがあるのか？」

長房は探りを入れる。

「三好家を揺さぶろうと、多分信長あたりが広げた噂だろう」

自遁はうそぶいた。

「これから三好家は身内を固め、一丸となって織田との戦さに備えねばならぬ大切な時だ。そんな時に変な噂が流れては士気にかかわる。隙を見せてはならぬ時期だ。よいな」

長房は念を押す。

「わかった。これからは身の周りには注意を払うことにしよう」

(昔から自遁は平気で嘘をついたものだ)

自遁は幼い頃からよく嘘をついた。それも巧妙で、彼の父親さえもころりと騙された。嘘がばれると上手く言い訳をした。一族の者などは、この言い訳をすぐに信じてしまった。

とにかく平気で嘘をつく少年だったが、長房は自遁の癖を見抜いた。

言い訳をするとき、まっすぐ目を見据えて喋らず、下から窺うような目つきで相手の反応を観察しようとした。

その癖は今も直っていないようだ。

いくら問い詰めても大形殿のことを正直に白状しないことを知っている長房は釘を差しただけで、大形殿への報告のために勝瑞城へ向かう。

大形殿は勝瑞城の西端にある館内に住んでいる。館の周辺には三好家の家臣たちの屋敷が集まっており、多くの建物と渡り廊下で繋がっている瀟洒《しょうしゃ》な館が大形殿の住処だ。

声をかけると衣擦れの音がしたかと思うと、数人の侍女を従えて大形殿が姿を現した。

長男・真之の歳からして、もう三十歳は優に超していると思われるが、その顔は若い女のようにつやつやとしており、皺一つない。二十歳といっても十分に通用するぐらいだ。

「畿内を信長に奪われたと申すではないか」

「それがしが至らぬために、大形殿にご迷惑をおかけして申し訳ござりませぬ。今は信長の勢いが収まるまでしばらく様子窺いの時期だと思います。これから必ずや反信長の動きが生じ、その時を捉えてわれらは動くつもりでござる。それまではお待ち下さるように…」

頷いた大形殿は、じっと長房を見詰めていたがやがて微笑した。

それは男心を溶かしてしまいそうな微笑だった。

小袖を重ねた身体からは何とも言えない甘い匂いが伝わってきて、微笑を浮かべた顔には男を魅了する色香が滲む。

(この色香に自遁は負けたのか)

堅物の長房ですらこの女が放つ魅力には抗し難い。

「久しぶりの再会じゃ。一献傾けようではないか」

頬を赤く染めた大形殿は、昼間から酒を飲んでいるらしい。

「いえ、報告に立ち寄っただけでござる。これからすぐに上桜城へ戻らねばなりませぬ。酒はご遠慮申しましょう」

「お前も相変わらず堅い男だのう」

笑う様子もなまめかしい。

(酒が入ればわしでも大形殿の魅力に負けてしまいそうだ。実休様はこの女を手に入れるために主人の細川持隆様を殺したのも頷ける。だが本当にそれだけなのか。衰える細川家に見切りをつけ、大形殿が実力のある三好家に乗り換えようと、夫の持隆様を実休様に討たせようと仕組んだのではないのか？)

長房は大形殿の本心を知ろうとするが、したたかな彼女は一切本音を見せない。

「それではそれがしはこれで失礼いたす」

「まだよいではないか。暗くなるまで時間はたっぷりとある。少し京都の話でもしてゆかぬか……」

大形殿は長房を離そうとはしない。

「いえ、長い間留守で城を空けておりますので、城内の様子が気にかかります。それに妻や子どもたちとも久しく会っておりませぬので、彼らもそれがしの帰りを待ち侘びておりましょう」

これを聞くと、大形殿の笑顔は急に歪んだ。

「相変わらず真面目そのものじゃ」

再び引き止められないよう、慌てて大形殿の館を出ると、長房はほっとため息を吐いた。

「大形殿の館に長居すると、まるで蜘蛛の糸に引っかかった蠅のような気分になるわ」

小声で呟いた長房は、今まで駆けていた吉野川沿いの土手道に馬を止めて、後ろを振り返った。

平野を流れる吉野川の南側に、低山だが細長く眉山《びざん》が聳《そび》えている。尾根が八キロと長く続く眉山は、阿波平野の中央に盛り上がったそう高くない山塊だ。

遠方から眉山を眺めると、太く分厚い男らしい眉に映り、近づくにつれて糸を張った女の眉のように細く横に広がって見える。

長房が見慣れた景色を眺めていると、後ろから声が響く。

「殿、前方から信長の刺客がやってきますぞ。用心して下され」

声がした方向を見ると誰もいないが、確かに山猿の声だ。

その時、道の向こうから二頭の馬がこちらに駆けてくるのが見えた。裸馬なのか乗り手はいない。

擦れ違う所までくると、黒装束の男が急に馬の腹から姿を現し、抜き放った刀がきらりと光る。

長房の手が腰に触れた瞬間、相手は胸を斬られて絶叫をあげ落馬した。

同時にもう一人が繰り出す槍を余裕を持って躱した長房は、擦れ違いざま刀で斬りつける。

「ギャー」と叫びながら、敵は馬から転げ落ちた。

二人はぴくりとも動かない。

「さすがは阿波随一の剣豪ですな」

姿を現わした山猿は、倒れた二人の鼻に手を当てて死んでいることを確かめた。

「長房様が三好家の要だと見ている信長は、刺客を送って参りましたようで。今後とも用心を怠りなく…」

山猿の姿はもう消えていた。

年号が元亀と変わっても信長の勢いは衰えず、苦慮した長房は石山本願寺と同盟することを考えついた。

妻の実家が蓮如の一族に当たるのだ。

この時期、信長は朝倉・浅井氏相手に苦戦していたので、この策は功を奏した。信長は朝倉・浅井に加えて、本願寺の一向宗徒とも戦わなければならなくなったからだ。

その隙に三好康長が四国勢を率いて渡海し、摂津の中島に布陣すると、今度は三好三人衆が摂津・河内に進出した。

三好勢が野田・福島の砦に籠もり信長と対峙するようになると、信長は畿内の一向一揆衆の嵐に手を焼き始めた。

その上「甲斐の武田信玄が上洛する」という噂が広がり始め、実際に信玄が西上を開始すると、以前から不仲と疑われていた足利義昭《よしあき》が反信長の旗頭になった。

するとと松永らも三好陣営に戻ってきた。

しかし天正元年二月、反信長陣営で最大勢力を誇る信玄が病没すると、再び信長の動きは活発になり始めた。

各個撃破に戦法を変えた信長は、まず朝倉を亡ぼすと次は浅井、そして反信長網の中心である足利義昭を屈伏させ室町幕府を崩してしまった。

将軍殺しの悪名を避けたい信長は、義昭を妹婿である河内若江《わかえ》城の義継のところへ追放した。

「これで粗方片付いたわ。今度は三好家だ。要である長房を殺そう」

畿内の大掃除をした信長は、自分の手を汚さず、内部から三好家を壊してやろうとしたのだ。

そこで長房の一族・篠原自遁と大形殿との醜聞を利用しようと考えた信長は、自遁が長房を憎んでいることを知っていた。

信長の思惑通りことは進んだ。

自遁は長治にわざと長房の讒言《ざんげん》を流し、大形殿は息子・細川真之を説得して長房を討とうとした。

長房はすでに上桜城に隠居していた。

上桜城は吉野川の南にある上桜山の山頂に築かれた山城で、標高は百四十二メートルある堅城だ。

山々に囲まれた上桜山は峰が高く、また山は険しく、城までの山道は細いので容易には登ってゆけない。

その上、本城の尾根沿いの砦は、攻めてくる敵から本城を守るため、本城と砦の間には深い竪堀《たてぼり》が走っている。

様々な工夫が凝らされた城の上に戦さ上手の長房が相手とあっては、敵の大軍は力攻めができず山麓を取り巻いて様子を窺っているだけだ。

長房の三好家への忠義心をよく知る者たちは、長治の命令でしかたなく戦いに参加しているだけで、旌旗《せいき》が山麓に翻《ひるがえ》っているが、まったく戦意が感じられない。

長房が三好家内で人気があることを知っている長治は自ら先頭には立たず、総大将に弟の十河存保を指名し、攻め手はほとんどが十河家や讃岐の国衆たちだけで、多くの鉄砲集団の雑賀《さいが》衆の姿も混じっている。

「敵の大軍が吉野川を遡ってくるぞ」

見張りの者の大声が響く。

「一万は下らぬようだ」

山桜城に籠もる約一千の兵たちは、今まで一緒に戦ってきた仲間たちがこの城を取り巻いていることにどうしても納得がいかない。

「うちの殿様が一体何をしたというのだ。長慶様亡き後、殿様がいたからこそ、ここまで三好家はやってこれたのだ。それを長治様は自遁ごとき者の口車に乗って…」

城兵たちは清廉潔白な長房の心をよく知っている。

「自遁めは殿様に代わって三好家を牛耳りたいのだろうが、同じ篠原一族とはいえ、自遁はうちの殿様とは大違いだ。やつは欲と保身の塊じゃ」

籠城兵たちは自分たちが三好本家に攻められていることに不満をぶつけ合う。

「殿、赤沢《あかざわ》様が板西《ばんざい》城から応援に駆けつけられましたぞ」

長房の軍師である薬師は、小柄だが、その大きな頭には知恵が一杯詰まっている。

長慶亡き阿波三好家を引き締めるために、長房と相談して「新加制式《しんかせいしき》」という軍制を制定し、彼の勧めで長房は、まだ幼い娘を讃岐の有力武将として名高い雨瀧《あめたき》城主・安富盛定《やすとみもりさだ》に嫁がせた。

ドンドンと廊下を踏みつける荒々しい足音が近づいてきたかと思うと、赤沢宗伝《そうでん》の赤ら顔が本丸に現れた。

「水臭いではないか。お主とわしの仲じゃ。知らせてさえくれれば、飛んできたものを…」

宗伝は長房と無二の親友だ。

例の十河一存が長房の剣の師・小鹿野式部を闇討ちにした折、「一存の命を取る」と長房は激怒した。

騒ぎを聞きつけた同志約五十人が上桜城に集まった時、宗伝はいち早く駆けつけた一人だったのだ。

「あの馬鹿な長治様のやり口には、多くの国衆たちも辟易しておる。われらが決起すれば国衆たちも立ち上がろう。重臣の一人、一宮成助《いちのみやなりすけ》らも動こうし、お主の娘婿・安富が敵の背後から襲えば、われらの勝利は目に見えておるではないか」

老境に差しかかってはいるが、宗伝の荒い鼻息は若い者にも劣らない。

「お主は長慶様の今際《いまわ》の際《きわ》に申された、わしへの遺言を今でも覚えているか？」

「おう、しっかりとこの耳に残っておるわ。長慶様はお主に三好家の一切の舵取りを任されたのだ」

二人はその時室内に漂った重い雰囲気を思い出したのか、急に黙り込んでしまった。

「そうじゃ。わしに三好家の行き末を託されたのじゃ」

信長の誘いに乗った長治の軽々しさを胸中から振り外そうとして、長房は改めて長慶の偉大さを思い起こした。

「もしもわしが立ち上がり、阿波・讃岐の国衆たちに檄を飛ばせば、かなりの兵が集まるだろう」

「そうじゃ。何故そうせぬのか？」

「そうなれば阿波を二分する戦さとなろう。得をするのは裏で糸を引いている信長だけじゃ。阿波がそんなことになるのを長慶様は望まれぬだろう」

「その通りでござる。この戦さの仕かけ人は信長です。やつの狙いは三好家を壊すこと。そのために欲しいのは長房様の首なのです」

脇から長房の懐刀の薬師が口を挟む。

「お主が長治様に代わって三好家を引っ張ればよいではないか」

「そういう訳には参らぬ。長治様の目を醒ますためにできるのは、ここでわしが意地を張り通すことぐらいじゃ」

長房は寂しそうに微笑んだ。

「お主はこの戦さで死ぬつもりなのか？」

「日本一の負け試合を見せてやろうと思っておるのよ」

「三好家をここまで支えてきたお前がこんな馬鹿げた戦さで、どうして命を落とさねばならぬのか…」

宗伝は悔しそうに口唇を噛んだ。

「わしもその負け試合に加えて欲しい」

宗伝は仲間を見殺しにはできない。

喘ぐように訴えた。

「宗伝よ。お主は高野山に籠もってわしの戦いぶりをよく見ておいてくれ」

「何故わしがそんなことをしなければならぬのか？」

「遅かれ早かれもう四～五年もすれば信長か、土佐の長宗我部元親《ちょうそかべもとちか》が三好家を滅ぼそうと攻め寄せてくる。その時はこの阿波で一大決戦が始まるだろう。お主が死に花を咲かせる時はその時じゃ。それまでお主の命は大事に取っておけ」

「……」

薬師の他に、城代の竹田一太夫それに一族の竹田三河守、そして長房の息子・長重、庄野《しょうの》和泉守、柿原源吾らが二人の話に耳を傾けていた。

彼らは今やっと、何故長房が味方に檄を飛ばし兵を募らないのか、合点がいった。

「宗伝よ、わしの思いをわかってくれたか」

「……」

長房は腰から大切にしている脇差を抜き、それを不満そうに黙り込んでいる宗伝に手渡した。

「これは長慶様から直々に賜ったものだ。わしの形見じゃ。わしと思ってこれを受け取ってくれ」

「……」

しぶしぶ宗伝が城を立ち去ると、「今の内じゃ。戦いが始まってからでは遅い」と、長房は妻子を城から落とそうとした。

「庄野殿は弟の嫡子・鶴石丸を、鴨野大夫はわしの妻子をお願いしたい」

長房と死ぬ時は一緒だと思っていた二人はその役目を一旦断ったが、こんこんと長房に説かれしぶしぶ命令に従おうとした。

「わかり申した。大切な役目、しかと果たしまする」

二人が本丸から出てゆこうとすると、その時髪を振り乱して菊が本丸へ駆け込んできた。

「わらわはこの城を去りたくありませぬ。殿と一緒にこの城の最期を見届けたい」

目に一杯涙をため、菊は長房の袖に縋《すが》りついた。

「お前はこのわしによく尽くしてくれた。有難いことだと思っている」

長房は長年かけてきた苦労を労るように優しく妻を見詰めた。

「辛いだろうが、子供たちのためを思って黙って城から立ち去ってほしい。この城で一家全員一緒に死にたいだろうが、子供たちを無事に育て上げることがお前の役目だ。お前たちのことは一向宗徒である雑賀衆の頭目の湊刑部太夫によく頼んでおいたので心配は要らぬ。彼らは一向宗徒の血筋に当たるお前の実家まで、無事に届けてくれよう」

「……」

どうしても納得がいかない様子だったが、菊は鴨野大夫に急かされると幼い子供たちを連れて、何度も城の方を振り返りながら立ち去っていった。

無言でしばらく肩を落として遠ざかる彼女ら一行の姿を眺めていたが、これで思い残すことが失くなったような顔つきで、長房は本丸に集っている家臣たちを前にして、今後の戦さについて話し始めた。

「われらが籠城してから早一ヶ月が経つ。すでに兵糧が乏しくなってきた。わしの考えを申す前に一つ断っておく。生き長らえたい者は遠慮なくこの城から落ちよ。わしへの義理立ては不要じゃ。生きて来たるべき三好家の危機に役立って貰いたい」

だが本丸は静まり返り、誰一人席を立とうとする者はおらず、むしろ闘志を秘めた目で長房の次の言葉を待っている。

「有難いことじゃ。わしを思う皆の気持ちはよくわかった」

長房は目を潤ませた。

「それではわしの考えを漏らそう。このまま籠もっていても餓死するのを待つばかりだ。そこで討って出ることにする。あわよくば十河存保の首が取れるかも知れぬ」

長房は微笑むと、白い歯がこぼれる。

「われらも殿がいつそれを申されるか、一日千秋の思いで待っておりましたのじゃ」

破顔した竹田一太夫は大声をあげた。

「この戦いは義戦として後世まで伝わりましょうな」

竹田三河守はこの戦いで華やかな死に花を咲かせることに喜びを隠せないようだ。

「腕が鳴るぞ。わしの弓矢の腕前を十河存保めに十分に披露してやれるわ」

柿原源吾はぴんと張った弓の弦《つる》を軽く弾く。

「敵が本陣としている大日寺では、七月十三日から十六日の四日間、施餓鬼《せがき》供養が行われる。その際酒が振る舞われ、敵兵たちの気が緩んでいる筈だ」

長房がそう言うと、皆は若い頃大日寺の境内で、酒に酔って醜態を晒したことを思い出した。

「そこが狙い目ですな」

才槌頭《さいづちあたま》の薬師は白い歯を見せ、にやりと笑う。

「大日寺には正門と裏門とがある。東の正門はわしが受け持とう。西の裏門は長重が指揮せよ」

十八歳となった長重の顔は、西門の大将に指名されると緊張で引き締まった。

「お前の畿内での戦さぶりを見ておったが、まるで若い頃のわしそっくりだ。精一杯励んで後世に名を残せ」

父に褒められた長重は照れて顔を赤らめた。

「近々出撃する。それまでに武器の手入れを怠るなよ」

本丸に集まった一同からは「おうッ」という叫び声が本丸の空気を揺るがせた。

十三日に盂蘭盆会《うらぼんえ》が始まったが、城は静まり返っている。

十五日の夜、長房が煌々と輝く山麓に灯る大日寺の明かりを眺めていると、音もなく山猿が姿を現した。

「大軍に気を良くしている敵は、大日寺の境内で酒盛りを始めておりますぞ。城を取り囲んでいる者たちにも酒が振る舞われ、そろそろ出立にはよい頃かと……」

山猿は出陣の時を探っていたのだ。

「有難い。千載一遇の好機だ。よく知らせてくれた。礼を申す」

山猿の姿はもう消えていた。

十六日未明、山は濃い霧に包まれている。

「天までわれらに味方してくれておるわ」

長房はこれまで共に戦場を駆け回っていた愛馬・楓林に跨がる。

一方緋縅《ひおどし》の鎧姿の長重は、初陣の折父から貰った愛馬・連の騌《たてがみ》を優しく撫でている。

「よし、手筈通り山を降りる。目指すは本陣にいる十河存保の首一つだ。奮戦せよ！」

六百の兵を率いた長房は東門へ。西門へ向かう長重には五百の兵が従う。

後ろを振り返ると赤々と上桜城が燃えている。出陣と共に城に火が放たれ、戻ることができない、まさに背水の陣だった。

霧が晴れてきたのは、ちょうど赤い大きな大日寺の鳥居が見えてきた頃だった。

寺院の高い塀が上手く長房隊の姿を隠してくれた。

敵はまさか長房が出撃してくるとは予想だにしておらず、盂蘭盆会の深酒に酔って眠り込んでいて、境内に響く夥《おびただ》しい馬蹄《ばてい》の音で目が醒めた。

「敵襲だ」

本堂で眠っていた存保は、思わぬ奇襲に飛び起き、慌てて武具を探す。

境内には至る所で、怒号、太鼓の音、刀が触れ合う音や鉄砲音が満ち溢れている。

「慌てるな。味方は一万もの大軍じゃ。敵はせいぜい千名もおらぬ」

存保が叫ぶ。

東門からの長房の兵と西門から侵入した長重の兵たちは、広い境内で合流し、懸命に本陣に潜んでいる存保の姿を探していた。

「本堂を探せ。存保は必ず本堂にいる筈だ」

本堂には十河家の家紋・檜扇《ひおうぎ》の幔幕《まんまく》が張られている。

だが山麓に散っていた敵兵が、大日寺での騒ぎを聞きつけて駆け戻ってくる。

(早く存保の首を取らねば…)

長房は焦るが、何しろ境内に溢れている敵兵が、存保を守ろうと本堂に詰めかけてくるので、なかなか本堂には近づけない。

ちょうどその頃、長重は運よく本堂の中へ入り込んでいた。

きらびやかな武具に身を包んだ若い男が、床几《しょうぎ》に腰を降ろし、家臣たちに取り巻かれている。

（存保だ。ついにやつを見つけたぞ！）

さらに近づいた長重ははっきりと存保の青ざめた顔を見た。

「それがしは篠原長房の嫡男・長重と申す。十河存保殿と拝見した。その首頂戴致す」

驚いた存保は、大声をあげた長重の方へ振り返った。

まさか敵が本堂の中まで攻め寄せてこようとは思っていなかったようだ。

（このくだらないやつが敵の総大将か。こんな兄弟を父は補佐してきたのか）

怒ったような顔で、長重はじっと存保を見詰めた。

（育てて貰い、補佐してくれた恩を忘れて、父の首を奪おうとする馬鹿者めが。三好家に尽くした挙句、父はこんなやつのために悪名を背負い続けねばならぬのか…）

長重はだんだんと腹が立ってきた。

長房と同じく式部流を習っている長重が気負わずに刀を振り下ろすと、立ち塞がる二〜三人の者たちは床に倒れ込んでいた。

それを見ると、存保は怯えたような顔になり、本堂の奥へ逃げ込もうとした。

逃げる存保を、長重は懸命に追いかけ、今や存保の命は長重の手中にあるように思われた。

その時、長重の背後から大声がした。

「存保殿、助太刀致す」

境内から本堂へ駆けてきたのは若い男だった。男は讃岐の香西《こうざい》家の家臣・植松《うえまつ》帯刀と名乗った。

長重が立ち止まった隙に、集まってきた多くの側近が存保を安全な離れへと連れ去ってゆく。

「残念だ。もう一歩で存保の首を取れたのに…」

存保を討ち果たす機会は永遠に去ってしまったのだ。

そんな長重の嘆きを知ると、植松は気の毒そうな表情をした。

「それがしは篠原長重と申す。首を討ち取って手柄とせよ」

血に染まった刀を、長重は投げ棄てた。

境内に響いていた怒号や鉄砲音は次第に収まり、昼頃にはまったく聞こえなくなってしまった。

戦闘が終わると、約三千もの敵・味方の死体が幾重にも折り重なるように横たわり、大日寺の境内を埋め尽くしていた。

四

天正三年になると、土佐長岡郡の岡豊《おこう》城を居城とする長宗我部元親が土佐国を制した。

元親が若い頃は「姫若子《ひめわこ》」とその美貌を謳われていたが、土佐を平定する頃になると、その辣腕《らつわん》ぶりから「鬼若子《おにわこ》」と周辺からは恐れられるようになった。

天正三年の八月、彼の弟・親益《ちかます》が摂津の有馬へ湯治にゆこうと阿波の海部《かいふ》で船を待っていたところを、阿波の国衆に襲われて殺されてしまった。

激怒した元親は、香宗我部《こうそかべ》家へ養子に出している弟・親泰《ちかやす》に命じて海部城を攻めて奪ってしまった。

天正五年になると、三好家の束縛の手を逃れ、細川真之が勝瑞城を脱出する。

彼を殺そうと追撃した三好長治だったが、逆に彼の治世を喜ばない国衆によって長治は殺されてしまった。

そのため阿波三好家はここに亡んでしまったのだ。

阿波三好家の当主が没すると、阿波国内には混乱が生じ、その隙に元親が阿波に侵入することを警戒した信長は、自分に従っている三好康長を阿波へやった。

河内から阿波入りした康長は、反乱を鎮めようとし、三好の有力国衆の一宮城の一宮成助《いちのみやなりすけ》、牛岐《うしき》城を守る新開道善《しんがいどうぜん》を降すと、勝瑞城に入城した。

しばらく当地で阿波を治めていたが、天正十年六月、本能寺で信長が光秀に殺されると、虎の威を失った康長は、危険を察して慌てて河内へ逃げ返ってしまった。

これまで信長の出方を窺い、本格的な阿波侵攻を控えていた元親は、これで安心して阿波を攻めることができるようになった。

信親《のぶちか》は元親の嫡男で十七歳と若さいっぱいの年頃だ。

「もし信長が殺される前にこのことを知っていたら、それがしが康長めを討ち取っていたものを。一宮城・牛岐城は三好の本城・勝瑞城の南にある目障りな城だ。それがしが先に行って三好の手から取り戻しておきましょうぞ」

若い信親は逸《はや》り、なかなか腰を上げない父親をせっついた。

この時元親は病で岡豊城で伏せっていたのだ。

「わしはもう少し養生が必要で、まだしばらく出陣は無理じゃ。病が平癒《へいゆ》すればすぐにも発とう。しばらく待て」

五十歳を越え、さすがに若い頃「姫若子」と呼ばれた元親も寄る年波には勝てない。

　顔には皺が深く刻まれ、髪にも白いものが混じっている。

　ただ声だけは相変わらず当時のままで、戦場での大声はどこにいても聞き取れたが、若い信親には寝床から響く父親の声が弱々しく思われた。

　元親の慎重な今の態度がどうしても弱気と映るのだ。

「病が父上の心までも気弱くさせております。敵に城を取られて放置しておけば、味方の士気にも障りましょう。先んずれば人を制すと申しますぞ」

　信親は父の返事も待たず手回りの兵を率いると、叔父・親泰が布陣する阿波南部の海部城へ発ってしまった。

　これを知った元親は激怒した。

「若気の至りとは申せ、これは軽率な振る舞いじゃ。まだ若い信親はわしが苦労して土佐を平定したことを知らず、軽い気持ちで阿波を統一できると思っているのだろう。心逸る時は怠り、怠れば必ず敗れる。よって戦場へ行く時はいつも初陣の心得で臨まねばならぬ。康長が河内へ逃亡すれば、讃岐にいる十河存保が勝瑞城へ入るだろう。やつは二十八歳とまだ若いが、近隣に名を知られた血気盛んな男で、なかなか侮り難いぞ。何の思慮もなく戦う相手ではない。病が癒え次第出陣する。戦さの指揮はわしが執る。早く信親を呼び戻せ！」

元親は使者を海部へ走らせた。

「父は怒ると息苦しくなり養生の障りになるかも知れぬわ」

親孝行な信親は、元親の言いつけに背かず、率直に岡豊城へ戻ってきた。

天正十年八月に入ると、元親の予想通り、十河存保が勝瑞城へ入った。

元親の病は癒え、家臣たちに阿波勝瑞城攻めの触れを出した。

元親は軍議のため、上級家臣である城持衆の家老と一領具足《いちりょうぐそく》と呼ばれる下級衆とを本丸に集めた。

「勝瑞城を奪おうと思うが、何でもよい、存念《ぞんねん》を申せ」

病み上がりと思えない元親の大きな地声が、本丸に響く。

「阿波はまだ三好の勢力が強く時期尚早と存ず」

慎重すぎる陣羽織姿の家老たちの意見に、信親は眉を寄せる。

一方百姓と変わらない形《なり》をした一領具足衆は「ゆるがせにすると阿波はもちろん、この土佐も三好のやつらに奪われかねませぬ。河内半国を知行《ちぎょう》する三好康長は秀吉の甥・秀次《ひでつぐ》を養子にしている。下手をすれば秀吉の加勢を得て三好康長が渡海してくるかも知れませせぬ。早く勝瑞城を奪い取るべきでござる」と出陣を主張する。

元親は大きく頷いた。この積極的な意見を元親は聞きたかったのだ。

軍議は出陣と決し、二万三千の兵たちは戦勝祈願のため一宮高賀茂社（土佐神社）に向かって行軍していると、やがて前方に真っ赤な大鳥居が見えてきた。

神殿に近づきしばらく頭を床に押しつけていた元親は、「あっ！」と言って立ち上がった。

何事かと驚いた家臣たちが主人の姿を眺めていると、元親は雷に打たれたかのように呆然とした表情で涙を流している。

「今さっきお前たちも高貴な人のお言葉を聞いたか？」

何もわからない家臣たちはお互いの顔を見合わすばかりだ。

「お前たちは今の奇瑞《きずい》を見ていなかったのか？」

「……」

「わしが勝瑞城を落とし、四国の平定を祈願していると、衣冠《いかん》を正した高貴な着物を身につけた人が目の前に現われ、『お前は父親の志を継ぎ、長宗我部家を興そうとしている。阿波など問題ではない。今年か来年には四国はお前の手によって平定ができよう』と申されたのじゃ。そう申されるとその高貴なお方はまるで煙のように消えてしまわれたのじゃ。お前たちは本当にそのお方の姿や声を聞かなかったのか？」

「いえ、しかしこれで殿が四国の覇者となるのは必定。われらも心を込めて励みまする」

思わぬ兵たちの反応に、元親はにやりと白い歯をこぼす。

元親が卯の花縅《おどし》の鎧一領《いちりょう》・黄金作りの太刀一振りを宝殿に奉納すると、家臣たちは競って弓矢や太刀を献上したので、奉納物が宝殿の中に塚のように積み上げられてしまった。

兵たちの士気は元親の予想通り大いに上がった。

彼らは土佐と阿波の国境の甲浦《かんのうら》・宍喰《ししくい》を抜けて六十里に及ぶ海岸沿いの南海道を行軍する。

那賀《なか》川・勝浦川を渡河すると、やがて前方に勝瑞城の南に位置する一宮城・夷山《えびすやま》城が見えてきた。

「勝瑞城を落とせば、恩賞は思いのままじゃ」

元親は百姓のような形をした一領具足を含め、集まった兵たちを鼓舞する。

大軍の土佐兵を見て敵わないと観念した桑野城の東条実光《さねみつ》を始め、一宮城主・一宮成助、牛岐城主・新開道善は、開城して元親に従うことを約束した。

「殿、やつらを血祭りにしてやりましょう。味方の士気を大いに盛り上げてから勝瑞城を攻めるべきでござる」

家臣たちは戦さの成り行き次第では、彼らが裏切ることを心配した。

「いや、その必要はない。今は少しでも兵力が欲しい時じゃ。勝瑞城兵は五千と少ないが、精兵揃いらしいからのう」

元親は家臣たちの不満に取りあわない。

その内吉野川が見えるところまで進んでくると、元親は敵を威嚇するために南岸の民家を焼かせた。

めらめらと赤い舌を出して燃え上がる炎は水面を赤々と染め、黒煙は対岸に届くまで立ち昇った。

吉野川の対岸までくると、元親は隊を三つに分けた。

「川の下流は親泰が布陣せよ。川幅の狭い上流は主力で、指揮は信親と叔父上（親《ちか》吉《よし》）に任せる。中央にはわしが本陣を構える」

元親は対岸にいて土佐勢の働きぶりを眺めるつもりだ。

（土佐を統一し、わしが四国征服を企てた時、あの信長はわしが覇者になることを許そうとはしなかった。今こそ勝瑞城を落として、その夢を叶える時がきたのだ）

かつて信長が元親のことを「鳥無き島の蝙蝠」と、田舎者を馬鹿にしたことを思い出していた。

（その田舎者たるわしが天下の三好家の居城を落とそうとしているのだ）

元親の心の中には何とも言えない爽快な感動が蘇ってきた。

一方三好勢は内乱続きで思った程兵が集まらなかったが、総勢五千の兵で勝瑞城に籠もっていた。

勝瑞城は細川家と三好家との居城で、蛇行する吉野川によって出来た中洲台地上に築かれた城だ。中洲は南北が約一・五キロそして東西約二キロメートルに広がる巨大なものである。

その城の北には川幅が広い吉野川が流れていて、港としての役割を果たしている。

中洲の南を流れる吉野川沿いには、東西に走る二本の千間堀《せんげん》と呼ばれる幅広い堀が作られ、南からの外敵に備えている。

中洲の東北の端に勝瑞城があり、城の西南に城下町が広がっている。

吉野川の西側から南にかけては特に中富川と呼ばれ、比較的川幅の狭いところだ。

西南から攻めてくる敵を予想して、敵の侵入を防ぐため、多くの砦が西を向いて築かれ、その中でも大手門に当たる矢上《やがみ》城は最も守りの固い砦だ。

勝瑞城を死守しようと、十河存保は三好家でも豪将として名高い矢野伯耆守《ほうきのかみ》とその嫡子・備後守《びんごのかみ》に、二千の兵をつけて矢上城に布陣させた。

　矢野父子は土佐勢が中富川を渡河しようものなら、渡る途中で討ち取ってやろうと、中富川より約六百メートル程退いて、虎視眈々と敵の来襲を待ち構えていた。

　味方を鼓舞するため、勝瑞城から矢上城まで十河存保がやってくると、対岸の敵の大軍に気を呑まれていた矢野伯耆守が率いる兵たちは、出張ってきた大将の顔を見て大いに士気が上がった。

「戦さは日を背に負って戦う方が有利です」と持論を説く土佐勢の軍師・等覚の意見で、八月二十八日の正午、土佐勢が中富川を渡河しようと川に飛び込んだ時から中富川合戦が始まった。

　川の上流と下流から約一万四千もの土佐兵が法螺貝や太鼓の音と共に、大きな鯨波《げいは》をあげて一斉に川を渡り始めた。

　対岸にいる三好勢は弓矢や鉄砲を握って、固唾を呑んで見ている。

　土佐勢は水しぶきをあげながら次々と渡河してくる。

　弓に矢を番《つが》え、火縄銃に点火した二千の三好勢たちは一列に並んで、今か今かと矢野が手をあげるのを待つ。

　渡河を始めた土佐兵の腰に水が届くところまで進んできた時、やっと矢野の手があがった。

矢が放たれ、鉄砲の轟音が響き、垂れ込めた硝煙の幕が晴れると、三十人程の土佐兵たちが川の中で倒れ血まみれになってもがいていた。

一瞬たじろいだように映ったが、やがて彼らは必死の形相でこちらへ迫ってくる。

第二・第三弾と鉄砲音が響く毎に、土佐兵は数を減らす。

それでも百姓のような格好をした一領具足の土佐兵たちはもちろん、若い者から六十近い年齢の者たちは一心不乱にこちらに近づいてくる。

しかし度重なる鉄砲の一斉射撃で土佐兵の怯む姿を目にすると、親泰は態勢を整えようと味方の先頭に立って指揮し始めた。

一方弓矢や鉄砲では土佐兵の渡河を阻み切れないと判断した矢野は、馬に跨ると中富川へ飛び込んだ。

川の中は敵・味方の兵で入り乱れ、刀や槍のぶつかる音が響く。

「退くな、者ども！　三好勢に討ちかかれ！」

親泰は馬に乗って水しぶきを上げながら槍を振り回す。

そして敵の大声に振り返るとそこにいる矢野に気づいた。

「名のある大将とお見受けした。いざ勝負！」

大声で喚く矢野の槍の腕前は三好家随一だ。

目にも留まらない速さで繰り出す矢野の槍捌きに、「あッ」と叫んだ親泰の膝から血が滴り落ちる。

「なにくそ！」

親泰の剛腕は土佐勢の中でも有名である。

すかさず十字槍で力一杯矢野の胴を突くと、さすがの豪将も親泰の怪力には敵わず、水音を響かせて中富川に落馬した。

親泰の雑兵たちが「それ、兜首《かぶとくび》を取れ！」と叫びながら集まってくる。

見る見る内に群がった雑兵のため、矢野の首は掻き取られてしまった。

一旦土佐兵に上陸を許してしまった三好勢は、矢野備後守の指揮でじりじりと後退を続け、やがてあらかじめ築いておいた土塁まで退いた。

土塁に籠もって弓矢・鉄砲を浴びせるが、大軍の土佐勢の勢いを止めることはできず、三好勢は矢上城まで撤退した。

勝瑞城で戦況を眺めていた存保は、防戦一方の戦況にじっと我慢しておれず、味方の兵を鼓舞しようと矢上城に駆け込んだ。

そして味方の先頭に立って、向かってくる土佐勢に切り込もうとした。

「待たれよ。大将は味方が最後の一騎となるまで命を全うして指揮すべきですぞ。みだりに早まったことをされるべきではござらぬ。ここは一旦、勝瑞城まで退かれよ」

駆け出す存保の後を追ってきた矢野備後守は、馬上から大声で叫ぶ。

興奮が醒めてくると、存保は矢野の説得に応じてしぶしぶ勝瑞城へ戻る。

やがて矢上城が落ちると、城兵たちは必死で城から脱出し、勝瑞城まで逃げてきた。

上陸を終えた土佐兵は孤立した勝瑞城を取り巻き、夕闇が迫ってくると、城兵が出撃できないように櫓《やぐら》や柵を作り始めた。

それが完成すると、城の周囲に篝火《かがりび》を焚いて警戒に当たった。

蟻が這い出る隙もないように、煌々と照らす篝火の群れが城を取り囲む。

その明かりを目にすると、存保はだんだんと自分の非力さに腹が立ってきた。

(不甲斐ない自分のために、三好家の誇りだった勝瑞城がまさに敵の手に渡ろうとしている。そしてこの戦いで多くの名だたる武将たちを失ってしまった)

その中には矢上城を死守しようとした矢野父子がおり、また篠原長房に諫められて一時高野山に籠もって三好家の行く末を見守っていた赤沢宗伝父子の姿もあった。

一方元親は勝瑞城の北にある龍音《りゅうおん》寺に本陣を移し、微笑を浮かべながら三方《さんぼう》の白木の上に並ぶ敵将たちの首実検を行っていた。

（勝ちが見えて参ったわ。もうすぐこの城がわしのものになる。三好家を滅ぼすと、四国制覇はもう目の前じゃ）

赤々と紅蓮の炎をあげながら燃え盛る城下町を背景に、勝瑞城は遠く煙にかすんで見える。その模様は三好家の末路を物語っていた。

三好方への威嚇と城下にある屋敷を利用できないように、城下町には火が放たれているのだ。元親は気持ちよさそうに裸城となった勝瑞城を眺めている。

「城にはまだどれぐらいの兵が籠もっているのか？」

「逃亡する者も多く、せいぜい千足らずでござろう」

斬られた膝が痛むのか、親泰の床几の側には杖が置かれている。

「明日総攻撃をなさいまするか」

信親は若いだけあって行動的で、気が短い。

「いや、生きることを断念した死兵程恐ろしい者はいない。ここはじっくりと構えて兵糧攻めといこう」

「兵糧攻めですか…」

華々しい戦いをしたい信親は、思わず舌打ちをした。

「若い者は思慮が浅くていかぬわ。この戦さの初日だけで敵もかなりの有力な武将を失ったが、わが方も相当多くの者が討たれてしまった。わしはできるだけ兵を殺さずにこの城を手に入れるつもりだ」

「ご尤《もっと》もでござる」

親泰は膝の痛みに耐えながら頷く。

まだ明けきらず薄暗さが残る夜明け前、柵の周囲に数多くの槍が並び、その先に何か重そうな物がぶら下がっている。

夜が明け始め、やがて周囲が明るくなってくると、槍の穂先に何やら人の首のような物が突き刺さっている。

「首だ。あれは討ち取られた者たちの首だ」

籠城している城兵は討たれた親兄弟を思い、身を捩って悶え苦しみ、目には涙を浮かべている者もいる。

「今はしばらく我慢する時じゃ。決してこのままにはしておかぬぞ。土佐のやつらめが…」

存保の言葉に、彼らは嗚咽を漏らしながら、復讐を誓い首のある方向を拝んだ。

「これだけ囲みを厳しくしておれば、敵もやすやすとはあの城から出てこれまい。そこでわれらは、残っているもう一つの仕事を早く片づけておこう」

元親はあくまで慎重だ。

元一宮城主の一宮成助は、夷山城に呼び出された。

何事かと馬を飛ばして夷山城までやってきた一宮は、突然屈強な兵士に両肩を摑まれた。

「お主は前々から織田と誼《よしみ》を通じている三好康長の味方をしている節がある」

「そのようなことは断じて無いわ」

一宮は身を解こうと暴れていると、両肩を押さえている兵士は彼を羽交い締めにした。

夷山城を預かる谷忠澄《たにただすみ》は否応なく一宮に罪を着せて始末してしまいたい腹だ。

「元親めはわしを利用するだけしておいて、初めからわしを殺そうと思っていたのか……」

「問答無用！」

谷は羽交い締めにした一宮を摑むと、そのまま手に持っていた脇差で彼の頸《けい》部を刺し、首を打ち落としてしまった。

また元の牛岐城主・新開道善は実休の娘を妻としている三好家の大物なので、上手く始末しないと後々面倒なことになる。

勝浦川沿いにある名刹丈六寺《じょうろく》へ「論功行償のためにきてほしい」と新開は元親の家臣・久武親直に呼び出された。

方丈の間に通された新開は山海珍味のもてなしを受け、これまで緊張していた気持ちを緩めてしまった。それで好きだった酒をたらふく飲んだ。

彼の超人的な武力を恐れ、境内には武装した土佐兵二百人程が、身を潜めている。

「わが殿はお主に勝浦郡一円を加増することを決められたようだ」

酔った新開はそれを聞くと破顔した。

「有難いことじゃ。お主からも元親殿によしなに伝えてくれ」

頷いた親直が厠に立ったのと、急に襖が開いて武装した数十人程の兵たちが方丈の間に飛び込んできたのとはほとんど同時だった。

その一人が新開の肩を斬りつけると、身を躱す隙もなく、今度は四方から槍衾《やりぶすま》が襲ってきた。

武力には自信がある新開もしたたかに酔っており、しかも丸腰で多数の者に斬りつけられれば、どうすることもできなかった。

供の者たちも境内で次々と討ち取られ、丈六寺の境内は新開家の者たちの鮮血で汚されてしまった。

三好家重鎮二人の死を知ると、「上手く仕留めたか。よくやったぞ」と元親は報告にやってきた家臣に、会心の笑みを浮かべた。

その後土佐勢は勝瑞城の周囲を柵で取り囲んだ。柵にはまるで花壇に花が咲いたように色々な家紋入りの楯が一列に並び、攻め手は箱形をした兵車を使って塀際まで攻め寄せてくる。

昼夜の境なく弓矢や鉄砲を放ち、大声で喚いて城を攻めたてた。

「存保はなかなかしぶとい男ですな。土俵際で踏んばっておりますぞ」

相撲が好きな親泰は、片足を引き摺りながら元親に話しかける。

「阿波の国衆が後詰めにくるのを待っているのだろうが、それはなかろう」

篠原長房亡き後、家を束ねる三好長治が如何に人気の無かった当主であったかを、元親はよく知っている。

「少し風が出てきたな。それに雲の動きが何やらおかしいぞ」

天気が大きく崩れそうだとの元親の予想が当たり、九月五日から小雨が降り始め、風も強くなってきた。

日暮れになると雨足はさらに激しくなり、立っておれない程の強風が吹き出した。

境内に植えられた巨大な樹木の枝が大きく揺れ、恐ろしい唸り声を立てている。

元親は龍音寺の境内に櫓を築かせて、そこから兵たちに下知している。

「この風雨は二、三日の間続きそうだ」

吉野川の水嵩が増してくると、元親は城を取り巻いている兵たちへ、「城の包囲を一旦解き、焼け残っている建物や寺院まで退け」と命じた。

戦場は中洲にあるので、増水した吉野川を渡河することができず、逃げようにも逃げ場がなくなることを危惧したのだ。

普段大人しい吉野川も降り続く大雨で水嵩が急増し、茶色く染まった濁流が土手際まで押し寄せ、上流からは壊れた民家の木材や動物の死骸などが流されてくる。

六日になるとついに川の水は土手を越えて城下まで溢れ出し、土佐兵たちは慌てて民家や寺院の屋根の上へ駆け登った。それでも逃げ場が見つからない者は、少しでも高いところを探した。

雨は降り続いた。

中洲の景色は一変し、高台に建つ城の姿が湖の端にちょこんと見えるだけになってしまった。

今まで中洲にあった民家や寺院の姿は目の前から消え、高台にある焼け残った民家や寺院の屋根だけが湖の上にほんの申し訳程度に顔を覗かせているだけだ。

その屋根の上に肩を寄せ合うように、多くの土佐兵がひしめき合っているのだ。

「これはまるで別世界にいるようじゃ」

呆然として、元親は僅か二日間で激変した城下町の景色を驚いたように眺めている。

民家や寺院の屋根の上に集まった鳥が、まるで雨に打たれて寒さと飢えに苦しんでいるように、味方の兵は屋根の上で固まり震えていた。

幸い本陣の龍音寺は高台にあり、水難を免れている。

「屋根の上にいるやつらに、兵糧を届けねばならぬ。境内でありったけの飯を炊け。それを筏《いかだ》に積み込んで水練の達者な者に運ばせろ」

高台に建っているとはいえ、水害の影響は城方も同じだ。

城内も吉野川の氾濫で兵の動きが封じられ、兵糧が調達できず兵糧不足に悩んでいた。

「味方の船がやってくるぞ。兵糧をいっぱい積んでいるわ」

撫養の方面から吉野川を遡って、二艘《そう》の大きな関船《せきぶね》が城へやってくる。

荒れ狂う濁流の中、船は敵が築いた櫓から放たれる鉄砲を避けながら城に近づくと、兵糧や弾薬を降ろした。

「これで助かったわ。腹ごしらえをして、もうひと暴れするぞ」

城兵はさっそく城内に運び込まれた酒の入った樽を開け、兵糧米を炊飯し、熱々の握り飯を口いっぱいに頬張る。

「旨い。五臓六腑に染み渡るわ」

寒さと空腹とでこれまで沈み込んでいた城兵は、一気に息を吹き返し士気は大いに上がった。

小雨になり腹が満たされた城兵は、仕舞い込んでいる川舟を取り出し、この時とばかり城から出撃する。

土佐勢は民家や寺院の屋根、それに大樹の幹にしがみついている。水から逃げるのに夢中で、弓矢・鉄砲といった飛道具を棄てて身一つで屋根の上に避難しているのだ。

川舟から抵抗できない土佐兵を見つけると、城兵は竹槍で力一杯突き刺す。親兄弟を殺された憎しみを込めて、ブスリブスリと串刺しにした。

動きの鈍い土佐兵はおもしろいように竹槍の餌食となる。

「まるで蝉取りだな、これは」

子供の頃彼らは棒の先にとりもちをくっつけて、高い木の幹から聞こえてくるミンミンと鳴く蝉の姿を探した。

そして蝉がいるのを見つけると、その棒の先を器用に蝉の背中に押しつけ、羽をばたつかせている蝉を捕えては大事そうに虫籠に入れた。

しばらく鳴き止んでいた蝉はやがて虫籠にいることを忘れたかのように再び籠の中で鳴き始めた。

城兵たちは木に止まっている土佐兵を刺す度に、蝉取りに興じた幼い頃を思い出した。

この知らせを聞くと、「荒々しい土佐のやつらでも荒れ狂う吉野川には勝つことができぬのか」と今まで苦虫を潰したような表情をしていた存保は、久しぶりに白い歯をこぼした。

五

だが反撃もここまでだった。

五日間降り続いた大雨が止み、空一面を覆っていた黒雲が去り青空が戻ってくると、水位は徐々に下がり、十日の朝には湖だった中洲には城下町の姿がまた現れ、元の風景に戻り始めた。

　するとどこから現れたのか、土佐の大軍が続々と城を包囲し始め、城の周辺からは芳しい炊飯の湯気がいたる所から立ち昇ってきた。

　再び城は土佐兵に取り囲まれ、敵の鉄砲の轟音が昼夜を問わず繰り返された。

（味方は千人足らず、敵は二万を超える大軍だ。わしには交代できるだけの兵がおらぬ）

　存保は城の周囲に翻る敵の旌旗の群れをぼんやりと眺めていた。

（ここは一旦開城して次の機会を待つしかないわ）

存保は今は敵方に靡いている元桑野城主・東条実光と連絡をとり、仲介を頼んだ。

「城には武器はなく、火縄はこの氾濫のために水に浸り、太刀は刃こぼれして、戦おうにも戦う術《すべ》がない。籠城もここまでじゃ。それで開城して讃岐へ立ち退きたい。ついては道中の安全を元親殿にお願いしたい」

　この書状に目を通した元親は、重臣たちを集めて意見を聞く。

「虫のよい話じゃ。この際やつを討ち取って禍根を断ってしまおう」

　若い信親は鼻息も荒くずけずけとものを言うが、彼の意見は重臣たちに正論のように響く。

「そうだ」

彼に賛成する重臣たちは、元親の判断を待つ。

「信親の申す所には一理ある。だが存保は小勢でも容易に討ち取れる男ではない。ましてや討死すると決めてかかっておれば尚更だ。たとえ討ち取ったとしても、味方も多くの犠牲を払わねばならぬ。今討ち取らぬとも、わしが阿波・讃岐を手に入れれば、やつは必ず折れて降伏してこよう。ここはやつの提案を呑もう」

（敵には鬼と恐れられている殿も、随分と慎重なところがあるようだな）

重臣たちは向こう見ずと見なしていた元親の、思わぬ側面を見た思いがした。

九月二十一日の夜、存保は土佐兵が開いた阿波と讃岐との国境上にある峠道を通って讃岐へ入り、しばらく虎丸城《とらまる》に滞在すると、本城の十河城へ戻ってしまった。

阿波を平定した元親は、例の慎重さで讃岐を蚕食《さんしょく》していたが、織田政権内で勢力を増してきた秀吉の手が四国まで及んでくるのを知ると、元親は四国制覇を急がねば、と思い始めた。

天正十二年六月に入ると、これまで半年間をかけても落とせなかった十河城攻めに決着をつけようとし、堀一つを残して十河城を裸城として、その周りに付け城を築いた。

三万の兵に囲まれた存保にはもう打つ手は残されておらず、総攻撃の前夜、闇に紛れて城を抜け出すと、秀吉を頼って備前を目指して脱出をした。

天正十三年四月、元親は念願の四国の覇者となったが、ちょうどその頃天下平定を目指す秀吉は、元親を成敗するため四国に攻め入ろうとしていた。

その年の六月に入ると、小牧《こまき》・長久手《ながくて》で敵に回った紀州の征伐を終えた秀吉は四国攻めに踏みきった。

十万を超える秀吉軍に、僅か三〜四万の長宗我部軍は懸命に戦ったが、八月になると味方の士気も衰えついに秀吉に降伏を申し入れた。四国が片づくと、今度は島津家の九州統一を危惧した秀吉は、島津征伐を行うことを表明する。

この時、何の因縁か先鋒を担う同じ部隊で、四国勢の元親と十河存保とはお互いに顔を合わすこととなったのだ。

軍監を命じられた仙石秀久《せんごくひでひさ》は戦巧をあげようと、「わしが九州に着くまで無断に戦さをするな」という秀吉の命令を無視して戸次川《へつぎ》を渡河しようとした。

「知謀の島津家久のことだ。必ず伏兵がいる筈だ」

戦いの経験が豊富な元親は、未知の相手に慎重に戦うことを主張した。

「鬼の元親殿も島津相手に臆されたか」

今だに元親を恨んでいる存保は、渡河させようと元親をけしかけた。

「父上、渡河しましょうぞ」

父を臆病者と呼ばせたくない信親は、自ら先頭に立って渡河を始めてしまった。

だが島津得意の「釣り野伏せ」に遭い、信親と存保は共に討死してしまい、ここに長く続いた長宗我部家と三好家との因縁の歴史は幕を閉じたのである。

鬼柴田と鬼玄蕃

一

（わしはいつも丹羽の後塵を拝しておるわ。信長様はやつを特別扱いされているのではないか？）

勝家は、最近どじょう髭を生やし始めた痩せ気味でひょろ長い丹羽の顔を思い浮かべた。

長秀は勝家より年下であるが、幼少時から那古野城で信長の小姓として上がっていたので、信長からいつも五郎佐《ごろうざ》と呼ばれ可愛がられていた。

織田家随一を目指す勝家には、この長秀の出世ぶりが気にくわない。

（実力ではわしの方が上なのに、丹羽は信長様に贔屓されている。やつには絶対負けたくない）

勝家は、いつも一緒に那古野城にいた長秀に負けん気が湧き、その分いかなる戦いにも手柄を立て、信長の信頼を得たかった。

勝家はゆっくりと目を閉じた。すると若かった頃の思い出が彼の脳裏に鮮やかに蘇ってきた。

織田家の信長はまだ吉法師と呼ばれる幼な子で、手に負えない程の腕白ぶりを発揮して、母親（土田御前）を呆れ嘆かしていた。

それでも父親の信秀は長男である信長の資質を疑わず、跡継ぎにしようと思っていた。

軍事に長けた信秀は、三河や美濃を併合しようとして何度も兵を出し、その際勝家の有能さに目をつけた彼は、若い勝家に直接声がけして信長の弟・信勝の家老に抜擢したのだ。

その時の興奮を勝家はまるで昨日のことのように思い出すことが出来た。

信勝は信長と違い母思いの優しい子で、上品に育てられており、母の影響もあってか、当主らしからぬ兄の突飛な振る舞いをいつも苦々しく見ていたのだ。

そして信勝は生前父が兄の信長を後継としたのを不服として、兄に戦いを挑んだが兵力に劣る信長が勝利を収めた。

憤怒して弟を殺しかねない信長から、是非にも信勝を助命したい土田御前は、詫びるために勝家らを伴い信長の新しい居城・清須城へ向かう。

母の懇命の懇願に応じた信長は、しぶしぶ弟を許そうとした。

皆が退室しようとすると、「権六（勝家の通称）には用があるので、そのまま残れ」と信長は命じた。

腹を切らされるのかと思い、一瞬緊張が走る。それを見た信長は頬を緩めた。

「坊主頭がよく似合うぞ」

思わず照れて頭に手をやる勝家に、「本当は佐渡（林秀貞）には腹を切らすつもりだったが、この前那古野城を訪れた折、弟の美作の企てからわしを逃がしてくれた。その恩にやつの命はしばらく預けておこう」と信長は告げた。

「もうさるすべりの花が咲いているのか」とうっ屈した気持ちを晴らすかのように、信長は庭に目をやった。

普段は決して家臣たちに見せない寂しそうな横顔を、勝家は見逃さなかった。

（信長様は泣き出したい気分なのだ）

「父上が亡くなった途端、兄弟の戦いで多くの有能な者を失った。今は身内で争うことなどをしている時ではない。織田家は結束して隣国に備えなければならぬ時期なのじゃ。そんな時に、身内同士が戦わなければならぬとは…」

信長は大きくため息を吐いた。

勝家はこの反乱の全責任を引き受けて、腹を切って詫びようと思い清須城を訪れたのだ。

「お前は残れ」と命じられた時から「腹を切れ」と言い渡されることを覚悟した。

だが切腹を命じられるどころか、信長は勝家を見つめ、苦悩している姿をまざまざと目の前に晒《さら》け出しているのだ。

勝家にはこんな姿の信長を目にするのは初めてのことである。

信長は、誰にも見せたことのない心の奥に潜むうっ積した思いを吐き出しているのだ。

（やはりうつけではないぞ。信長様は尾張を纏められる立派なお方じゃ）

生一本な勝家の心を摑むにはこれで十分だった。

多感な勝家は思わず涙ぐんでしまった。

信長は小姓に酒を命ずると、「一献やれ」と、盃を勝家に手渡した。

震える手で盃を受け取ると、信長はそれに酒を注ぐ。

感激を隠しきれない勝家は、頬に伝わる涙を拭おうともしない。その涙が盃に落ちた。

「酒が薄まるではないか」

目は涙で曇り、盃が霞んで見える。盃に入った酒は塩っぱい味がした。

盃を膳に置くと、感動の波が勝家の胸に押し寄せてきた。

声を押し殺した嗚咽はやがて肩を震わす号泣へと変わっていった。

（信長様のためなら、わしの命さえ惜しくない）

純情一途な勝家の姿を眺めていると、うっ屈した信長の思いは徐々に晴れていった。

その後桶狭間で今川義元を討ち取った信長は、義昭を奉じて上洛し、岐阜と京都の間にある近江をしっかりと押さえるため、要所要所を信頼する武将たちに守らせた。

この時初めて勝家は蒲生郡に領地を与えられ、佐々木氏が築き標高二百三十四メートルの山頂に建つ長光寺城を居城とした。

ここは西に逃げた六角氏の動きを見張るには重要なところだ。

その時競争相手の長秀はすでに佐和山を任されていた。ここもまた近江を守る上で大切な地点である。

京の安定には近江は欠かせない場所だ。

信長は近江平定の総大将を勝家に任じ、森可成・蜂屋頼隆《よりたか》・坂井政尚《まさひさ》らを近江奉行として勝家の下に置く。

上洛を果たした義昭は、目出度く十五代征夷大将軍となり、信長はその補佐役になった。

その後同盟関係にあった浅井長政が信長から離反すると、それに呼応して近江を追われていた六角氏が琵琶湖南岸に押し寄せ、勝家の立て籠もる長光寺城を取り囲んだ。

苦境に立つ勝家に、信長からの援軍は期待できない。

六角氏はこの城の三の丸、二の丸まで攻め込んできて、城はあと本丸を残すのみとなったが、勝家の強さを知る六角軍は、無理押しを避けたようだ。

敵は長光寺城の弱点を知っており、敢えて籠城戦に持ち込もうとした。

守り易い城だが、水の手に問題があるのだ。

敵に水の手を切られると、城内はたちまち水不足に陥った。

それを確かめるため、敵は使者を遣わせ、城内の様子を探ろうとした。

勝家に言いつけられた城兵たちは、水不足に苦しんでいるところを一切敵に悟らせぬように注意する。

城から帰る際、使者はわざわざ厠を借りたいと申し出た。

だが驚いたことに外には手水の用意がしてあり、係りの者は柄杓で地面が水びたしになる程、使者に水を流した。

また勝家は、「暑い中を役目ご苦労に存ず」と、たっぷりの水が注がれた大盃を使者に手渡す。

それを見た使者は飲み水も浴び水もまだこのように有り余る程あるのかと驚き、味方の陣に戻ると、使者は「多分隠し井戸があるのだろう。この分では籠城はまだまだ続きそうだ」と報告した。

使者が去ると勝家は本丸に兵を集める。

「敵はわが方にまだ十分の水があると思い込み、これからも籠城戦が続くと判断するだろう。お主たちの命はわしが預かる。水が尽きる前にわしらは出撃する。今夜は心置きなく水を飲め」

心ゆくまで水を飲むと、今まで魚が死んだような目をしていた兵たちの目が生き生きと輝き始めた。

（よし、これなら勝てるぞ）

勝利を確信した勝家は、今度は兵たちの一人一人に、残った酒を振る舞う。

「腹一杯飲もうと思っても、意外と飲めぬものだな」

勝家が冗談を飛ばすと、兵たちの顔には笑みが浮かぶ。

「もう水も酒も要る者はいないか」

申し出る者がいないことを認めると、勝家は長槍を手にして、水を蓄えている三個ある大きな水壺に向かった。

「死中に活だ。生きるか死ぬかは各々の働き次第だ」

勝家は長槍を突き出し、次々と水壺を割ると、溢《こぼ》れた水が乾いた地面を潤した。

「よし、夜明け前に総攻撃をかけるぞ。今夜はよく寝ておけ。明朝に備えよ」

日が昇る前、勝家隊は山頂の本丸から続々と駆け降り、まだ深い眠りにつく六角勢に突撃をかけた。

兵たちは皆、必死の形相で敵に向かってゆく。

六角勢は、まだ敵は籠城を続けるものとばかり思い油断していたので、武具を身体につけていない。

「敵がきたぞ！」

六角勢は十分に戦う準備もしていない上に、眠っているところを襲われて、うろたえる。

それでも刀や槍を握《つか》むと、敵と渡り合おうとするが、必死に戦う勝家軍とは気力が違う。激戦の末、七百余人の死体を残して、六角勢は琵琶湖畔から西を目指して逃げ去った。

勝利を祝う歓声の中に、返り血を浴び緊張で頬を引き攣らせた勝家の甥・佐久間盛政の初々しい姿があった。

この戦いから勝家は鬼柴田と敵から恐れられるようになった。

その後、信長の命令を受け勝家は、浅井・朝倉軍との姉川の戦い、石山本願寺に呼応した長島一向一揆の鎮圧、比叡山焼き討ち、信長に反旗を翻した将軍足利義昭との戦い、一乗谷の戦い、小谷城の戦いと、織田家の総指揮官として戦い続ける。

そして徹底的に越前一揆の討伐を行った信長は、勝家に越前八郡を任すことにしたのだ。

二年程前、信長が丹羽長秀に若狭一国を任せたことを聞いた時、やはり幼い頃から小姓を続けていた長秀を、信長は実力以上に評価するのかと、勝家は少々腐っていた。

（大国越前の支配は、やはりわしでしか治められぬわ。領地の大きさでもわしは長秀に勝ったぞ。それだけ信長様に信頼されている証拠じゃ）

いつも先を行く長秀のことを思うと、気が滅入る勝家だったが、信長はやはり自分を一番に考えていてくれると知って、自然に笑みが浮かんだ。

信勝の家老に抜擢された二十歳そこそこの若武者であった勝家は、もう四十五歳となり、髪に白いものが混じる年頃になっていた。

二

越前というところは大国だけでなく、一向一揆勢が信長によって見つけ次第捕えられ、根こそぎ殺害されていたので、手を緩めるとその勢いが増す火種となりかねない地だ。

信長の威光がゆき渡るように勝家をこの地に送り込んだのは、信長が勝家を最も信頼している証しだ。

(期待に沿わなければ…)

武人としての勝家は、内政家としても腕を振るわなければならなくなった。

どこから手を付けようかと迷っていると、信長の使者が信長の掟を伝えにやってきた。

「民に不法な税を課すな。裁判は公正に行え。関所を撤廃せよ」という命令と共に、

「われわれ(信長と嫡男・信忠)のいる方へは足をも向けぬ心がけでいることが肝心

である」と何事も信長に従えという厳しい掟だ。

使者は「不破光治・佐々成政・前田利家ら三名を勝家の目付役とする」と付け加えた。

「『われわれに足を向けるな』とは、いかにも信長様らしい申されようじゃ。若い頃弟・信勝様に背かれたことから、信長様は今になっても異常に人を信じないところがあるようだ」

勝家はその頃からいまだに残る信長の癖に苦笑した。

「信長様に気に入られるには、伯父上も本当に苦労しますな」

二十一歳と若い盛政は、勝家から信長のことをよく聞かされている。

「信長様は人使いの荒い人で、何事にも全力を尽くさねば気に入らぬところがある。わしはいつも信長様に見張られている緊張の連続で、気を抜く暇がないわ」

気のせいか、この頃勝家の顔のしわが深くなり、鬢にも白いものが急に目立ち始めたように、盛政には思われる。

まず勝家が行ったことは、北の庄と名付けたこの城下町に一乗谷からの住民を移すことだった。

掟を墨守し、領民に武具類を提出させ、鍛冶職人を呼んでそれらを鋤や鍬の農具に作り変え、農具を農民に分け与えた。

そして武具を溶かした鉄で鎖を作り、それを舟に繋いで舟橋とした。

また農閑期で手の空いている農民を集めると、手間賃を与えて旧吉野川と足羽川の合流地点に政庁となる城を作り始めた。

この頃京都を押さえるために、信長は安土山に城を築くことを思いつき、勝家にも越前支配の城を作るよう命じたのだ。

天正四年になると、越後の上杉謙信に呼応した加賀の一向一揆の勢いが激しくなってきた。

上杉謙信を刺激しないため、勝家は盛政と力を合わせて、手取川を越えぬように気を遣いながら、加賀の一揆衆を力攻めする。

だが謙信が能登の七尾城を落とすと、慎重だった信長は態度を一変し、謙信と決戦する覚悟で応援部隊を送る。

両軍は手取川を挟んで対峙した。

この時信長の陣営にいた松永久秀が「信貴山城に籠もって信長に反旗を翻した」という情報が伝えられた。

応援にきていた羽柴秀吉は「このまま上杉軍に挑むべきではない。兵を返して松永を討つべきだ」と部隊を束ねる勝家に逆らった。

「今退却などすれば、謙信につけ込まれる。越前を預かるわしがこの軍の総大将だ。わしの意見に従ってもらおう」

　勝家は盾つく秀吉を押さえようとした。

　秀吉は百姓から信長に引き立てられた男で、織田家の実力者である勝家・丹羽長秀の二人からそれぞれの姓一字ずつを取り「羽柴」と名乗っている。

　だが着々と実力をつけてくると、勝家に向かって堂々と自説をぶつけ、それが聞き入れられないと知るや、兵を纏めて、自領の近江・長浜へ引き上げてしまった。

「伯父上に意見し、それが聞き入れられぬと陣払いするとは、猿めは偉くなったものだ」

　秀吉隊が見えなくなると、盛政は憎々しそうにペッと唾を吐く。

「このことが信長様の耳に入れば、あやつは腹を切らねばならぬようになるぞ」

　盛政は命令違反した時の信長の怒りの激しさを想像し、憂さを晴らそうとした。

「いや、信長様を取り巻く周囲の情勢は厳しく、猫の手も借りたい程武将が足りぬ。丹波平定は明智光秀に任されているが、全国統一を目指されている信長様は、大領土を有する毛利を狙われている。ひょっとすると猿めは西国方面司令官の地位を欲しさに、命を張ってわしに逆らったのかも知れぬぞ」

勝家は光秀や秀吉といった織田家に仕えるよそ者をどうしても信用することができない。そんな者が織田家に忠節を尽くす筈があろうか。

しかし織田家の領土が拡がるにつれ、織田家が傾くとすぐに他家に鞍替えする秀吉や光秀らのようなよそ者が増えてくるだろう。

（わしがしっかりと織田家を支え続けねば…）

二万もの謙信軍の勢いは予想を悠かに超える凄まじさだ。

四万に膨れ上がった信長軍だったが、連日の大雨で水嵩の増した手取川の激流に飲み込まれ、対岸に取り残された千名余りの兵たちも怒涛のような敵の勢いに討ち取られてしまったのだ。

（やはり謙信は並の武将ではないわ。軍神だ！）

謙信はこのまま信長軍を追撃し、越前まで押し寄せ上洛するかと思われたが、急に手取川まで引き返すと越後へ戻ってしまった。

（命拾いしたわ！）

勝家はほっと安堵のため息を吐く。

謙信の恐ろしさを知ったのは勝家だけでなく、安土にいる信長も同様だ。

信長は謙信の逆鱗に触れることを避け、手取川を渡ることを禁じた。

勝家は加賀の押さえに、盛政を城将として御幸砦を築かせ、また大聖寺にも砦を作って謙信の来襲に備えた。

北の庄に戻った勝家の元に、「秀吉が西国方面司令官に任じられ、播磨入りした」という情報が伝えられた。

（やはり猿めの命がけの狙いはこれだったのか。信長様はまんまとやつの媚びへつらいに乗ってしまわれたか！）

天正六年、信長は完成した安土城へ重臣たちを集めたが、謙信に備えるため勝家は新築の華麗絢爛たる安土城に参上できなかった。

三月に入ると驚くべき情報が北の庄へ伝わってきた。

「何！　あの謙信が亡くなっただと！」

勝家は、ずっと苦しめられていた謙信の死がどうしても信じられなかった。

確かめてみると、やはり謙信の死は本当で、越山を目の前にして四十九歳で他界したのだった。

（惜しい武将を亡くした）

始終勝家を苦しめていた重い石が取り除かれ、大空を覆っていた黒雲が消え去った気分になったが、どうしても心から喝采を叫ぶ気持ちにはなれなかった。

終日部屋に籠もり、謙信という男の生き様を考え続けた。

越後統一までは戦さの連続であったが、越後を纏めると、関東管領職を継ぐようになった。そのため毎年関東へ越山し、北条と戦う。その間隙を突いて武田信玄が信濃を荒らす。常に二方面の相手と戦わねばならず、宿敵の信玄が亡くなると、今度は織田が越前から越中、加賀を窺う。

（本当に休むことなく戦い続けた一生だった。わしや信長様も必死に戦ってきたが、謙信は人一倍使命感が強く、命を削ってまで関東管領職をやり遂げようと励んでおったわ）

英雄を失った越後は、二人の後継者（景勝・景虎）を巡って御館の乱と呼ばれる争いが起こり、外征どころではない雲行きとなってしまった。

天正八年になると、不倶戴天の敵として長年戦ってきた大坂の石山本願寺と信長との間に講和が成立した。

この講和には越前をはじめ、加賀の一向一揆を鎮め込んだ勝家の功績が大きかった。

（これで一向一揆の本家である石山本願寺を気にせずに済むぞ）

四月には加賀の一向一揆の拠点であった尾山御坊を落とすと、そこを鬼玄蕃《げんば》の異名で一向宗徒から恐れられている盛政に守らせることにした。

ここは加賀一向一揆の総本山だった。

(これで荒れ狂っていた加賀・能登の一向一揆宗徒らを追いつめたぞ)

これまでの戦いの首尾を信長に伝えた勝家は、安土からの思わぬ報告を聞いて愕然とした。

石山本願寺を講和に持ち込んだ信長は、さすがにほっとしたのか、勝家・光秀それに秀吉と池田恒興の働きを褒めた後、石山本願寺攻めで全く働かなかったとして、古くから信長に仕えてきた佐久間信盛を咎め、高野山へ追放してしまったのだ。

信盛は人を食ったようなところがあり、決して愛嬌のある方ではない。主人に向かってもぞんざいな口を利くところがあるが、決して悪気はない男だ。

勝家はこの三つばかり年上の信盛と、親しい兄貴のように付き合ってきたのだ。

(まさか、昔、信勝様の家老として逆らったことを根に持たれていたのでは…)

信長の持つ異常な執念深さを、勝家はよく知っている。

(詫びて許して貰える程甘い主人ではない。信盛殿のことは他山の石と思い、越前、加賀それに能登をしっかりと支配しなければ…)

改めて勝家は心を引き締める。

北の庄城も完成に近づき、日が当たると七層の屋根瓦を葺いている笏谷石が青白く輝く。

雨の日などはその笏谷石が水を吸い、よりその青さを増すのだ。

城下町には一日中槌音が響き、街を走る街道には土埃が舞い上がり、作業する人夫たちの大声が城下を揺るがす。

また足羽川に架かる九十九橋は改修され、勝家の目にも立派な城下町が誇らしい。

(噂に聞く安土城と比べても、決して見劣りはしないぞ)

城も完成間近になり、城下町も整ってくると、加賀・能登の平定にも一層気持ちが込もる。

天正九年二月、信長は京都に諸大名を集め、正親町《おおぎまち》天皇の御前で馬揃えを行い、自分の権力を誇示しようとした。

六角や浅井・朝倉氏との苦い思い出が残る京都へ上った勝家は、常宿としている本能寺で久々に信長と対面した。

「元気そうではないか」

信長の声は相変わらず若々しい。

「殿も達者そうで何よりでござる」

「わしも人並みに年を取り、来年で五十となる。お互いに年は取りたくないものよ」

「それがしも今年五十三歳となり、髻に白いものが似合う年寄りとなりもうした」

お互いに懐かしそうに相手を眺めていたが、急に信長はいつもの表情に戻った。

「お主の働きで加賀・能登の一向宗徒も随分と大人しくなった」と、勝家に礼を言うと、「加賀の支配はお主の甥・佐久間盛政に任せよう。やつの活躍ぶりはここ安土にまで伝わってくる。やつは『鬼玄蕃』と呼ばれ恐ろしがられているようだな。『鬼柴田』もよく働いてくれる甥を持って、心強かろう」

「甥に成り変わり礼を申しまする」

(信長様は人使いが荒いお人だが、家臣をよく監視し、正当に評価して下さるわ)

これまで一向一揆相手に寝る間も惜しんで働いてきた勝家は、その活躍ぶりがようやく報われたことに感謝した。

「そちの心づくしの土産、有難くいただいたぞ」

「気に入って貰い何よりでござる」

久しぶりに聞く信長の声は、優しく響く。

(年を取られ、信長様は随分と変わられたようだ)

今日の勝家を見つめる信長の目は、いつもと異なり温厚そうに映る。

続々と来賓が詰めかけてきて、側近が忙しそうに信長に声をかける。

久しぶりの対面に、勝家はもう少し長話をしたかったが、そう長居もできない。

「身体を労《いたわ》り、今後もわしに奉公してくれ」

(こんな優しい目をした信長様を見るのは初めてだ)

勝家は驚きを隠しきれなかった。

だが勝家が信長の姿を見たのは、これが最後となったのだった。

三

馬揃えでの勝家の不在を狙い、「一揆勢が富山城を乗っ取った」との知らせが本能寺まで届く。

急いで帰国した勝家は、兵を整え富山城に駆けつけ、富山城を取り戻すと、その余勢を駆って魚津城と松倉城を取り囲んだ。

御館の乱で勝利した上杉景勝は魚津まで救援にやってきたが、魚津城はもう落城した後だった。

天正十年六月三日から数日経って、「信長横死」の悲報が北の庄にまで伝えられた。

信長が光秀の謀反で殺されたのだ。

それを聞くと、勝家は人目も憚らず、号泣した。

（信長様が光秀ごとき者に討たれるとは…）

悲しみの涙が尽きると、信長の思い出が次々と勝家の脳裏に去来する。

信勝側についた勝家に、戦場で見せた仁王像のような怒りの表情。桶狭間合戦の前日、死を覚悟して幸若舞を舞う若き日の姿。婚礼で近江へ嫁ぐ妹のお市を見送る信長の涙。その婿・浅井長政の裏切りを知った憤怒の形相。豪華絢爛たる安土城。越前一向一揆衆への撫で斬り。その越前を任された時の、「安土の方へ足を向けて寝るな」という掟書。

昨年馬揃えで上京した際、久しぶりに会った勝家に、優しく声をかけてくれた信長の姿が勝家の目の前に現れてくると、何かもう少し話したそうな様子だったが、やがてその姿はすっと消えてしまった。

すると再び現れた信長は、勝家の意見に耳を貸さず、自分の考えを貫く、いつも通りの傲岸な姿に変わっていた。

信長への追想はやがて愚痴へと変わる。

（あなた様は昔から慎重さが足らぬところがあった。桶狭間合戦の時は運よく勝てたものの、朝倉攻めでの金ヶ崎城攻めの際、予想できた浅井長政の裏切りにも警戒が不十分だった。何度もの意見にもかかわらず、あなた様はいつもそれがしの危惧を無視し、我武者羅に前へ前へと進まれた。光秀の造反を見抜けなかったのはあなた様の自業自得ですぞ）

ふと我に返ると、心配顔をした重臣たちが各城からやってきていた。

「信長横死」を伝えると、あまりの事に彼らは絶句したまま、押し黙ってしまった。

「織田家の宿老として、伯父上が光秀を討ち取るべきだ」

やがて沈黙を破って、今後勝家が進むべき道を表明したのは甥・盛政だった。

「今光秀を討ち取ることができるのは、親父殿と丹羽殿の二人だけだ。ちょうど丹羽殿は信長様の三男・信孝殿と共に大坂城におられます。関東に出向かれている滝川一益《かずます》殿はすぐには間に合わぬし、秀吉は毛利攻めで備中高松で毛利と対峙している」

越前が勝家に任された時、前田利家は勝家の監視に信長から遣わされた男だ。

勝家を兄か年の近い父親のように慕い、顔を合わせれば、「親父殿、親父殿」と言い寄ってくる。

勝家も我が弟のように可愛がっているが、利家は長屋住まいが長く、その際隣り合った秀吉とも親しく付き合っていた。

「殿の死の報は当然、上杉景勝にも届いているだろう。やつらはわれらの隙を突いてくる筈だ。出兵はこれから入ってくる情報を判断しながら行う」

そう締め括ると、勝家は軍議を済ませ、一人部屋に籠もった。

すぐに出兵できない勝家は、せめて今日一日ぐらいは感傷に浸っていたいのだ。

京からもたらされた書状を何度読み返しても、そこには「信長様は家臣・明智光秀の謀反によって自害された」と認められているだけで、どこにも信長が救い出されたとは書かれていない。

筆で書かれた文字は勝家の涙で滲んでいた。

（織田家の領土が拡大するにつれ、よそ者が仕官してくるのはしかたがないが、それがしがあれ程京都での守りを厳重にすべきだと申し上げていたのに…）

勝家は生き甲斐とも思う信長を失って、今まで積み上げてきた石垣が、急に崩れてしまったような気がした。

（他国から敵に攻め込まれて自害されたのならまだ諦めもつくが、信頼する家臣に討たれるとは…）

一日中部屋に籠もり、まるで父親を亡くした子供のように、勝家は肩を震わせて泣き明かした。

重臣たちはそんな勝家の姿を初めて目にして、慰める言葉も見つからず、彼の部屋を訪ねることを遠慮した。

翌日、泣き腫らした目を擦りながら、勝家は重臣たちを部屋に呼び入れた。

「佐々成政《なりまさ》は富山城、前田利家は七尾城、盛政は尾山城へ戻り、景勝に備えよ。一揆勢と戦い、せっかく苦労して手に入れた能登・越中を放り出して出兵することはできぬ。わしが畿内へ出兵すれば必ず景勝が襲ってこよう。光秀を討つのはやつへの備えをしてからだ」

重臣たちは天下統一を目の前にして倒れた信長の無念さを思い、また、一日も早く光秀を討ちたい勝家の熱い思いを感じている。

(勝家殿は織田家の大黒柱だ。信長様が成そうとしていた夢を叶えられるのは、勝家殿しかいない)

重臣たちは逸《はや》る心を抑えて、それぞれの居城に帰っていった。

数日後、上杉景勝への備えが整うと、勝家は光秀を討つため、いよいよ京都へ向けて出発した。

信長の居城・安土城への最短距離の軍用道として、勝家は今庄から柳ケ瀬まであった細い道を拡幅した。栃ノ木峠からこの拡幅道を抜けると柳ケ瀬に着く。

柳ケ瀬の宿に入ると、勝家は放っておいた使者から思わぬ報告を受けた。

使者は「山崎で合戦が行われ、秀吉が光秀を討ち取った」と告げた。

「毛利と対峙していた秀吉は、どうやってそんなに早く山崎までやってきて、光秀と合戦できたのじゃ」

「毛利と和睦して、すぐさま姫路に戻り、そこで休息すると一気に山崎まで進み、光秀軍を打ち破ったとの由」

「大坂におられた信孝様は如何した?」

「信孝様は丹羽殿と共に秀吉軍と合流され、光秀との戦さに加わられました」

勝家はこれは出遅れたと思った。

「信長様の死を知った毛利は、秀吉を追撃しなかったのか?」

「毛利は自軍の旗指物まで差し出したようでござる」

「まるで魔法を見ているようじゃ」

毛利と和睦するのさえ困難なのに、驚くべき速さで軍を移動させ、光秀を討ち取った秀吉の早業は、まるで神業のようだった。

驚いている勝家に、「戦場から逃れた光秀は、居城坂本城に戻るところを土民の手にかかって殺された」と、使者はつけ加えた。

(秀吉が逆賊を討ってくれたことは嬉しいことだが、できれば織田家宿老のわしが光秀の首を取りたかった。猿めは光秀を討って、これからは織田家内でも大きな顔をするようになるだろう)

勝家の頭の中には、いつも織田家の中心に信長がいた。

その中心人物がいなくなると、勝家が信長の子供を補佐し、信長が築いた織田体制を維持してゆかねばならぬ。織田家は常に一枚岩で、その体制を崩す者がいては困るのだ。

(光秀はぜひわしが討ち取らねばならなかったが、討ち取ったのは秀吉だ。これで織田家内で実力を増す秀吉をいつまでもよそ者と侮ってはおれぬわ。どのようなことがあってもわしが織田家を守るぞ)

身を引き締めた勝家は、今後の織田体制を話し合うべく、行軍を早めた。

行く手に五条川の流れが見えてくると、対岸に清須城の大手門が迫ってきた。

この城は懐かしい場所だ。若い頃の苦しみや楽しみが数限りなく詰まった城だった。

四

浅井長政に嫁ぎ、居城の小谷城が落城してからは、お市御料人が三人の娘たちと一緒にこの地でひっそりと暮らしている。

大広間に入ると、上座に信長の二男・信雄、三男・信孝が座っていた。

また下座には日に焼け目をぎょろつかせた秀吉を中心に、丹羽と池田が彼を挟むようにして座っている。

（一益はまだ伊勢に戻っていないのか。やつならわしの考えも十分わかってくれる筈なのに…）

この場にいない滝川一益は、勝家より年上の苦労人で、信長に関東を任されるまでに出世した男だ。しかし信長横死後、北条氏との一戦で敗れ、領国の伊勢へ逃げ帰る途中だった。

「遠路遥々よう参られた。まずここに座られよ」

愛想よく勝家を立って出迎えると、秀吉は中央の席を勝家に譲り、自分は端へ移った。

「この度はご苦労なことだったのう」

勝家が声をかけると、猿のような面構えをした小男は顔を赤らめて手を振った。

「わし一人の力では敵討ちは無理でござった。ちょうど大坂城に信孝様がおられ、丹羽殿らの力を借りて、やっと憎き光秀めを討てたのじゃ。皆様のお陰で勝たしてもらいましてのう」

秀吉はちらちらと信雄・信孝のいる上座を窺う。

「お二人がおられては、われらが自由に話し合いにくうござる。後でお二人にはこの場にお越し願うとして、ひとまず別室でお過ごし下され」

秀吉は、角突き合わせた二人を遠ざけた。

「お二人には退室していただいたので、これでわれらは自由闊達に意見を交換できよう。さて今後のことだが、わしは信長様の跡目には信孝様こそふさわしいと存ずるが……」

信長の子供たちが退席したのを見届けた勝家がまず発言する。

嫡男・信忠も父・信長と共に光秀の謀反にあって自害したので、残されたのは信忠と同じ生駒氏の腹から生まれた信雄と、腹違いの三男・信孝の二人だ。二十五歳と二人は年も同じである。

だが信雄の器量は信孝に及ばず、天正七年には信長の許可なく出兵した伊賀攻めに失敗し、信長から厳しく叱責された程の男だ。

また本能寺の変後、蒲生賢秀《がもうかたひで》に出兵を促されたが、敵討ちの決心がつかず、うじうじとして時機を逃した。どう考えても織田家を任せられる器ではない。

残るは信孝で、本能寺の変後、丹羽長秀と共に秀吉軍に加わり、光秀を討ち取った。消去法でゆくと、信長の後継ぎは信孝しか考えられない。

最初に口火を切った勝家は、信長の信頼が厚かった丹羽や池田らも、当然自分と同じ意見だろうと思った。

だが驚いたことに、いつもはざっくばらんな男である池田と丹羽は、お互い目を見交わすだけで、黙り込んでいる。

(何かあるのか。どうもおかしい。さてはわしが来る前に、後継者のことで秀吉と三人で何か取り決めているのか…)

勝家はこの場の雰囲気がいつもと違うと感じた。

光秀を討ち取り、当然勝家に面と向かって意見する筈の秀吉も、逆らって勝家を怒らせぬように用心してか、口を閉じて沈黙を守っている。

(ますます怪しいわ)

「丹羽殿も別な考えがあれば申されよ」

共に織田家を担っている丹羽はこう勝家に問われると、何か喋ろうとしたが、秀吉の方を窺った。

(やはり秀吉に何か言い含められているのか…)

「筋目から申して、三法師君こそ、御世継ではござらぬか」

今まで黙っていた秀吉が口を開く。三法師は信忠の息子だが、まだ赤子だ。全然予想だにしていなかった名前を持ち出された勝家は驚いた。

(こやつは何を考えているのだ。赤子などを跡継ぎにしては、これからの織田家はどうなってゆくのか。秀吉はわかっているのか…)

織田家を支えようとする勝家は、この発言の真意が全く理解できない。それよりも秀吉が織田家宿老の丹羽を差し置いて先に意見を言ったことに立腹した。

(いくら秀吉が主君の敵討ちをしたからといって、急に偉くなった訳ではないわ。織田家のこれまでの仕来りを崩すことは許されない。当然「出しゃばるな」と丹羽は叱る筈だが何故やつは怒らぬのだ。丹羽は秀吉に遠慮しているのか)

秀吉の風下に立っているような丹羽や池田の様子を見ていると、勝家はむしゃくしゃしてきた。

(信長様が亡くなってからまだ一ケ月も経たぬのに、織田家の秩序は早くも失われてしまったのか…)

勝家の頭の中心には常に織田家があり、個人的な利害など全然眼中になかった。

丹羽や池田も自分と同じ考えだと思い、これまで交友を温めてきたが、どうも間違っていたらしい。

二人は世間ずれした秀吉に利を摑まされたのか、惑わされてしまっているようだ。信長の腰巾着だった丹羽や池田が、信長がいなくなるとすぐに、秀吉に擦り寄っていく姿を見ていると、勝家は自分一人が織田家のために奮戦しているのが馬鹿らしくなってきた。

「厠を借りたい。どうも腹の調子が悪いわ。昨夜食った鮒寿司があたったようだ」

その場の雰囲気を読み、秀吉はふいに座を立った。

秀吉の姿が消えると、今まで黙っていた丹羽が急に重い口を開いた。

「われらも跡目には信孝様をと考えていたのだが、筋目となると秀吉の案がもっともと思えるのだ。お主は不服のようだが、この辺りで手を打ってはどうか」

(何が織田家の重臣だ…)

勝家は二人の腑抜けぶりに呆れ、しばらく返事しなかった。

(三法師など赤子で論外だ)

激怒する代わりにため息が出た。

信長がいなくなった織田家は、燃え立つように鮮やかだった家の明かりがすべて消え、急に闇に沈み込んだ主人のいない家になってしまった。

その家には多くの奉公人が住んでいたが、黒闇の中にいて誰一人として明かりを灯そうとはせず、ただ息を秘めて呼吸をしているだけだった。

(保身に走り、誰も信長様の熱き思いを継ごうとは思わぬのか…)

やる気を失ったように勝家が頷くと、丹羽と池田はほっとしたように胸を撫で下ろした。

秀吉が姿を現したのは、ちょうどその時だった。

「三法師殿に決まったぞ」

丹羽が小声で秀吉に告げると、「よかったわ。これで泉下の信長様もきっと喜ばれていよう」と秀吉は大仰に信長の名を持ち出した。

三法師の後見人には二人の叔父・信雄と信孝が当たり、領土も各々尾張と美濃が与えられた。

そして会議は重臣たちの領土問題に移った。

光秀を討ち取った秀吉には旧地の播磨に加えて、信長の四男・秀勝の分と称して山崎が与えられた。

丹羽は旧若狭領に含め近江の高島と志賀二郡を得、池田には摂津の池田、伊丹とその上に大坂、尼ケ崎、兵庫が配された。

会議を招集したのは勝家だが、領地の分割はまるで予め決められていたかのように、何の抵抗もなく決定してゆく。

（丹羽や池田は前もってわしに相談すべきなのに、完全に秀吉に取り込まれてしまったのか。せめてここに一益でもおれば…）

自分だけを蚊帳の外に置こうとする秀吉の意図に、勝家は歯噛みする。

悪賢い秀吉は、光秀討伐戦に参加しなかった勝家を孤立させ、従来の越前、加賀以外の領土は与えたくない。その意図が透けて見える。

勝家は今まで歯牙にもかけなかった秀吉が、急に大きな存在となって自分の前に立ちはだかってきたことを痛感した。

丹羽と池田は黙ったまま不満そうに眺めている勝家に気を遣い、「これでよいか」と、勝家の顔色を窺いながら念を押す。

秀吉・丹羽・池田の三人が畿内を押さえた格好となり、勝家だけが越前、加賀の地で、彼らから遠ざけられてしまった。

「せめて長浜を譲って欲しい。そうでなければ京都までの道が確保できぬ」

初めて領地のことを、勝家は口にした。

「長浜」は秀吉が初めて信長から拝領した地だ。当然愛着があるだろう。

丹羽も池田も心配そうに秀吉を見る。

渋面を作り反対するかと思われた秀吉は、意外にあっさりと了承した。

「織田家の大黒柱の柴田殿が、越前から京都へ出てこれぬことなど、あってはならぬ事ですわ。これは我ながらうっかりしておりました」

秀吉はしきりに頭を掻き、寛大なところを披露した。

領土問題が一応片づいたその夜、信孝が勝家の部屋へやってきた。

「猿めは、まるで一人で織田家を牛耳ったかのように振る舞っておるわ」

信孝は後継者に指名されなかったのは、秀吉が仕組んだ筋書きだと罵倒した。

「ところで、勝家殿は小谷の御方のことをどう思っておられるのか？」

「信長様の妹様で美しい御方様でござる」

「叔母は三人の娘と清須城で暮らしている。長女のお茶々は早くも十六歳になった」

「ほうもう十六歳でござるか」

勝家は清須城に仕えていた頃、お市御料人を何度か見たことがあった。

ちょうど嫁入り前で、今耳にした長女と同じ年頃だった。

「ところが秀吉が叔母を姫路に連れ帰り、面倒を見たいと申し入れてきたのじゃ」

「猿には確か、おねと申す正妻がいた筈ですが…」

勝家は秀吉と仲のよい前田利家からおねのことをよく耳にしていたのだ。

「許せぬ！　猿めはあの御方を側室にするつもりでござるか」

昼間の秀吉の態度が思い出され、勝家は急に腹が立ってきた。

（織田家の宿老のわしですら、お市御料人は高嶺の花なのに、その人を側室にしようなどと。思い上がるのも大概にせよ…）

勝家は心の中で叫んだ。

（光秀を討ち取った秀吉は、まるで自分が織田家の当主・信長様になったつもりでおるのか…）

「わしは叔母を勝家殿に預けたいと思っておるのだがのう」

「ご冗談を申されるな」

「いや本気じゃ。叔母も勝家殿が承知なら越前へ行ってもよいと申しておられる」

「あのお市御料人がそう申されましたのか…」

（秀吉を憎む信孝は、強い後盾が欲しいのだ。それでお市御料人を口説いて、わしと

祝言を挙げさせようとなされているのじゃ）

信孝の意図はわかるが、お市御料人が本当に正妻として自分のところへ来てくれると思うと、勝家の心は騒ぎ、喜びで震えた。

そして勝家の顔は上気し、胸は早鐘が打つ。

（あのお市御料人がわしの正妻となるなどと、わしは夢でも見ているのか）

夢ではなかった。数日後、勝家は信孝の岐阜城へ出向き、お市御料人と祝言を挙げた。

岐阜を発った勝家と美しく飾った四台の輿に乗ったお市らの一行が西に向かうと、遠くに見覚えのある伊吹山が見え出してきた。

関ヶ原を越える頃になると、懐かしい小谷山が前方にその山容を現した。

浅井長政と共に暮らした、お市御料人と子供たちが忘れもしない思い出の地だ。

入道雲が真っ青な大空に浮かび、切り払った山にも樹木が生え出し、お市は当時のことを思い、輿から顔を覗かせた。

だが、山頂にあった城は跡形も無くなって消えてしまっており、わずか石垣が残るだけだった。

長女をはじめ三人の娘と輿から外へ出たお市御料人は、山麓にあった寺院を捜す。

背丈程の雑草が生い繁る中を、搔き分けて進んでいると、見覚えのある寺院の姿が見えてきた。

寺院は戦火から逃れ姿形は残っていたが、荒れ果ててまるで廃屋のようだった。

お市御料人がよく訪れた浅井氏に縁のあるこの寺は、今は無住で風雨に晒され、屋根には雑草が生え、雨戸は破れ、中の廊下は踏み板が朽ち落ちていた。

本堂と思しき場所に進むと、そこにはお市御料人が念持仏として納めた愛染明王が部屋の片隅に置かれていた。

憤怒の表情をした仏像は掌に入るぐらいの大きさで、目を吊り上げ恐ろしい顔をしていたが、その恐怖を与える表情は災いを追い払うためで、胸中は優しい明王だった。

戦さが始まると、お市御料人はよくこの寺を訪れ、夫・長政の武軍長久を祈ったものだった。

今その当時の彼女ぐらいの年頃となった長女を先頭に、三人の娘たちを愛染明王像の前に座らせると、お市御料人は手を合わせ頭を下げ、長政に自分が祝言を挙げたことを報告した。

（われらは勝家殿と一緒に越前へ参りますが、どうか娘たちの行く末を優しく見守ってやって下され…）

しばらくそこに佇んでいると、小谷城に輿入れをしてから、夫・長政と暮らした懐かしい日々が、次々とお市御料人の脳裏に去来しては消えていった。

いつまでもそうしていたかったが、お市は娘たちを立ち上がらせると、山麓に待たせていた輿に乗り込んだ。

しばらく進むと、突然左手に琵琶湖が現れ、湖面を飛び跳ねる日の光を浴びながら、四台の輿は越前への道を北に進んでいった。

「五十二歳の伯父上は若い絶世の花嫁を連れて帰られましたか。これは思いもよらぬ展開ですな。それに三人の姫君はどの姫もえも言われぬ程美しいですのう」

盛政は冷やかす。

（結婚をしないと思っていた伯父上が、急に三人の子持ちの父親となり、その上妻は絶世の美女と名高い、主筋のお市様であろうとは…）

特に長女のお茶々は若い頃のお市御料人そっくりの美貌の持ち主だ。

盛政の言葉に、いつもはにこりともしない勝家が照れて赤い顔をした。

お市御料人がきてから、殺風景だった勝家の身の周りも一変して色彩を帯び、若い姫たちの笑い声が部屋中を包む。

夫婦生活も落ちつくと、勝家は一家揃って城下に出た。

城下町は新城を中心に四方に拡がり、民家に混じり商売をしている人々の声が周囲に響く。

一乗谷から移ってきた人々も、新しくできた城下町に馴染み、城下に家を建てて住み始めている。

以前足羽川には橋が架かっていなかったが、勝家が築いた九十九橋が両岸に住む人々の往来を盛んにしていた。

雨上がりの日は、うだるような暑さが多少落ちつき、城の屋根瓦に施された笏谷石は、水を含んで増々その青さが美しく映える。

「城の質実剛健さは、まるでどっしりと構えた実戦的な義父のようだわ」

姫たちは伯父・信長に案内された安土城と北の庄城とを比べている。

そんな姫たちのお喋りに耳を傾けていると、戦さ以外の生活しか知らなかった殺伐とした勝家の心は和んできた。

勝家の後ろを歩くお市御料人も、そんな姫たちのお喋りを微笑んで聞いている。

お市御料人は甥・信孝に勧められて遥々越前までやってきたものの、勝家との暮らしに自信がもてなかった。

「不束者ですが、どうか末永くお側において下され」

北の庄に来た日、お市は両手を畳について勝家に頼んだ。

「そんな姿はお市様には似合いませぬ。我が家にいると思い、どうか気を遣わず過ごして下され」

お市の手を上げさせると、勝家は「こちらの方こそよろしくお願い申す」と主筋の姫君に対する姿勢を崩さない。

そして城内の小者に到るまで「小谷の御方」と呼ばせ、敬うことを忘れない。その姿はあくまで主筋の姫君に仕える者のようだ。

盛政はそんな勝家の律儀ぶりを、「まるで高価な宝石を扱うような」と冷やかす。

二人が自然と夫婦らしく振る舞うようになったのは「信長死後、百ケ日法要」を行った時からだ。

お市は信長の乳母を連れ、兄信長のために山城の妙心寺で法要を営んだ。

勝家が同行しなかったのは、秀吉との無用な摩擦を避けるためだ。

一方、秀吉の養子となっている信長の四男・秀勝を施主にして、秀吉は大々的に京都の大徳寺で信長の葬儀を取り仕切った。

朝廷から故信長へ、従一位太政大臣の官位を贈らせると、木像が入った信長の棺を池田恒興の二男・輝政と羽柴秀勝が担ぐ。

そして信長の太刀持ちは秀吉自身が務め、多くの見物人を引きつれて、信長の棺は大徳寺から蓮台野に向かった。

（信長様の後継者たらんとする演出家秀吉の意図は明らかで、先輩たちを差し置いて、自分が信長様の地位を盗みたいのだ。やつの思いは清須会議で見せた時にはっきりとした）

勝家の危惧は信長の後継者の地位を巡って織田家が内部分裂することだ。

これまで天下布武を旗印に、信長が行ってきたほとんどの戦いに参加してきた勝家は、信長が苦心して手に入れた果実を、よそ者の秀吉などに絶対渡したくない。

勝家は信長生前の頃のように、今度は自分が中心となって織田家を支えてゆきたいのだ。

信長の息子・信雄と信孝は頼りないが、今や織田家は分裂の兆しが生じ、信孝側が勝家・滝川一益・佐々成政らで、もう一方は、信雄を担ぐ秀吉を中心とした丹羽・池田らの二派に分かれようとしていた。

勝家は織田家中が二派に分裂することを恐れ、堀秀政に仲介を頼む。

堀は最初、秀吉に取り立てられて家臣となったが、後に信長にその才能を見出された男で、両派に顔が利いた。

勝家が書いた五ケ条から成る覚え書きには、清須会議で決められた取り決めが守られていないことへの弁明が述べられていた。

「岐阜城にいる三法師は約束の時がきても、信孝様が離そうとはしないが、このことはわしがよく信孝様を説得して、必ず安土城へ移すようにする。この旨は丹羽殿にも伝えておいた」

そして織田家一丸となって信長の意志を貫くことが大切だと、何度も秀吉に念を押した。

信長の天下布武の思いを忠実に実行することが、勝家に課された責務だったが、勝家のこの思いは、秀吉に通じそうにはない。

よそ者である秀吉は、自分の能力を引き出し、武将にまで取り立ててくれた信長を敬っていたが、それは自分の能力を開花させるために必要な人であっただけで、別に信長でなくても誰でもよかった。

たまたま尾張に住んでいたので、信長だっただけだ。

自分と秀吉との考え方の違いに薄々気づいていた勝家は、秀吉をよそ者と呼び、警戒していた。

だが織田の家臣たちは逆臣を討ち取った秀吉を忠義者と褒めそやし、野心家はそれを大いに利用したのだ。

覚え書きだけでは頼りなく思い、十一月に入ると勝家は、前田利家・金森長近それに不破光治の嫡男・直光の三人に勝家の養子の勝豊《かつとよ》を加えて、秀吉に和睦の申し入れをするために上洛させた。

「前田は秀吉とも仲がよく、秀吉はやつに都合のよい事だけを吹き込みかねませぬぞ」

盛政は前田を外すよう説くが、勝家は前田を信用している。

表面上は勝家の和睦案に応じる構えを見せた秀吉だが、決して信長の地位を奪おうとする野心を棄てたわけではない。

上洛の使者四人に御馳走攻めで応え、その返礼として、秀吉は弟・秀長を越前へ遣った。

お膳には越前の特産物が山と積まれ、能、幸若舞などの御数寄も異常な程で、勝家は秀長を接待漬けにし、越前に長く留まるよう勧めた。

だが秀長は和睦の礼を述べにわざわざ越前までやってきたのではない。

長逗留の目的は別にあった。

いつ越前が雪に閉ざされるかを、自らの目で見極めるためだ。

里山に降雪が始まったことを認めると、「雪が降り積もる前に、畿内へ戻ろうと存じますので…」と秀長は足早に北の庄を立ち去ってしまった。

それから一ケ月も経たぬ内に、秀吉は五万もの兵を率いて長浜城を取り囲み、城主の柴田勝豊に降伏を迫る。

勝豊は実子がいなかった勝家の最初の養子で、姉の子だった。勝豊は北の庄城の支城・丸岡城を守っていたのだが、清須会議後、勝家領となった長浜城を、勝家は勝豊に任せた。

この勝家領の最前線にある長浜城は、秀吉にとっては邪魔な存在だったが、その重要な城を任されている勝豊には、大きな悩みがあることを秀吉は知っていた。

養父・勝家は武勇が優れている妹の子供たちを可愛がり、武将として彼らに劣る勝豊は疎んじられているのではないかと、いつも疑心暗鬼に陥っていたのだ。

佐久間家の跡取りの盛政を除き、佐久間家には安次・勝政・勝之・勝久らの勇猛果敢な弟たちがいる。

勝家はその内、勝政と勝久とに柴田姓を名乗らせ養子としていた。

彼らの活躍ぶりを耳にする度、病身である勝豊は、いつ養子縁組を解消されるか、ひやひやしていたのだ。

そんな柴田家内部の事情を調べ上げている秀吉は、「長浜に代わる城を与えよう」と勝豊に開城を持ちかけた。

これからは積雪が増す頃だ。

(雪が降り積もれば、雪国の越前からは救援はやってこないだろう)

思い悩んだ末、勝豊は開城に応じ、秀吉はまんまと無血で長浜城を手に入れてしまった。

その足で岐阜城に向う。

勝家からの援軍が望めない信孝は、母親と乳母とを人質として差し出し、秀吉に降伏を申し出、三法師は安土城へ移された。

この素早い秀吉の行動に、雪深い越前の勝家は、兵を動かすことが出来ず焦るばかりだ。

五

(こうなってしまっては、もう秀吉を討つしかないわ)

戦いには慎重な男である勝家は、秀吉より数で劣る分、徳川家康に東から秀吉の牽制を頼み、また前将軍足利義昭の背部にいる毛利輝元にも西から圧力をかけてくれるよう手紙で要請した。そして四国の覇を狙う長宗我部元親《ちようそかべもとちか》にも南から秀吉軍を突くよう依頼した。

積雪続きで勝家が焦っている間に、秀吉は勝家と同盟を組む滝川一益が籠もる桑名城を囲み、支城の関《せき》城を攻めた。

これを聞くと勝家はもうじっとしておれず、二月末になり街道の積雪が減り、根雪が緩み始めると、人夫を使って雪かきをさせる。

勝家は片腕として働く甥の盛政に先発を命じ、秀吉に対抗するため、味方の陣地を構築させようとした。

盛政は秀吉との戦闘を目の前にすると、思わず身震いをした。

（どうしても秀吉を倒し、伯父上を織田家の中心に据えたい）

盛政は大手門前に集まった八千名の兵たちの先頭に立ち、天守を仰ぐ。

そこには勝家の隣にお市御料人が立ち、彼女の三人の娘たちの顔も見える。

また、勝家に隣接する大柄な母の末森殿が身を乗り出し、一人娘・虎姫の手を取ってじっと盛政を見詰める妻の姿も望まれた。

二メートル近い盛政は馬上で天守に向かって手を振ると、「勝利を祈っているぞ」

と天守から声が響く。

盛政は兵たちに天に向けて槍を振らせ、法螺貝を吹かせた。天守からは勝家らしい男が片腕を上げてそれに応じる。

決意を込めて頷くと、馬上の盛政はいつもの栗毛の横腹を蹴る。

荷駄隊を先頭に、陣地構築の人夫や兵士たちが続く。それから騎馬隊だ。

城下は朝早いにもかかわらず、家は雨戸を開け、街道には背に荷物を負った商人たちの歩いている姿に混じり、荷車が行き交う。

彼らは必勝を願って微笑み激励すると、兵たちはそれに応えた。

勝家は越前から北近江まで最短距離で行軍できるように、今庄から椿峠、栃の木峠を越える道を拡幅していた。

だがこの時期は積雪が深くてその軍用道路は使えないので、旧道の険しい木の芽峠を越えるため、回り道をしなければならない。

越前府中で前田利家隊と合流した盛政隊は、今庄で一泊すると、雪の深い木の芽峠を登り始めた。

山頂の空気は肌寒かったが、敦賀に到着すると、日本海から吹く風は、もう春のように暖かかった。

（そろそろ敵地に近づいてきたぞ。猿との勝負だ）

馬上の盛政に緊張が走った。

敦賀から小浜街道を通って柳ケ瀬宿に着くと、幸いなことにまだここまでは秀吉の手が及んでいないらしい。

偵察部隊を放つと、盛政は前方を眺めた。余吾湖をぐるっと山が取り巻いており、山が切れる東側に北国街道が走っている。

柳ケ瀬山からは、余吾湖の前方に天神山と、それよりやや南にある堂本山と神明山の山塊がよく見える。秀吉はここに土塁を作り、櫓を建てて北からやってくる敵を見張っているようだ。

（まだ戦いには間に合うぞ。ここ柳ケ瀬宿を中心にわれらの陣地を構築すれば、十分秀吉と戦えるわ）

戻ってきた偵察隊が伝えるには、秀吉の本陣はもっと南の、木之本に構えているらしい。

北国街道を見張るため、街道の東に聳える東野山に堀秀政を備えさせており、街道の南の田上山には弟の秀長がいるようだ。

（東野山は高い山で、山頂からはおそらくわれらの動きがよく見えているだろう。まずは陣地になりそうなところを捜し、土塁を築いて相手に備えねば…）

柳ケ瀬宿に着いたのは三月六日のことで、盛政は陣地に適したところを調べる。

柳ケ瀬宿から南下すると、それまで両側から迫っていた山塊が遠ざかり、平野が広がってくる。

余吾湖の北側は天神山、そして堂木山、神明山という二重の山塊が立ち塞がっており、東側の岩崎山、大岩山からは北国街道が近い。

柳ケ瀬山（海抜四百三十九メートル）からは敵の陣地や兵たちの動きがよく見える。

（柳ケ瀬山に伯父上の本陣を構え、北国街道を見下す西の山塊に防備陣を張ろう）

この辺りは戦国時代には京極氏の領内で、あちこちに山城跡が多い。

まず勝家の本陣を柳ケ瀬山に決めた盛政は、刀根の集落へゆきそこにある寺やお堂を移設することを思いついた。

築城する時間があまりないので「戦勝すればもっと立派にして返す」と村人に説明し、それらを柳ケ瀬まで運んできた。

刀根の村人と盛政が率いてきた兵たちは、半身裸になりしたたる汗を流しながら本陣を構築し始めた。

本陣を守るため、土塁を築き、逆茂木《さかもぎ》作りに精を出す。

他の武将たちにも適した陣地を見つけるため、盛政は忙しく歩き回り、昔京極氏が建てた山城跡を捜す。

西に高い山塊を見つけると、そこにも昔の城跡が見つかった。

行市山（海抜六百六十メートル）からは秀吉の最前線の天神山まで二キロの距離だ。

（わしの本陣はここに決めたぞ。ここからは余吾湖周辺の秀吉配下の陣はもちろん、秀吉の本陣、木之本まで一望できるわ。余吾湖の南に賤ヶ岳があり、その奥に広々と輝く海のようなものは琵琶湖だ）

振り返ると、敦賀方面に日本海が陽光を浴びて輝いていた。

西の行市山を先頭に山塊は東へ行く程低山となり、北国街道へと続く。

盛政は中谷山・栃谷山・林谷山に残る山城跡を各武将の陣に決め、各陣地を幅二間の林道でつなぐために、兵たちに雑木を伐採させて道を作らせた。

もちろん行市山から勝家の本陣までの約四キロの道を整備させることも忘れなかった。

各陣地を決めると、盛政は敵の陣地の様子が知りたいと思った。

「勝政、一緒に行くか」

盛政はこの三つ年下の弟の豪快なところが好きだ。性格も自分と一番似ているような気がする。

「猿めはちょうど滝川殿の伊勢攻めで留守だ。秀吉の不在で敵の守りは手薄に違いないだろう。兄者はやつがどんな陣立てをしているか、その目でじっくりと見定めたいのだろう」

勝政は盛政の考えがわかる。

「そうだ。さっそく今夜決行しよう」

夜が更けてくると、数百人の黒装束に身を包んだ者たちが集まってきた。馬には馬銜《はみ》を噛ませている。

彼らは明かりも灯さずに沈黙を守りながら南下すると、一キロも行かない内に、右手に黒く広がる天神山の山容に沿って明かりが続いているのを目にした。

(最近作られた砦を兵士が守っているのだろう)

街道には敵の手による土塁があるが、彼らは馬が越えられるように一部を埋めると、さらに馬を南に進める。

一キロ程先には、余呉湖の北に聳《そび》える三百メートル程の神明山と堂本山の尾根が西の山塊から伸びてきており、山頂の明かりが、砦が完成していることを示していた。

「ここは勝豊の部下たちが守っているところだ」

馬を盛政のところへ寄せると、勝政は小声で告げる。

「左手の高い山頂には五千程の堀秀政の兵たちが籠もっておる。ここからはわれらの陣地がまる見えだ」

盛政は標高五百メートルくらいの東野山の山頂に煌々と灯る松明の群れを指差した。

左右の陣地内を走る北国街道をさらに南へ進むと、余吾湖に流れ込む水音が聞こえてくる。

街道に西から迫ってくる山塊は手前が岩崎山で後方が大岩山と呼ばれている。

どちらも二百メートルぐらいの低山だが、秀吉の本陣を守るには重要なところだ。

「手前の山に高山長房《ながふさ》が陣を張り、奥の山は中川清秀が守っておる」

夜目が利く盛政は、そう言うと山頂の明かりを睨む。

「ここまで来たら、もう少し進み、秀吉の本陣を見たいものですな」

勝政は兄同様、肝が太い男だ。

「あの田上山と申す山に猿の弟・秀長が陣を構えている。一万五千という大軍を任せているのは、弟を信頼している証だ」

　田上山は秀吉の本陣・木の本のすぐ北にある三百メートル級の山で、山頂は長い尾根が続いている。

「この先すぐのところが秀吉の本陣だ。やつは伊勢に行っておるので、守りは手薄だろう。少し暴れて、南にも敵がいると思わせてやろう」

　盛政は用意してきた藁《わら》に火をつけ、それを民家の屋根に放り投げた。

　湖から吹く強風に煽られ、見る見る内に火は燃え広がり、田上山の秀長隊や余呉湖の南の賤ケ岳に陣を構える桑山重晴隊が慌てて駆けつけてくる頃には、盛政の部隊はすでに姿を消していた。

　利家を従えた二万の兵を率いた勝家隊が柳ケ瀬宿に到着したのは、それから約一週間程経ってからだった。

「これはわれらが戦うのに、適した地だ。さすがは鬼玄蕃と呼ばれた盛政じゃ。こんなに早く出来た立派な本陣に立て籠もられれば、秀吉もうかうかとは手が出せまい」

　さっそく勝家は武将たちを引き連れ、彼らが籠もる陣地に出向く。

　柳ケ瀬山の頂上にある勝家の本城・内中尾山城を守るように各陣地が築かれているのを見回ると、勝家は満足気に頷く。

「さすがはわしの甥だけのことはある」

盛政の陣がある行市山から東へと順に、別所山には前田利家・利長父子が陣地を広げ、さらに中谷山には原長頼《ながより》が陣を敷いた。栃谷山は徳山則秀、金森長近が、そして北国街道に一番近い林谷山には不破直光が布陣した。

彼らは翌日から盛政が築いた土塁・逆茂木作りに、長行軍の疲れも見せずに精を出す。

「勝家が北近江に姿を現した」という一報が入り、秀吉は伊勢の滝川攻めを北畠信雄と蒲生氏に任せて、早々に一万五千の兵を引き連れて木の本へ取って帰した。

秀吉は北に築かれた敵の砦の立派な出来栄えに唸った。

(勝家は得意の山岳戦に持ち込みたいのだ。やつを平地に引っぱり出さねば…)

盛んに秀吉の最前線の砦から、内中尾山城へ向かって発砲し、勝家を挑発する。

一方、兵力に劣る勝家は、長期戦に持ち込みたい。山岳から離れず、焦《じ》れた秀吉軍を狭隘な谷間に誘い込もうとする。

双方睨み合いが続く。

勝家隊の構築陣地の堅いことを知った秀吉は、天神山から後方の堂木・神明山の線まで前線を引くことを決めた。

四月に入ると長対陣に焦れた勝家隊が神明山に向けて銃撃を始める。

また翌日には勝家隊が北国街道まで前進してきた。それを知ると、東野山に籠もる堀秀政隊が山を下ってきて銃撃戦を繰り広げるが、本格的な戦いとはならない。

お互い戦闘の切っかけが欲しい。

「秀吉めを動かすのに、何かよい策はないか」

勝家はどうしても秀吉を山岳地帯に引き摺《ず》り込みたい。

「堂木山砦にいる山路《やまじ》正国をわが方に呼び込む手は如何ですか。山路は元々それがしの部下だった男で、忠義者でござる。それがしから誘うと、ひょっとすれば靡くやも……」

勝家の頭に真面目そうな表情をした山路の顔が浮かんできた。

山路は勝豊が長浜城に入る際、盛政が重臣として添えてやった男だ。

「よし、こちらに転べば、やつに丸岡城十二万石を与えよう」

勝家の了承を取り付けると、盛政は山路と仲のよかった友人を呼び、夜が更けるのを待ち堂木砦へ遣った。

最初は渋っていたが、十二万石と聞いて山路は裏切りを決心したようだった。

その上山路は、神明山を守り、勝豊の部下たちを監視する木村重茲《しげこれ》の首を、盛政への手土産に持って帰ろうと欲を出した。

山路は茶会に木村を招くが、木村はこの招待は危ないと直感した。

「山路はわしを討ち、敵に走るつもりだ」

茶会を断られ、裏切りが発覚したと思った山路は、数人の部下と共に、闇の山道を迷いながら、行市山を目指して急な山道を必死で走る。

無灯で走る山道は遠く、不気味で、どこまでも黒闇が続くように思われた。

「将監殿、よくぞ決心してここまで参ったものよ…」

肩で息をしている山路を抱き抱えるようにして、盛政は出迎えた。

一方、長浜に向かった数名の山路の家臣たちは、秀吉に捕らえられている山路の妻や母と子供たちを揺り起こし、老母を背負って琵琶湖畔へ急いだ。

そこに小舟が舫《もや》いでいたのだ。

彼らは急いで小舟に飛び乗ると、沖に向かって漕ぎ出すが、湖上を警戒していた秀吉方の川舟に見つけられ、捕まってしまった。

木村は秀吉が弟・秀長と相談するために、田上山にいることを知っていた。

四月十六日のちょうどその時刻、秀吉は木の本を発ち、岐阜にいる信孝への攻撃に向かおうとしていたのだ。

秀吉はこれを聞くと激怒した。

「敵方への見せしめのため、七人を磔にせよ！」

秀吉の厳命で、翌朝、行市山からよく見える丘に七つの磔柱が立てられた。

磔柱に吊された七人の人質を前にすると、さすがの木村も哀れさを催した。

「山路が敵に走った今、お主たちの命を奪わねばならぬ。何か言い残すことはないか……」

普段豪快な木村の声は湿りがちだ。

山路の妻は静かに頷くと、「今更何も申すことはありませぬ。ただ主人の武運長久を祈るばかりでございます」と、天を見上げ、まるで武人の鑑であるかのように言った。

死を覚悟した母親の言葉に、幼い子供たちは目を閉じ、静かにお経を唱え始めた。

兵士はまず年老いた山路の母の腹に槍を突き立てた。続いて妻、子供たちを次々と槍で刺す。断末魔の悶え苦しみが止み、全員の処刑が終わると、敵・味方の両陣からはため息が漏れ、やがて深い沈黙が山々を覆う。

行市山にいる山路は目を皿のようにしてこのむごたらしい光景を見ていたが、やがて目を閉じると彼の頬には涙が伝わってきた。

「将監殿《しょうげん》のお気持ちはこの盛政の胸にも、ひしひしと伝わってくる。さぞ無念であろう。この悔しさを晴らすために、ぜひわれらに協力して欲しい」

「忝《かたじけな》い。死は戦国の世に生まれし者の定めだ。死んでいった母や妻、そして幼い子供たちのためにも、この戦いはぜひとも勝たねば…」

山路の声は怒りで震えていた。

「一緒に力を合わせて、猿めの首を取ろうぞ」

盛政は打倒秀吉を誓った。

翌朝は昨日の惨劇がまるで嘘だったように、余吾湖を望む山々は新緑に包まれ、琵琶湖から吹きつける暖かい風は、あたかも初夏のようだった。

「余吾湖の東にある大岩山砦の普請は遅れ気味で、まだ土塁も浅く、ここを落とせば、峰続きの北の岩崎山と南の賤ヶ岳も簡単に陥落するでしょう」

山路は砦の位置を描いた図面を広げ、まるで怒りの亡者となったかのように盛政に訴える。

「大岩山か。確か摂津衆の中川清秀が守っておると聞いているが…」

盛政は光秀と戦った山崎の合戦で摂津衆が活躍したことを知っている。

摂津衆らは中川清秀と高山長房の二人だ。中川は小柄で太り気味の男だが、ぎょろっと眼玉をむいて相手を睨みつけると、彼らはその迫力に圧倒された。

「ここは秀吉の本陣・木の本を守る重要な砦の一つでござる。これを奪取すれば、猿めもさぞや驚くことでござろう」

人質を磔にされた山路は、どうしても憎い秀吉に一泡吹かせたい。

（中入りか。危険だがやってみる価値はありそうだぞ）

加賀や越中で一向一揆相手に戦っている内に、盛政は「勝機を掴んだら徹底的に戦い続けよ」という教訓を得た。

（今が正にその時だ）

せっかく今目の前に広がった勝機を、ぜひとも盛政は掴みたい。

「山路と一緒についてこい！」

同席する二つ年下の弟・安政に叫んだ。

盛政は、行市山から内中尾山城にいる勝家のところへ馬を駆る。

幸いなことに、本陣には勝家の側にもう一人の弟・勝政がいた。

（勝政ならわしの思いをわかってくれる筈だ）

「伯父上、山路が朗報をもたらしてくれましたぞ」

勢い込んで盛政が本陣へ飛び込んできた時から、勝家は何か厄介事を持ち込んできたなと直感した。

盛政は腹の中にある物を隠し持ってはおけず、すぐに顔色に出してしまう男だ。

「朗報でござるぞ、伯父上。今さっき山路が秀吉の陣からそれがしの陣へ脱走して参り、『大岩山砦がまだ十分に完成していない』と教えてくれました。大岩山砦をそれがしに夜襲させて下され」

勝家の戦いぶりが慎重なことを知っている盛政は、「どうしても猿めをぎゃふんと言わせたい」と「中入り」を懇願した。

「それがしも兄の考えに同感でござる」

勝政が傍らから援護射撃した。

(危険すぎる。戦いは絶対に勝たねばならぬ。そんな賭けのような戦さは避けねばならぬ。信長様も桶狭間では大軍相手に博打のような戦いをされたが、その後は決して無謀な戦いはされなかった)

勝家も信玄を真似て、勝利は六・七分も勝てば十分に満足する慎重派ぶりだ。だが若い者は違う。多少は危険を伴う戦いでも、やり遂げようとするものだ。体内に秘めた情熱が燃えるのだ。

「中入りか…」

勝家は唸ると、しばらく黙り込んでしまった。

山路を含め、盛政ら兄弟は沈黙を続ける勝家の口元を凝視する。

（戦いには冒険的なところがあってはならず、必ず勝つとの確証が得られるまでは待つべきだ）

だが情熱の込もった、若者の目の輝きを見ている内に、勝家は彼らの若さに賭けてみようと考えを変えた。

「よし、盛政の策を認めよう。だが条件がある」と断ると、勝家は自説を述べる。

「中入りという戦法は危険と隣り合わせのものだ。だが、成功すれば岐阜にいる信孝様を助けることにもなる。そもそも中入りとは援軍があってこそ、初めて効果的に働く戦法だ。そこでそなたたちが出発すれば、わしはここから北国街道へ打って出て、東野山に布陣する堀秀政隊を牽制しよう」

重々しい話しぶりで勝家は続ける。

「大岩山砦を乗っ取ったら、ただちに行市山の陣地へ戻れ。よいか、これは命令だぞ。猿めは油断ならぬ男だ。今は岐阜に向かっているが、光秀を討ち取った山崎の合戦の際のように、どんな手を使ってここに戻ってくるかも知れぬ」

「わかっております。この盛政が猿めに遅れをとるつもりはござらぬわ」

勝家は大きく頷く。

十五歳の初陣から三十歳になる今まで、越前、加賀、越中での一向一揆相手の戦いで、盛政のすさまじい戦さぶりを勝家は何度も目にしていた。

この軍神のような甥が誇りでもあり、自分が老いれば後を託そうと思う程、信頼する甥だ。

（決して秀吉などに劣る筈はない）

「勝政、安政も戦さに加わって兄を助けてやれ」

「有難うござる。必ずや大岩山砦を落とし、無事この地で伯父上と再会しましょう」

「戦勝に酔って、わしの言葉を忘れるなよ」

「約束いたしまする」

「よし、明朝ここに重臣たちを集める。『中入り』はその場で皆に言い渡そう」

四月十九日の朝、諸将が顔を揃えた時、勝家は「中入り」することを告げた。

盛政の戦さぶりを知っている彼らは、「うおッ」とまるで獣が吠えるような大きな歓声を挙げた。

長い対峙に飽きた彼らの顔は、久しぶりに腕を振るえる喜びに満ち、秀吉不在なので、勝利を確信したように輝いていた。

二十日の夜の午後零時を回った頃、勝家は盛政ら八千の兵に向かって、「成功を祈るぞ」と言葉短く激励した。

四月の終わりとはいえ、まだまだ山中の夜は冷える。

盛政は諸将たちに酒を振る舞った。

「大岩山砦を落とし、猿めを驚かせてやろうぞ」

「おうッ！」

諸将たちは一斉に吠えた。

行市山へと戻る道すがら、徳山則秀《のりひで》・原長頼・不破直光・拝郷《はいごう》五左衛門らの軍と合流すると、総勢は八千人程に膨らむ。

盛政隊は集福寺坂を越え、尾根続きの文室山の山頂から権現坂までやってきた。

後からは別所山にいた約二千名もの前田隊が続いていたが、権現坂からは左手に見える堂木・神明山砦に備えるため、別行動をとる。

前田隊はここに留まり、二つの砦の根元を押さえるため茂山に布陣し、敵の来襲を阻止するため、土塁を築き、山から伐り出した木で逆茂木を作り始めた。

権現峠というのは、この地に蔵王権現を祀るお堂があったことから付いた名前だ。

塩津方面からくる商人は、この峠道を下って川並の集落へ入る。そこから余吾湖畔に沿って進み、飯浦の切通しまで行った。

そこを抜けて余吾湖を囲む山塊から外へ出て、木の本に到る生活道路があったのだ。

盛政は飯浦の切通しまではこの道を通過した。

飯浦の切通しに着いたのは午前四時頃だ。

勝政はここに留まり、前面に見える賤ヶ岳砦に対峙し、盛政が大岩山砦を落として行市山に戻る時、追撃してくる敵を側面から攻撃する役目を受け持つ。

「成功をお祈りしておりますぞ」

不敵そうに白い歯を見せる勝政の笑顔が、盛政には忘れ難く思える。

信長に反旗を翻し、慎島城に立て籠もる足利義昭を追っていた時、宇治川で勝政と先陣争いをしたことがあった。

(あの時の笑顔だ)

「お前こそ、しっかりと後詰めを頼むぞ」

盛政もにっこりと笑顔で返す。

三千の兵を勝政に委ねると、盛政は兵を先に進める。

賤ヶ岳砦の山麓を通るが、上方に聳える砦に籠もる桑山隊は、まだこの奇襲部隊に気づいていないようだ。

大岩山砦の山麓に広がる尾野呂浜がうっすらと見えだしたのは、午前四時半頃だ。

初夏の日の出は早く、空が白み始めると、左前方の余吾湖がうっすらと姿を現す。

先鋒は不破直光・徳山則秀・拝郷五左衛門らだ。

その時前方に馬を洗っている七～八人の馬卒の姿が見えた。

大岩山砦の者だろう。

敵の大軍に驚いて急いで山の斜面を駆け登ろうとするが、先鋒の不破の兵が斬りつけた。

これが奇襲の始まりとなった。

「よし、大岩山砦を奪え！」

盛政の大声が湖畔に響くと、五千の兵たちは一斉に大岩山の山頂を目指す。

湖畔の海抜が百三十三メートルあるので、山頂が二百七十五メートルの大岩山砦までの比高は約百五十メートルある。

かなりの急坂だが、盛政の兵たちは一気に駆け上がる。

逃げ帰った馬卒たちの通告によって、約一千程の中川隊は既に戦闘態勢に入っていたが、砦はまだ完成途中だ。

それでも意気軒昂な中川隊は、土塁の中に身を伏せ、近づいてくる盛政隊を狙い撃つ。

弾はおもしろいように当たるが、なにしろ敵は大軍だ。倒れても倒れても後ろから湧き起こってくる。

盛政の兵たちが用意していた竹束を盾にして登ってゆくと、土塁に潜む敵兵は鉄砲を放ち応戦するが、土塁はすぐに盛政隊に占領され、盛政の従者たちは鋤と鍬で土塁を埋めにかかる。

兵力に劣る中川隊は徐々に砦に押し戻され、そこに立て籠もって戦う。

「敵は多勢、中川隊はわれらのところまで退却し、共に敵に当たろう」

大岩山での騒ぎを聞きつけた桑山から伝令がやってきた。

しかし、山崎の合戦で先鋒として手柄を立てた清秀には、武人としての誇りがある。

「大軍を相手に砦を死守することは難しいが、砦を放棄してむざむざ敵にここを明け渡すことは武人として恥じゃ。桑山殿も味方を当てにせず、一人で戦いなされ」

清秀は協力を撥ねつけた。

岩崎山砦の高山長房のところへも伝令は走ったが、高山も桑山の誘いを拒絶した。

盛政は岩崎山と賤ヶ岳砦からの援軍がないことを知ると、俄然勢いづく。

だが、精兵揃いと自慢するだけあって、中川隊の奮戦ぶりは目覚ましい。

砦を守ろうと、兵力に差があるが、清秀の兵たちは盛んに砦から討って出てくる。

彼らの勢いに盛政隊は山の斜面まで押し返され、さすがの盛政も攻めあぐんだ。

（まごまごしていると、田上山にいる秀長の兵が救援にくるかも知れぬ。早くこの砦を奪わねば…）

午前九時近くなり、戦闘が始まってから四時間余り経っても砦は落ちない。

盛政は焦りだした。

「砦の裏手に回り込め。火攻めをやれ！」

盛政は先鋒の徳山に命じた。

「わかり申した！」

正面攻撃に手を焼いていた徳山は頷くと、ただちに立ち去った。

しばらくすると裏山で小競り合いしている騒ぎが起こり、砦の後ろから黒煙が立ち上がり、やがて黒煙に混じって火が広まり始めた。

「徳山がやりおったぞ」

中川隊は背中の方から立ち上る火災を振り返り、砦が火攻めにあったことを知った。

敵兵は動揺し始め、その隙を突くようにここぞとばかり盛政は一気に攻め込む。

だがさすがに清秀は強者《つわもの》だった。

燃え始めた砦の中へ攻め込んでくる敵兵を槍で突き伏せ、獅子奮迅の働きをする。

盛政の兵たちもそんな阿修羅のような彼を恐れ、立ち尽くす。

しかし、次々と近臣たちが討たれると、清秀は自ら敵中に討ち入って死のうと思った。

「雑兵などに討たれるのは恥じゃ。それがしがここを守るので、兄上は速やかに奥へ行き腹を召されよ！」

弟の中川淵之助は、打って出ようとする兄を後ろから抱き止め、「われこそは中川清秀じゃ。討って功名にせよ」と群がる敵兵の中に飛び込んで行った。

身代わりになった弟の姿が、敵の群れの中に消えてゆくのを見届けると、清秀は燃え盛る砦の中へ引き返し、腹を寛げ豪快に腹を切った。

享年四十一歳。一生涯戦い続けた男の最期だった。

やっと清秀以下千名が全員玉砕し、大岩山砦が陥落したのは、午前十時を少し回った頃だった。

清秀の首はさっそく狐塚まで前進してきた勝家のところへ送られた。

「岩崎山の高山も賤ヶ岳の桑山も砦から逃げ出しているので、この隙に伯父上も堂木山、神明山砦を攻めて下され。やつらには勝豊の配下の者が多く守っているので、われらが優勢と思えばこちら側につく筈です。一気に猿めの最前基地を乗っ取ってやりましょうぞ」

盛政の活躍ぶりを喜ぶが、勝家はあくまで慎重で、この盛政の考えを危険だと判断した。

「すぐに撤兵せよ。秀吉は思いもかけぬことをやらかす男だ。目の前の成功に慢心せずに、すぐに引き返せ」

伝令が大岩山へ走る。

「伯父上は心配性じゃ。『兵は疲れ切っており、すぐには戻れぬ』と申し上げろ」

実際行軍を含め、約十時間に渡る激しい戦闘をした兵たちは、打ち倒れた朽ち木のように食事も忘れて横たわっている。

返事を聞いた勝家は、盛政が勝利に酔って自分を見失っていると彼の傲慢さを詰《なじ》る。

その後何度も伝令をやるが、盛政は全く動かなかった。

（今この時を逃さずに最前線の砦を奪えば、猿めに勝てるのに…）

大岩山砦を落とした強気からか、盛政は引き返せと要求する勝家に逆らって、堂木山と神明山砦を攻めよと催促する。

（馬鹿者めが。一時的な勝利に我を忘れおって…）

幾多の戦さを経験した年長者から見れば、盛政は戦さにはめっぽう強いが、戦略に乏しいところがある。

（秀吉が不在でも、東野山から五千の堀秀政隊とそれに田上山にいる秀長軍一万五千の兵が大岩山を襲えば、致命傷ともなりかねぬ。それに岐阜城に向かっている秀吉の動きが気にかかる）

「もしもわしの申すことが聞けぬのなら、わし自身がそちらに出向き説得するぞ」

焦る勝家は、養子にしていた権六勝敏《げんろくかつとし》を盛政のところへ遣った。

（伯父上は何を恐れておられるのか。慎重すぎるのも考えものだ。柴田軍二万が動き、堂木山・神明山砦を押さえれば、われらはぐっと優位に戦さを進められるのに…）

盛政はその後、何回も訪れる使者の伝言を無視し続けた。

戦闘の疲れと寝不足とで、盛政の兵たちは昼とも夕ともわからぬ携帯食を摂ると、再び倒れ込み深い眠りにつく。

日が沈み、岩崎山も賤ヶ岳にも誰もいないらしく、物音一つしない。

夜空には月が昇り、星がきらめき始めた。

（翌朝には賤ヶ岳砦を占拠してやろう）

盛政も襲ってくる眠けに、やがて目を閉じてしまっていた。

「北国脇往環に松明の帯が木の本の方へ向かっていますぞ。多分秀吉の本隊が岐阜から戻ってきたと思われまする」

うとうととしていた盛政は、偵察隊の報告で、一遍に眠気が吹っ飛んでしまった。

「何！　猿めが帰ってきただと！　大岩山砦を奪取されたと知った秀吉が、四十里も離れた岐阜からすぐ戻ってこられようか。その方の見間違いではないのか」

身体を起こした盛政は、展望のきく高台に登り、南の方を眺めた。

驚いたことに、この前見た時は黒闇ばかりだったところに、一筋の松明の群れが、途切れることなくこちらの方へ向かっている。

神業のような秀吉の引き返しに、一瞬盛政の頭の中は真っ白になった。

目を凝らすと、明かりの先頭が木の本に着いているようだ。人馬の響きが、はっきりと山頂まで聞こえてきた。

すると盛政の脳裏に心配そうな勝家の顔が浮かんでき、盛政の身体はぶるぶると震え始めた。

（しまった。伯父上はこのことを危惧されていたのか…）

用心深すぎると笑っていたが、勝家の不安は的中したのだ。

この最大の危機に空白になった頭のまま樹の幹に身体を支えながら、盛政は冷静にならなければと自分に言い聞かせた。

（どうしたらよいのか？）

この思わぬ出来事で頭の中は混乱していたが、とにかく秀吉軍が攻撃してくる前にこの場から立ち去らねばならぬと、盛政は思った。

（それも出来るだけ速やかにだ。茂山まで行けば、前田隊が堂木山・神明山砦の敵方から退却路を確保してくれている筈だ。いかに早くここから退却できるかが運命の分かれ目になるだろう）

盛政は眠そうな顔をした各将を本陣に集めると、今すぐこの地から退くことを告げた。

彼らは恐ろしく早く秀吉が引き返してきたことに驚き、不安そうな目でお互いの顔色を窺った。

「原長頼と拝郷五左衛門に殿を任す」

それから飯の浦の切通しにいる勝政に援護を頼むと、午後十一時頃、盛政隊は静かに退却を始めた。

退路は行きと同じだ。

秀吉本隊が追撃を開始したのは、木の本で仮眠した後の翌日午前二時頃だった。

黒田集落から観音坂を越え、余吾湖が望める猿ケ馬場に登った秀吉は、大岩山を立ち去った盛政隊が、余吾湖畔を急いで退却している姿を発見した。

「この地をやつらの墓場にしてやれ！」

盛政の後続隊に秀吉の先鋒が喰いつく。

殿を務める原と拝郷は秀吉本隊が近づいてくると、立ち木に身を隠しながら鉄砲を放ち、相手が怯んだところを、刀や槍で白兵戦を繰り返した。

また、飯の浦の切通しからは、銃撃の側面支援があり、秀吉本隊は思うように進めない。

鬼玄蕃と恐れられた盛政は、兵を上手く纏めると、素早く川並の集落から鉄砲の届かない権現坂を登り切ってしまった。

鮮やかな撤兵ぶりに、秀吉は舌打ちした。

「攻撃目標は飯の浦の切通しにおる勝政じゃ」

秀吉は攻撃対象を切り替えた。

その内に、秀吉側の態勢は徐々に整い始め、賤ヶ岳砦から逃げていた桑山は、琵琶湖を見張っていた丹羽隊の協力を得て、再び賤ヶ岳砦に戻ってきた。

東野山にいる堀は狐塚まで突出してきた勝家に対峙する。また田上山の秀長は勝家の本隊を牽制しつつ、堂木山・神明山砦の兵と一緒になって茂山へ向かう。

そして一万五千もの秀吉本隊が盛政隊の追撃に移っていた。

「飯の浦の切通しにいる勝政隊は孤立しているぞ。やつを討ち取れ」

秀吉は大声で叫ぶ。

彼の近習たちは、今まで鎖につながれていた猟犬が急に解き放たれたように、賤ヶ岳から駆け降りる。

後世、「賤ヶ岳の七本槍」と呼ばれた加藤清正、加藤嘉明《よしあきら》、福島正則《まさのり》らはこの時を待っていた。

秀吉本隊が勝政隊に襲いかかった。

「勝政を見殺しにはできぬ」

権現坂から勝政の兵たちが突き崩されている様子を見ていると、盛政はじっとしておられない。

「勝政殿を無事勝家様のところまで連れ帰るのが、われらの役目じゃ」

殿を務めた原と拝郷は、今度は先頭に立って権現坂を駆け降り、秀吉本隊の中に飛び込んでいった。

白羽織を身に纏《まと》った拝郷の姿は戦場では目立つ。

大軍を物ともせずに、拝郷は秀吉の兵たちを槍で突き伏せ、押し寄せる敵中を縦横無尽に駆け回る。

この白羽織の男が名のある者だと思い、兜首を狙う福島正則は、傍らから槍を突き出す。

「猪口才な若者めが」

返り血を浴びて恐ろしい面構えとなった拝郷は、正則に向きを変えると槍を交える。

二人は激しい戦いを繰り広げたが、軍配は武名が鳴り響く拝郷ではなく、若い正則に上がった。

「福島正則が拝郷の首を取ったぞ！」

戦場に大きな歓声があがる。

山路は若武者・加藤清正に討たれた。

蟻の大軍に囲まれた虫のように、勝政隊は最初は激しく敵に抵抗していたが、やがてその抵抗も静かになってしまった。

群がる秀吉の大軍の中を、盛政は必死で軍を立て直し、再び権現坂を目指す。

振り返ると、もう勝政隊は消滅してしまっていた。

敗走してくる兵を収容し、盛政は勝政の安否を気づかいながら権現坂を登り切った。

しかし前面に展開している光景を見て、盛政は驚きの声をあげた。

茂山に布陣している筈の前田隊が、そこにいなかったのだ。

堂木山・神明山砦にいる敵兵の押さえとして、茂山に陣を構えている筈の前田隊は、何の予告もなく茂山から塩津方面へ駆け降りている。

そして茂山にいる後詰めが逃亡したことを知った堂木山・神明山砦から、敵兵がこちらへ向かってきているのだ。

この予期しない展開に、盛政隊に動揺が走った。

前田隊の後詰めがあることで、無事に行市山の陣に戻られると思っていた兵たちは、恐怖を感じ絶望した。

彼らは向かってくる敵を避け、前田隊と同じように塩津方面へと逃げ始めた。

「戻れ。戻ってこい！」

必死に盛政は叫ぶが、怖けづいた兵たちを引き戻すことは不可能だった。

（総崩れだ…）

無念の思いを胸に、盛政は塩津方面から敦賀を目指して戦線を離脱した。

戦いが済んだのは正午を少し回った頃で、大空には入道雲が湧き起こり、日本海から吹き渡る風が、この戦さで命を落とした四千もの佐久間軍の亡骸の上を吹き抜け、余吾湖の湖面を波立たせていた。

その頃、勝家は北の庄を目指して、北国街道を駆けていた。

初夏を思わす陽気で、勝家を悩ませた雪はもう融けていた。

峠道の樹々は眩しい程の陽光を浴び、早い夏の到来を告げていた。

この賤ヶ岳で勝利した秀吉は勝家を滅ぼすと、信長の後継者の座を奪い、まるで馬車馬が駆けるかのように、天下人への階段をひたすら駆け登ってゆく。

本書は、書き下ろし作品です。

【参考文献】

■鬼真壁と鬼佐竹■

『戦国武将列伝3　関東編（下）』黒田基樹編　戎光祥出版
『太田資正と戦国武州大乱　実像と戦国史跡』中世太田領研究会　まつやま書房
『常陸・秋田佐竹一族』七宮涬三　新人物往来社
『シリーズ・中世関東武士の研究第十九巻　常陸真壁氏』清水亮編著　戎光祥出版
『図説　茨城の城郭』茨城城郭研究会編　国書刊行会
『真壁家の歴代当主：史実と伝説：真壁城跡国指定五周年記念特別展』
真壁町歴史民俗資料館編　真壁城跡国指定五周年記念実行委員会
『謙信越山』乃至政彦　JBpress

■鬼武蔵■

『金山記全集大成（現代語訳）』
奥村佐右衛門尉義喬　渡辺千明訳　財団法人とうしん地域振興協力基金

『郷土史現代語訳シリーズ三（兼山記）』田中淑紀訳　大衆書房
『兼山の昔話　第二集、第三集』兼山町歴史研究同好会　兼山町教育委員会
『史蹟：美濃金山城趾』兼山町史蹟保存会　兼山町史蹟保存会

■鬼日向■

『戦国武将　水野勝成』森本繁　佐々木印刷出版部
『水野勝成覚書　古文書調査記録第一集』福山城博物館友の会
『初代刈谷藩主　水野勝成公伝拾遺』森本繁　刈谷市
『広島県史　近世資料編Ⅰ（水野記）』広島県

■鬼若子と鬼十河■

『現代語訳　土佐物語』中島重勝抄訳　南の風社
『戦国三好氏と篠原長房』若松和三郎　戎光祥出版
『阿波古戦場物語』鎌谷嘉喜　教育出版センター
『長宗我部元親のすべて』山本大　新人物往来社
『長宗我部元親』歴史群像シリーズ29　学研

■鬼柴田と鬼玄蕃■

『柴田勝家と支えた武将たち』小野之裕　ゆいぽおと
『織田信長と越前一向一揆』辻川達雄　誠文堂新光社
『賤ヶ岳の鬼神 佐久間盛政』楠戸義昭　毎日新聞社
『賤ヶ岳の戦　新書戦国戦記七』高柳光寿　春秋社
『賤ヶ岳の戦い』歴史群像シリーズ15　学研

人物文庫

戦国剛将伝《せんごくごうしょうでん》　七人《しちにん》の鬼武者《おにむしゃ》

水野勝成、佐久間盛政などの魅力ある生き様！

二〇二四年三月二二日［初版発行］

著者――野中信二《のなかしんじ》

発行者――佐久間重嘉

発行所――株式会社学陽書房

東京都千代田区飯田橋一―九―三　〒一〇二―〇〇七二

〈営業部〉電話＝〇三―三二六一―一一一一

FAX＝〇三―五二一一―三三〇〇

〈編集部〉電話＝〇三―三二六一―一一一二

http://www.gakuyo.co.jp/

フォーマットデザイン――川畑博昭

印刷所――東光整版印刷株式会社

製本所――錦明印刷株式会社

乱丁・落丁は送料小社負担にてお取り替え致します。

定価はカバーに表示してあります。

ISBN978-4-313-75305-1　C0193

学陽書房 人物文庫 好評既刊

大坂の陣 名将列伝
永岡慶之助

戦国最大、最後の戦いに参戦した真田幸村、塙団右衛門、後藤又兵衛、木村重成、伊達政宗、松平忠直などの武将達と「道明寺の戦い」「樫井の戦い」「真田丸の激闘」などの戦闘を描く。

小説 母里太兵衛
羽生道英

豪傑揃いの黒田軍団の中で、群を抜いた武勇で名を轟かせていた勇将。後に黒田節にて讃えられた名槍・日本号を福島正則から呑み取った逸話を持つ戦国屈指の愛すべき豪傑の生涯を描く。

戦国軍師列伝
加来耕三

戦国乱世にあって、知略と軍才を併せもち、ナンバー2として生きた33人の武将たちの生き様から、「混迷の現代を生き抜く秘策」と「組織の参謀たるものの条件」を学ぶ。

柴田勝家
森下 翠

今川松平連合軍との戦いで名を上げ、織田信秀に認められた権六は次第に織田家で重きをなしていく…。戦国をたくましく生きた人間たちの気高き生き様と剛将柴田勝家の清冽な生涯を描く。

真田昌幸と真田幸村
松永義弘

圧倒的な敵を前に人は一体何ができるのか？ 幾度の真田家存続の危機を乗り越える真田昌幸。知略と天才的用兵術で覇王家康を震撼させた真田幸村の激闘。戦国に輝く真田一族の衿持を描く。